호미

이원각 장편소설

호미

펴 낸 날 2020년 12월 10일

지 은 이 이원각
펴 낸 이 이기성
편집팀장 이윤숙
기획편집 서해주, 윤가영, 이지희
표지디자인 서해주
책임마케팅 강보현, 김성욱
펴 낸 곳 도서출판 생각나눔
출판등록 제 2018-000288호
주 소 서울 잔다리로7안길 22, 태성빌딩 3층
전 화 02-325-5100
팩 스 02-325-5101
홈페이지 www.생각나눔.kr
이 메 일 bookmain@think-book.com

• 책값은 표지 뒷면에 표기되어 있습니다.
ISBN 979-11-7048-172-0(03810)

• 이 도서의 국립중앙도서관 출판 시 도서목록(CIP)은 서지정보유통지원시스템 홈페이지(http://seoji.nl.go.kr)와 국가자료공동목록시스템(http://www.nl.go.kr/kolisnet)에서 이용하실 수 있습니다(CIP2020050482).

이원각 장편소설

호미

종달리 바닷가,
기억의 물결엔 으아리 꽃이 떠다니고...

목 차

하나

그곳

농막 창

농막의 창을 연다. 큰 너울이 덮친 듯 유채꽃이 쓰러진다. 바람에 날려 온 이곳도 오래 머물지는 못 할 듯 대궁이가 떠밀리며 진저리를 친다. 창유리 위로 빠르게 흘러내리는 물줄기. '바깥 창을 열면 비가 몹시 들이치겠어.' 그는 무우밭 건너편 언덕의 소나무를 본다. 나무의 윤곽이 비안개에 뭉개져 가늘고 구부구불하다. 영혼만 남아 검은 연기로 올라가는 것인가? 의자에 기대어 앉는다. 앉는 자세가 조금 편해졌다. 핸드폰을 만지작거리다가 카톡을 건드린다. '모' 님 프로필에 핸드폰으로 얼굴을 반쯤 가린 소녀 사진이 올라와 있다.

그 땅을 처음 본 것은 9년 전 가을이었다.

'제주 부동산 중개 조합'이란 인터넷 사이트를 훑어보다가 "맹지 4300평, 평당 일만 오천 원"이 눈에 들어왔다. 당시 현황 도로가 있는 맹지는 평당 5~6만 원 정도였는데 '왜 이렇게 쌀까?' 링크된 부동산 사이트로 들어가니 '주목하라.', '놓치면 후회하리.', '태양이 가장 먼저 비추는 곳 그렇게 나를 비추리.' 격문인지 잠언인지 레이아웃이 어지러운 블로그로 연결되었다. 별로 신뢰가 가지는 않았지만 대강 훑어보니 다른 중개 사이트에는 위치를 정확히 알 수 없도록 사진을 올리는데 반해 이곳에는 항공사진과 지적도까지 올라와 있다. 지도 검색으로 지번을 쉽게 알 수 있게 되어 있는 것이다. 일부 부동산 사이트에는 이미 매매된 것이거나 소유주의 동의를 받지 않은 것 같은 허위 매물이 많다고 들었는데, 이토록 자신만만하게 올려놓았으니 실매물은 맞을 것이라는 선입견을 갖게 했다. 그런데 그 소개글은 사든지 말든지 하라는 약간은 건방이 느껴지는 어투였다.

"100년 동안, 자손 대대로 보유할 계획으로 매입하십시오. 개발은 절대 안 됩니다. 뭐를 지으려고 꿈도 꾸지 마십시오."

일요일에 내려가기로 계획하고 전화했더니 성미 급해 보이는 목소리가 들려왔다.

“일요일이라 현장을 안내해 드리지는 못합니다. 지번은 알려 드리겠습니다. 보시고 전화 주세요.”

“묘는 없는가요?”

“그 지역에는 묘 1기도 없습니다.”

잘라 말했다. 등기부 등본에는 소유권 보존과 1회의 외지인의 매입 기록 외에 다른 권리 설정은 없었다. 토지 이용 계획 확인 서류에도 별다른 내용은 없다. 당일치기 여정으로 현장에 도착했다.

서귀포시 성산읍 삼달리, 머리 위로는 풍력 발전기 블레이드가 공중을 쓱쓱 베어 내고 있었고 토지의 가운데는 억새밭이, 그리고 건너편 언덕에는 신우대 군락이, 그 옆으로는 활엽수 숲이, 또 여기저기 개간한 밭, 현무암과 스코리어 덩어리로 된 작은 바위산. 핸드폰으로 여러 번 찍어야 모두 담을 수 있는 4,300평의 높고 낮은 지형도가 늦가을 하늘 아래 전개되어 있었다. 그는 옆에 선 아내에게 소리쳤다.

“바로 이런 곳이다. 뭐든지 할 수 있다.”

풍력 발전기 때문에 개발도 안 되고 맹지이므로 건축 허가도 나지 않아 아무 것도 할 생각을 말라는 땅인데 뭐가 뭐든 할 수 있단 말인가? 누군가 코웃음을 칠지도 모르겠다. 하지만 밭이 있으니 경작은 할 수 있을 테고, 억새 사이를 걷거나 바위산에만 올라 보아도 기분은 좋을 것 같다. 포클레인으로 땅을 파면 뭐가 나올까? 집채만한 현무암 덩어리가 나올지도 모르지. 저 상록수 숲으로 사라진 밭담을 따라가면 뭐가 더 있을까? 그런 단순한 생각들을 먼저 하였던 것이다. 땅의 본질은 그 차지하는 넓이 자체가 아니던가? 제주 여행을 올 때마다 그 넓이 안에 가득 차 있는 식생과 암석, 흙이 너무나 소유하고 싶었다. 그러한 면에서 그에게는 더 바랄 것이 없었다. 그는 몇 번의 제주 여행 후 주위 사람들에게 '몇 년 후에 나는 제주로 간다. 거기서 바보(바다가 보이는) 의원을 열 것이다.'라고 다짐하듯 중얼거리곤 하였다. 아내는 땅은 보지 않고 그런 그를 바라보고 있었다. 그가 워낙 좋아하니 좋은 것 같기도 했을 것이다. 6500만 원에서 500만 원만 깎아 달라고 했더니 중개인은 중간에 말을 잘랐다.

"그 밑으로는 절대 안 됩니다."

얼마 후 아내를 내려보내 계약을 하였다.

그로부터 일 년 뒤 그는 원하던 대로 도시에서의 생활을 접었다. 병원을 인수할 사람을 우여곡절 끝에 찾아 양도 양수 계약을 하고 1월 1일부터 백수가 되었다. 지난 20여 년 동안 토요일과 공휴일도 오후 3시까지 진료를 해 왔던 그였다. 고무줄에 매인 듯 팽팽하던 일상이 갑자기 흐느적거렸다. 평소 시간 나면 해 보겠다던 일들도 생각나지 않고, 허둥대면서 두어 달을 보냈다.

사월이 되자 그는 더 이상 지체할 수 없는 조급한 마음이 되어 여행 트렁크에 옷가지와 간단한 생활 도구를 챙겨 넣고 제주도로 내려 갔다. 제주도 어디에 갈 것인가는 며칠 동안 지도와 행정 구역을 검색해 봤던 터다. 시는 제외하고 정형외과가 없는 읍, 면 단위 중 인구가 많은 순서로 보았다. 애월읍이 가장 많았지만, 제주시와 접하고 있어 제외하였다. 거리와 교통이 환자들 방문하기가 제주시보다 더 유리할 것도 없어 보였던 것이다. 남원읍이 다음으로 인구가 많았다. 남원읍도 서귀포시와 접하고 있지만, 서귀포시는 도시가 작고 읍 주민의 반 이상은 시내 병원과는 30분 이상의 거리에 거주하고 있었으므로 환자들이 우선 동네 의원을 찾을 것 같았다. 남원에 닻을 내려야겠다고 작정했다.

남원 읍내를 이리저리 돌아다니면서 원룸이나 민박 같은 곳을 찾다가 일주로 변의 '남조로 민박'이라는 슬래브 이층집이 보였고 옥상에 적힌 휴대폰 번호로 전화를 걸었다.

"있소. 큰 것도 있고, 작은 것도 있고. 외국에서 부부가 온다고 했는데 아직 안 왔어요. 와 봐요."

귀가 울릴 정도의 소프라노 목소리였다. 해녀 일을 한 제주의 토박이 할머니들은 청력 때문에 대개 목소리가 크다고 한다. 또한 아주 고령이 아니면 표준말을 잘 알아듣고 육지인이 잘 못 알아들으면 바로 표준어로 고쳐 말하곤 하였다. 그 집 현관에서 "계십니까?"를 몇 번 하니까 문이 열렸다. 텔레비전은 켜져 있고 컴컴한 구석에서 몸이 무거워 보이는 할머니가 앉은걸음으로 현관 쪽으로 움직여 왔다. 칠십 대 후반 정도에 혈색이 좋아 보이지만 관절이 여기저기 아픈 듯한 분, '이런 분은 할머니라고 해야 하나?, 어머님이라고 불러야 하나?' 생각하고 있는데 어디서 왔으며, 얼마나 있을 거며, 뭐를 하려는지, 혼자 있을 건지, 쉬지 않고 연달아 질문을 하더니

"내가 무릎이 아파 서귀포 정형외과에 매일 물리 치료하러 다녀. 어제도 갔는데 그이가 뒤로 빼다가 차를 박았어. 차 고치러 갔어. 작은아들은 제주시에서 회사 다녀. 큰아들은 여기 있었는데 어디 갔나? 내가 무릎이 아파 이층까지 잘 못 올라가." 하고는 "야야!" 아들을 불렀다. 방문이 열리고 40대 정도로 보이는 마른 남자가 어깨를 구부정하게 하고 걸어 나왔다.

"아 거그 있었네, 여기 방 보러 왔는데 같이 올라가 봐."

아들은 웃는 듯한 표정으로 이층으로 올라갔다. 새로운 입주자를 반기는 웃음이라고 보기에는 왠지 싱거운 느낌이 들었다. 이층은 방과 거실이 따로 있고 혼자 사용하기에는 너무 넓었다. 다른 방을 보자니까 그는 말없이 계단을 다시 올라갔다. 이층 슬라브 집의 옥상에 증축한 방이었다. 침실과 싱크대가 같이 있고, 화장실이 있고, 세탁기가 있는 다용도실이 있었다. 창문을 여니 일주동로가 바로 아래 보이고 그와 평행하게 수평선이 잘린 곳 없이 길게 펼쳐져 있다. 못 올라오신다던 할머니가 어느새 곁에 있다.

"괜찮은데요, 이거 하겠습니다."

"좋지, 앞이 탁 트여서, 연세 400으로 하던지, 보증금 50에 월세 35만 원 아무거나 해요."

"예, 월세로 하겠습니다. 오늘부터 있어도 되죠?"

"그럼, 청소 다 해놨어, 여기는 저거는 꼭 있어야 해."

손으로 가리킨 것은 제습기였다. '에어컨도 있는데.'

"바다에서 소금기가 올라와."

"나갈 때는 창문 꼭 잠가야 해. 태풍에 난리 나고서 내가 고리를 두 군데나 해 놨지. 아래위로 꼭 잠가야 해."

"무릎 아프신데 어떻게 올라 오셨어요?"

"저 손잡이 잡고 게우 올라왔지. 쟈가 이런 거 잘 못해. 이 집은 내가 하루만 없어도 쓰러진다고 동네 사람들이 그래. 이 이층도 내가 올렸지. 아들 며느리가 쓰고 한쪽은 세놓지. 삼층은 작년에 공사했는데 인부가 얼마나 애를 멕이던지…. 아이고, 공사라면 진절머리 나. 아버지는 요새 자꾸 사고를 내. 운전하지 말아야 하는디 할 사람이 있나. 며느리는 똑똑해. 귤나무 전정 시켜보면 다른 거 안 다치고 빨리 해. 마트에 알바 하러 갔어. 돈 벌어 저축한다고 하는데 내 암말도 안하지. 아직 한국말은 잘 못해. 우리 손자 숙제 같은 거 내가 봐 주지. 손자는 공부 잘해. 산수는 백 점 받고 받아쓰기가 어렵다고 해."

얘기하기 좋아하시는 분이었다. 아니 집안에 대화 상대가 없는 것 같았다. 제주 사투리는 전혀 쓰지 않았다. 후에 들으니 젊었을 때 육지에서 왔다고 했다.

"예, 그런데 무릎 인공 관절 하셔야겠는데요?"

"내가 무서워 못해. 수술하고 얼마나 아플까?"

"요새 수술 후 무통 주사를 꽂고 계시니까 잘 견디십니다."

"물리 치료 꺾을 때도 많이 아프다더구먼."

"기계로 조금씩 늘여 가니까 참을 만합니다."

나가 봐야 한다고 하고 거리로 나왔다. 마트에서 필요한 물품을 사 들고 허기를 느껴 포구 옆의 식당에서 해물 뚝배기를 먹었다. 해거름의 그림자를 담그고 있는 작은 어선 두어 척을 돌아 방으로 올라왔다. 할 것도 없는데 식탁으로 쓰는 책상 앞에 앉아 스탠드의 불을 켰다. 커튼을 조금 연다. 캄캄한 창에 비치는 불빛을 보며 어떻게 흘러왔는지, 어쩌다 여기까지 와서 밤을 맞는지, 그의 의지에 의한 것인지 알 수 없다는 생각을 한다. 내가 떠나온 것인가? 갈 데 없으면 다시 돌아오지, 누군가 말하는 것 같다. 사람 소리가 아득해지면 떠나온 줄 알았지. 그 많은 강줄기를 따라 내려와 어항 같은 항구에 갇혔네. 스탠드 불빛 아래 오래된 물고기들의 움직임을 본다. 희미하게 잡히는 꺽지, 동자개의 울음소리, 따라가면 시장이 열리는 다시 그곳일까?

금강 줄기를 따라 참 많이도 다녔다. 산줄기 사이를 은밀하게 지나다가 볕에 배를 뒤집은 파충류처럼 금강은 날근리에서 허연 몸집을 드러냈다. 거의 일요일마다 투망을 가지고 강가로 나갔다. 여울이 급한 곳에 쉬리, 갈겨니, 꺽지들이 많았다. 쏘가리도 가끔 올라왔다. 강 밑바닥을 들여다보다가 쏘가리의 호피 무늬가 여울의 햇살 무늬라는 것도 알게 되었다. 겨울에도 강가로 나갔다. 지난 홍수에 떠내려오다 걸려 있는 나무 조각들을 주워 불을 피웠다. 강줄기를 따라 결국 이 바다로 오고 싶었던 것일까? 그때 그에게는 협심증 같은 흉통이 가끔 나타났다. 갑자기 쓰러지더라도 모든 게 변함없이 유지되기를 바라면서 살았다. 그해 2월, 블로그에는 이렇게 적었다.

지난주에는
얼은 나뭇가지를 주워 겨우 불을 피웠다.
한때 아이들 이름으로 거북이 두 마리를 키운 적이 있다.
잡은 민물고기를 기르다가 죽으면 거북이 먹이로 주었다.
아내에게도 투망을 가르쳤다.
만일 나에게 무슨 일이 생기면 거북이 굶기지 말라고.
열심히 연습하여 초승달만 하게 펼쳐졌을 때
커다란 물고기가 한 마리 달려 나왔다.
아내는 비명을 지르며 그물을 내던지고 물가로 도망쳐 왔다.

거북이들은 갑천으로 보내고

아이들은 서울로 갔다.

이제 아내도 아이들도 더 이상 강으로 나오지 않는다.

나는 강가에서 한 살을 더 먹고

이 혹한에 왜 나와 있는지

묻는 사람도 없다.

집에 오면 옷에 화근내가 난다.

여름 한철은 강물 여기저기 모심는 듯 등을 구부리고 올갱이 잡는 사람들이 늘어 갔다. 투망도 하지 않고 강둑 위에서 차문을 다 열어 놓고 누워 있는 시간이 많아졌다. 다슬기 잡는 이들에게 물가는 내어주고, 강둑에서 차문을 모두 열어 놓고 바람의 높이로 팔을 베고 누웠다. 둑 아래는 개망초와 갈퀴꽃이 씨 뿌려 놓은 듯 자라고 있었고, 그는 아무것도 하지 않았다. 아무에게도 무게 지우지 않고 누구의 무게도 받아 주지 못하는, 구름처럼 잠들다가 구름처럼 흩어지고 싶었다.

그때에도 꼭 제주도라기보다 어딘가 다른 곳에 있어야 할 것 같다는 생각을 했었다. 그 도시에 20년 가까이 있었으니 한곳에 오래 정착을 못하는 것, 그런 것도 아닌 것 같다. 그저 있어야 할 곳이 따로 있을 것 같은 생각을 늘 해 왔던 것이다. 그런 곳이 없을지도 모른다는 생각도 했던 것 같다. 일주로를 달리는 차바퀴 소리가 뜸해졌다. 그는 창가에 놓인 침대에 몸을 눕힌다.

아침에 창문을 여니 포말에서 비산하는 입자가 마구 밀려들어 온다. 방 안이 눅눅해진다. 김치와 김을 꺼내고 햇반을 전자레인지에 넣는다. 오늘은 병원 자리를 알아봐야겠다. 대박 의원을 바라는 것은 아니지만, 개원을 한다면 어느 정도의 수입은 유지되도록 해야 한다. 정형외과는 반드시 대로변일 필요는 없지만, 중심가에서 너무 멀어도 곤란하다. 남원읍 다운타운에 3천 명이 거주하고, 나머지 1만 7천 명은 중산간과 해안 도로를 따라 흩어져 거주한다. 노인들의 접근성을 생각하면 버스 정류장에서 가까워야 한다. '임대'라고 써 붙인 상가 건물과 부동산 몇 곳을 다녀 보았지만 결정을 못한다. 어쩐지 너무 조용하고 한가롭다. 귤 농사를 하는 것 외에 특별한 생산 활동이 없는 곳이다. 관광지도 '남원 큰 엉' '영화 박물관' 정도이고, 어업도 소규모로 하는 것 같다. 의원은 5개나 있는데 진료 형태는 모두 비슷한 것 같다. 물리 치료와 간단한 내과적 질환을 보고 외상을 다루는 곳은 없다. 그래도 정형외과가 들어올 만한 곳인지는 모르겠다. 해안 도로를 따라 걷는다.

남쪽 해안은 비교적 단조롭다. 갯바위의 검은색과 바다의 청색이 만드는 풍경은 원시적이다. 어류가 땅으로 기어 나와 양서류로 진화하는 장면이 잡힐 것 같다. 넓게 퍼진 갯바위 끝에서 몇 사람이 낚시를 하는데 방금 잡은 희고 큰 고기가 펄떡인다. 보고 있는데 또 낚아서 살림망에 넣지 않고 갯바위에 던져 놓는다. 동네 친구들끼리 그 자리에서 술안주로 할 모양인가? 주위 구경하는 사람이 숭어라고 한다. 양어장에서 오전 오후 두 번 먹이를 주는데 그때를 맞춰 고기들이 모인다고 한다. 다들 양어장에서 나오는 배수구 주위로 낚시를 던지고 있다.

오늘은 사려니 숲길을 걷는다. 삼나무 울창한 길옆은 대부분 산죽으로 덮여 있다. 까마귀 주검이 하나, 댓잎 위에 놓여 있다. 나무 사이로 동그란 빛이 떨어져 그 위로 흘러내린다. 그림자처럼 걸었다. 기억나는 많은 이들이 나무의 간격 사이로 명멸한다. 나뭇가지가 만드는 자음과 모음이 그들과 살면서 버린 말들 같다. 지금은 말을 모두 버리고 잠자는 말들의 숲을 걷는다. 침묵이 필요했던 시간들과 끝까지 들었어야 할 시간들이 어지러이 뒤섞여 지나간다. 물찻오름 입구. 걸음과 함께 분별도 멈춘다. '출입 통제'라는 현수막이 보인다. 돌아가야겠다.

아침에 일어나 성산에 가야겠다고 마음먹는다. 어제 지도를 다시 펼쳐 놓고 보니 성산은 제주도에서 유일한 오지로 생각되었다. 어느 시로 나가든지 한 시간 이상 걸린다. 제주 사람들은 성산을 '춥고 바람 많은 곳'이라 하고, 서쪽을 문명화된 곳, 동쪽을 낙후된 곳으로 생각해 왔다고 한다.

남원에서 차로 30분 동쪽으로 달리면 성산읍 고성리를 만난다. 이곳에 들어서자 아연 분위기가 바뀌었다. 호텔로 보이는 건물들도 몇 개 보이고, 사람들 움직임도 한가롭지 않았다. 노래방, 술집, 음식점 간판도 지나치게 많았다. 일출봉 밑을 지나 성산항으로 가니 대형 컨테이너 화물선과 많은 어선들이 정박해 있고, 우도 도항선들이 왕래하고, 렌터카들의 통행이 분주했다. 알려진 관광 명소인 섭지코지도 같은 생활권이다. 우도는 제주시 우도면이지만 주민들이 모두 고성리로 나온다. 인구는 남원보다 적지만 정형외과의 개원지로는 더 적합해 보였다. 여기저기 돌아다니다 한 중개업소에서 3층짜리 건물을 임대한다고 하여 그곳을 가 보았다. 고성리의 다운타운을 동남거리라고 하는데, 의원 4개는 모두 그 거리를 따라 있었다. 이 건물은 동남 거리에서 약 50m 들어간 곳에 있다. 1, 2층만 임차하기로 하였다. 장차 제주에 제3의 시가 생긴다면 성산읍이 되지 않을까? 생각을 하며 돌아오는 길에, 삼달리 표지판이 보인다. 아, 그 맹지에도 가 보아야 하는데, 그 땅에서 하고 싶은 것이 그가 제주에 오고 싶었던 이유가 아니었던가? 그러나 우선은 해야 할 일이 있다. 임대하기로 한 건물을 현재 민박으로 사용하고 있어 상당한 리모델링이 필요했던 것이다.

그는 아내와 같이 성산으로 가서 건물 내부를 살펴보고 계약을 하였다. 한 달 후 잔금을 지급하기로 했으나, 입주자들 때문에 공사를 시작하려면 이후에도 3개월은 걸릴 것이다. 설계도를 받고 건물의 여러 부분을 실측한 후 아내는 서울로 올라갔다.

여름이 되었다. 제주도의 여름은 축제이며 환희다, 모든 동식물에게는. 사람들은 겨울엔 한라산의 설경, 봄엔 유채꽃, 가을엔 억새밭, 여름엔 바닷가 주위로 몰린다. 그러나 여름에 바다를 등지고 산 쪽으로 천천히 올라가 보자. 처음엔 밭담과 올레길, 멀리 파란 바다가 어우러져 듣던 대로의 경관이라는 느낌을 받을 것이다. 그러나 그보다 발밑이나 길옆에 눈길을 준다면 생각지도 않았던 장면을 만날 수 있다. 유채보다 섬세하며 하늘색의 참한 꽃을 달고 있는 갯무, 돌담을 뒤덮고 있는 수천 마리의 초록 나비 같은 송악의 잎들과 참기름 바른 듯 반짝거리는 구럼비나무의 두꺼운 이파리들이 만드는 무대 위에, 밭담은 매듭풀이나 덩이 괭이밥 번행초를 깔고 앉아 바람 한 줄기를 끌어 온다. 계요등이나 으아리의 흰 넝쿨이 부케처럼 던져져 있고 순비기넝쿨이 발아래로 기어오르는 것을 보게 되고, 그 의외의 향기 때문에 발걸음을 멈추게 된다. 그는 처음에 순비기가 왜 나무인지 의아했다. 해안가 모래밭에 덩굴이 뻗어 가며 순이 올라오는 것만 봤기 때문인데 산 쪽으로 가면서 "과연 나무였어."라고 중얼거렸다. 팔뚝 굵기의 밑둥치에 3m 정도로 큰 순비기나무를 보았기 때문이었다. 제주도에서는 숨비 소리를 내는 해녀들의 친구라고 해서 '숨비기나무'라고도 한다. 분주한 곤충들이 만든 움직임일 수도 있지만 여름에는 식물들도 춤을 춘다. 바람이 없어도 잎들이 움직이고 나비나 새들의 날갯짓도 유별나고 현무암도 윤이 난다. 대개 상록수이므로 겨울에도 제주도는 어딜 가나 시퍼렇다. 그러나 겨울의 잎들이 불 꺼진 간판이라면 여름의 잎들은 환한 네온의 쇼윈도와 같다. 이 섬은 일 년 내내 이때를 준비하고 있었다는 느낌이 온다.

제주의 햇빛은 강하다. 제주의 여름 햇빛은 대도시의 두 배는 될 것이다. 공해가 적은 탓도 있지만 바다에서 반사되는 것도 있을 것이고, 위도도 약간은 기여를 할 것이다. 그는 하루에 4시간 정도는 걷는다. 비가 예보되어도 비옷과 햇빛 가릴 준비를 같이 하고 나간다. 비가 오다가 잠깐 볕이 나도 그냥 걷기는 힘들다. 모자와 얼굴 마스크, 팔 토시를 꺼내야 한다. 선글라스도 필수이지만 그는 눈을 반쯤 감는 것으로 대신한다. 차가 거의 다니지 않는 길로 반쯤 감고 걸으면 꿈꾸는 듯하다. 폭염 주의보나 강풍 주의보가 내려도 걸으러 나간다. 준비를 맞추어 하면 되는 것이다. 햇볕이 강할 때는 생수를 얼려 배낭에 넣고 간다. 등이 시원하기도 하지만 그것은 잠깐뿐, 녹으면 머리에 끼얹는다. 가다가 초등학교에서 수돗물을 받아 옷 위에 끼얹기도 한다. 젖어서 오는 불쾌감을 느끼기도 전에 마른다.

삼달리 맹지에 대한 지적 측량을 신청하였다. 일부만 돌담으로 경계가 되어 있어 전체 윤곽이 명확하지 않았다. 경계를 확실히 한 다음 둘레에 나무를 심을 계획이었다. 단애로 인하여 자연 경계가 지어진 부분을 제외하면 둘레 길이가 지도상에서 450m였다. 1m 간격으로 해서 450그루 정도 필요하다고 생각했다. 인터넷 검색으로 찾은 제주시 '엔젤스 정원'이란 식물원에 문의하였다.

약속한 날짜에 가니 반듯한 인상의 젊은이가 작업복 차림으로 맞이했다. 도면을 보여주며 어떤 수종이 적당할지 몰라.

"삼나무는 어떨까요?"

사려니 숲의 전봇대같이 뻗은 그 나무들을 떠올리며 물어보았다.

"목재로서 이용 가치가 적어서 요새는 묘목으로 키우지 않습니다. 편백나무로 하시죠."

편백나무는 목재 가치뿐 아니라 삼나무 정도로 크게 자라므로 울타리 나무로도 적당하다고 한다. '편백나무 베개의 향기, 그런 향기가 있는 숲이 된다면야.' 그 젊은이는 '아버지가 제주 대학교 묘목장에 가셨는데 조금만 기다리라.'고 한다. 가격은 혼자 결정할 수가 없는 모양이다. 조금 후 젊은이와 눈매가 흡사한 50대 후반 정도로 보이는 사람과, 방금 말이라도 타다 왔는지 긴 가죽 부츠에 지휘봉 같은 막대기를 들고 있는, 비슷한 연령의 남자가 들어왔다. 아들로부터 설명을 듣고 나서 "여기는 MBC 제주 방송국 아나운서 실장을 지낸 제 친구입니다." 아버지가 소개했다. 그는 말없이 악수만 하였다. 그 아버지는 허옇게 마르고 팔다리가 길어서 마치 배롱나무가 걸어다니는 느낌을 주었다. 나무나 화초를 좋아할 인상이었다. 그런데 젊은이는 이런 일을 오래 하지 않을 것만 같았다. 과연 2년 뒤, 그 젊은이는 서귀포시 이마트에 아웃도어 매장을 열었다고 하였다.

"식사 안 하셨죠? 같이 식사부터 합시다."

아버지가 말했다. 대화에 참여해야 하는 것은 귀찮지만 한 끼 해결하는 것도 괜찮은 일이어서 그는 비닐하우스 같은 곳에 들어가 나무 의자에 앉았다. 젊은이는 휴대용 가스레인지에 라면 물을 올리고는 집에서 싸온 반찬통을 냉장고에서 꺼내어 놓는데 더덕 무침, 오징어 조림, 들깻잎, 무슨 생선 조림 같은 것들로 6, 7가지는 되어 보인다. 밥통에서 밥을 적당히 덜어 나누어 주고는 라면은 알아서 건져 드시라고 한다. 아나운서 실장을 했다는 분은 제주대 묘목장 얘기를 유쾌하게 하다가 그에게 "그 땅에는 뭐 하시려고요?" 웃음기가 가시지 않은 얼굴로 쳐다보았다.

"아직 계획한 것은 없습니다."

"말을 키워 보세요. 사료 없이 키우려면 천 평당 한 마리, 4마리 정도 키울 수 있겠네요."

"그런가요, 그러려면 울타리를 해야겠지요?"

"해야지요. 그런데 철조망으로 하면 안돼요. 말가죽에 기스 나니까."

"그럼 목책으로 하나요?"

"목책이 제일 좋지요, 아니면 전선으로 하든지. 약한 전류만 흐르게 하면 됩니다."

"축사 같은 것은 없어도 돼요?"

"없어도 돼죠. 겨울에도 그대로 둡니다. 물만 먹을 수 있게 해 주면 돼요."

그는 말을 타고 4천 평을 돌아다니는 상상을 했다. 뭔가 제주다워지는 것 같다.

"묘목은 2~3m짜리도 있는데 좀 비싸요. 한 1m 정도 되는 것은 어때요?"

아버지가 선한 표정으로 건너다본다.

"그것은 얼만가요?"

"한 주당 3천 원입니다."

"좀 싸게 안 될까요?"

"450 곱하기 3천은…."

계산기를 두드리더니 "135만 원, 120만 원에 해 드리죠. 1톤 트럭으로 다 실을 수 있을까? 포트로 되어 있어서 말이야. 인력은 안 필요하신가요?"

"우선 혼자 해 보겠습니다."

대금의 반은 지불하고 나머지는 도착하면 주기로 하고 남원으로 돌아왔다. 다음날 그는 일찍 서둘렀다. 내비게이션에 근처 도로까지만 표시되기 때문에 미리 나가서 입구에 기다려야 한다. 중산간 도로 옆에 기다리고 있으니 나무를 가득 실은 트럭이 조금 후 나타났다.

비상등을 켜고 맹지까지 안내하였다. 부자(父子)가 하역하는데 꽤 시간이 걸렸다.

"포트니까 보름은 그냥 놔둬도 괜찮아요. 잘 키우세요."

진심으로 잘 키우기를 바라는 것 같다. 묘목도 그에게는 자식 같은 모양이다.

"야, 이걸 혼자…."

그들이 가고 둘러보니 정말 혼자다. 낮은 구릉지가 이어져 있고 근처에는 오름도 보이지 않는다. 바람은 공중으로만 부는지 풍력 발전기는 천천히 돌아가고 있는데 지면은 조용하다. 부처꽃 무리는 시퍼렇게 자란 띠풀 사이에 누군가가 자주색 붓질을 해 놓은 것 같다. 밭담을 덮고 있는 마삭줄 향기도 아직 검은 돌에 배어 있다. 나비가 이질풀 위로 팔랑팔랑 날아다니며 '우리들 세상에 오셨네요.' 하는 몸짓이다. 새삼스럽게 혼자가 아닌 것 같다. 이 영역에 들어온 한 존재로서 그는 그들과 다르지 않음을 느낀다.

경계 복원 측량이 끝났다. 지적 기사는 가시덤불 때문에 일부 경계점에는 표시를 못하였다고 볼멘소리를 한다. 미리 잡풀을 걷어 내어 주지 않음에 대한 불만이다. 장화와 두꺼운 비옷으로 무장하고도 접근이 안 되는 곳이 여러 곳 있었다. 포클레인으로 걷어 내야겠다고 계획하고 서귀포시 공원 녹지과를 찾아갔다.

"뭐 하시려고요? 잡목은 그냥 쳐내도 되지만 재선충 관계로 소나무는 임의로 베면 안 됩니다."

담당자의 말은 공손하지만, 표정은 딱딱하다.

"조경수 식재하려고 하는데 가시덤불이 우거져서 장비 없이는 안 되겠던데요."

"그러면 산지 일시 사용 신고를 하세요."

조경수 식재에 해당하는 사업 계획서라는 것을 그 자리에서 생각나는 대로 작성하였고, 면허세 2만 7천 원을 납부하였으며, 3년간 산지 작업이 허락되었다.

그는 그해 초 서울 강북에 있는 중장비 학원에서 소형 굴삭기 면허를 따 두었다. 3톤 미만은 무시험으로, 하루 종일 굴삭기를 혼자 만지게 두었다가 시간이 되면 수료증을 준다. 그것을 가지고 구청에 가면 면허증을 만들어 준다. 자기 땅에서 하는 것이야 면허증이 없어도 되지만, 전혀 다룰 줄 몰랐기 때문에 미리 만져라도 볼 요량으로 한 일이었다.

굴삭기 대여 업체가 서귀포에 있었다. 대여료가 하루 10만 원씩이고 왕복 운송료 10만 원으로 계약하였다. 굴삭기에 올라 전진, 후진을 해 가며 흙 파내는 연습을 하는데 자꾸 덜커덩거리며 요동을 쳤다. 그래도 '굴삭기에 올라앉아 있는데 뭐 못할 게 있겠나?' 하는 만용이 생긴다. 경계를 따라 잡목과 덤불을 걷어 냈다. 캐노피가 있는데도 땀이 옷 속으로 줄줄 흘러 장화 속이 흥건하였다. 30분을 넘기지 못하고 이온음료를 마시며 쉬었다. 냉장고에서 반쯤 얼려서 왔는데 이미 미지근한 액체가 되었다. 유월의 태양 아래 준비가 부족했는지 한나절 작업 후 철수하였다.

다음날은 새벽에 일어나 완전히 얼린 이온음료 2리터짜리 두 병과 냉장시킨 콜라 2병을 준비하였고 얇은 옷과 팔 토시, 얼굴 가리개 등을 더 준비하였다. 현장에 도착하니 날은 이미 밝아 있는데 포클레인 혼자 어제 그 자세로 있다. 풍차는 완전히 멈춰 있고 가끔 꿩인가 노루인가 갈라진 울음소리가 멀고 가깝게 들린다. 가져간 음료수를 나무 밑, 바위 위에다가 놓고 옷가지가 든 비닐봉지는 돌로 눌러 놓는다. 바람 한 점 없다고 방심했다가 물건들이 어디로 날아갔는지 모른 경험이 있기 때문이다. 갖가지 잡석들이 무덤같이 쌓여 있고 그 위에 나무와 덤불이 우거진 곳(제주말로 '설덕'이라 했다.)에서 홑담이 이어져 있는데, 그 담이 언덕 위로 올라가면서 활엽수 빽빽한 숲으로 자취를 감춘, 남서쪽 경계를 따라 오늘은 작업을 해야겠다고 마음먹는다. 그는 양쪽 귀에다 가져온 솜을 뭉쳐 막는다. 포클레인의 소음이 너무 크기 때문이다. 큰 소리를 오래 들으면 이명이 들리고 어지러운 증상이 있다.

이쪽 돌담은 측량한 경계와 거의 일치했다. 돌담을 따라 비탈길을 올라가면서 가시덤불을 걷어 낸다. 예덕나무와 후박나무, 구럼비나무가 뒤섞여 있다. 큰 나무를 피해 가며 버킷을 옆으로 휘두르니 작은 나무들과 가시덤불이 일거에 우두둑 쓰러지면서 훤하게 길이 난다. 나무 심을 구덩이를 파고 후진하며 경사진 곳을 올라간다. 해는 옅은 구름에 가렸어도 땀은 이미 옷을 다 적셨다. 전체 윤곽도 볼 겸, 음료수도 마실 겸 붐을 앞으로 돌려 왔던 길을 내려오는데 갑자기 몸체가 45도로 기운다. 한쪽 트랙이 구덩이에 빠졌다. 순간 자동차 같으면 견인차를 불러야겠지만 이게 뭔가? 굴삭기 아니던가? 회심의 미소를 지으며 "어디!"하며 붐을 빠진 쪽으로 돌려 담 밑을 누르니 기울던 몸체가 거짓말같이 똑바로 선다. 그런데 반대쪽 트랙을 받치고 있던 흙이 무너져 버린다. '그렇다면 이번에는….' 이리저리 돌려 가며 빠져나온다. 스릴이 있다. 나무 심을 구덩이를 너무 깊게 판 것 같다. 제주도 땅은 조금만 파면 돌에 부딪힌다. 괭이 같은 도구로 맨땅을 파내는 것이 얼마나 어려운지 잘 알기 때문에 의도적으로 과잉으로 파내는 것이다. 그런데 그 과정에서 돌담의 한 부분이 무너져 버렸다. 밑에 내려와 장비를 멈추고 걸어서 올라갔다.

제주 밭담은 밭을 일구면서 골라낸 돌을 처리하는 목적이 우선이지만, 그 외에 경계를 짓기도 하고 우마가 함부로 들지 못하게 하고 방풍의 역할, 산불로부터의 보호 등 여러 가지 역할을 한다. 이곳은 밭을 만들면서 나온 돌을, 경계 따라 그저 한 겹으로 쌓은 홑담이다. 담 바깥쪽도 우거진 수풀이어서 당장 이용하지는 않겠지만 타인의 소유지에 들어간 돌들을 방치할 수는 없어 다시 쌓아 놓아야겠다고 생각하고 무너진 터를 보았다. 그런데 흐트러진 밑돌 아래 뭔가 형태를 이룬 것 같은 돌들이 박혀 있다. 보통은 눌린 잡초와 송이라고 하는 작은 돌 부스러기들이 있는데, 원형을 이루며 담의 것보다 조금 작아 보이는 돌들이 보인다. '저거 뭐지?' 음료수를 마시며 물끄러미 본다. 성읍리 주변에 선사 시대 유적이 몇 곳 있다고 제주 박물관에서 본 적이 있는데 그런 종류인가? 아니면 방어용 진지 흔적 같은 것인가? 아니면 무덤인가? 그 토지 매도인과 중개인은 이 주변에는 무덤이 한 기도 없다고 했지 않은가? 어쨌든 다시 봐야겠다고 생각한 그는 포클레인을 운전해서 조심스럽게 다시 올라갔다. 우선 버킷으로 흩어진 담의 돌들을 이리저리 치워 버리고 그 장소 위에 잡풀도 조심스럽게 걷어 냈다. 분석(송이)들을 괭이로 긁어냈다. 사람 하나 누울 만한 크기였고, 타원형에 가까운 원형으로 돌들이 박혀 있다. 그런데 이런 형태를 책에서 본 적이 있다. '전방후원형 (前方後圓形) 산담' 그것이 아닐까? 앞쪽만 직선이고 나머지는 타원형인 무덤.

제주의 무덤을 둘러싼 돌담을 산담이라고 하는데 초기에는 원형이나 사각형으로, 마소로부터의 보호가 목적이었겠지만, 세대를 내려오면서 마소가 없는 곳에서도 똑같이 만들고 있다. 보다 복잡한 의미가 부여되고 형태도 조금씩 바뀌었다. 돌담은 죽은 자를 산 자와 단절시키는 것이 아니었다. 영역을 표시한다는 것은 그것에 대한 관심을 의미한다. 돌로 죽은 자의 영역을 드러냄으로서 산 자들의 시선이 머물게 한다. 죽은 자를 산이나 들에 묻지만 산담은 사람들의 관심 영역에 묻는다. 무관심이 가장 큰 소통의 단절이라고 하지 않는가? 유교에서 복잡한 제사 절차를 만드는 의도와도 통하지만, 이런 의도와는 또 다르게 제주의 산담은 좀 더 순박한 면이 있다. 초등학교 시절 사람이나 나무, 꽃 등을 그려 놓고 꼭 검은색 테두리를 하는 아이들이 있었다. 주위 배경색을 칠하고 보니 잘 드러나지 않아서겠지만, 제주 산담도 그런 느낌이 든다. 푸른 녹음에 검은색 선을 두른다. 동시에 마음 한편에도 죽은 자에 대한 자리를 마련한다.

보통은 사각형 산담을 한다. 사각형이라고는 하지만 장방형은 아니다. 앞 변이 뒷 변보다 조금 더 긴 부등변 사각형이다. 또한 앞 변의 양쪽 끝은 한옥의 처마처럼 들려 있어 유연한 곡선을 만든다. 그리고 망자가 남자인 경우 좌측, 여자인 경우는 우측 돌 사이에 틈을 만들어 신도(神道)를 낸다고 한다. 그렇다면 원형은 어떤 경우에 만드는가? 사각형 산담은 겹담으로 인력과 비용이 많이 들지만, 원형은 홑담으로 장례 당일 주변의 돌들을 모아 완성할 수 있다. 경제적으로 어려운 사람들의 묘, 자손이 없는 여성, 연고가 없는 사람들, 그리고 아이들의 묘와 같은 경우에 조성된다고 한다.

홑담이라 해도 원형의 산담은 40~50cm 정도는 쌓아 올리는 것이 보통인데, 저곳은 그냥 한 줄로 박혀 있다. 쌓았던 돌이 다 흩어진 것일까? 묘가 아닌가? 우선 포클레인으로 한 겹씩 걷어 내 보기로 했다. 처음에는 분석이 섞인 붉은색 메마른 흙만 나왔다. 그러다가 50cm 정도 깊이가 되었을 때 검은색으로 변했다. 그는 굴삭기를 멈추었다. 괭이를 가져왔다. 이런 부류의 흙은 그가 잘 알고 있다. 무덤인 것이다. 제주의 검은 흙과는 좀 다른, 목질의 결 같은 것이 섞인 듯한 흙, 관이 완전히 썩으면 나타나는 흙인 것이다.

둘

유리(流離)하는 아람 사람

그는 경주의 한 농촌 마을에서 태어났다. 그의 집은 7대 조상을 모시는 큰집이었다. 그의 아버지는 초혼에서 2남 3녀를 두었으나, 2남은 모두 5세 이전에 병으로 사망했고 부인도 딸 셋을 두고 사망했다. 그의 어머니는 재취로 들어왔다. 그의 어머니는 결혼 후 딸 둘을 낳았다. 집안에는 딸만 다섯이 되었다. 시부모님, 삼촌들까지 한집에 있었는데 아들을 기다리는 어른들의 심정은 당시 어느 집과 다르지 않았다. 그러다가 그가 태어났다. 기다리던 장손이 태어났으니 환호했겠지만, 두렵고 근심스러운 분위기가 집안을 덮고 있었다. 전처의 아들 둘이 모두 5세를 넘기지 못하고 사망한 참담한 기억이 어제 같기 때문이었다. 모두 토사곽란(吐瀉癨亂)으로 죽었다고 한다. 장티푸스나 이질, 또는 콜레라였을 수도 있겠지만, 단순한 바이러스성 장염일 가능성도 있다. 바이러스성 장염은 수액만 적절히 공급해도 저절로 회복되는 질환이지만, 당시는 그렇지 못해 물 설사만 몇 번 해도 전해질 불균형과 탈수로 어린아이는 의식이 쉽게 없어진다. 입으로 먹이면 체액이 더 빠져나가니 악순환의 상태로 갔을 것이다. 그러한 집안에 그가 태어났으니 그 다음 일은 예견된 것이었다. 모유 이외에는 일절 먹이지 않았다. 감기라도 돌면 그의 부친은 문틈을 모두 창호지로 밀봉하고 아기 있는 방에 다른 사람의 출입을 금했다. 생후 일 년까지는 이 방법이 별 문제는 없다. 그러나 돌이 지나면서는 모유가 묽어지고 잘 안 나오게 된다. 그래도 모유를 계속 고집했다. 가끔 미음을 먹였다고 한다. 4세까지 그렇게 하다가 그의 부친이 어디서 들었는지 어느 날은 건빵과 원기소라는 비타민을 사 왔다. 미군들이 건빵을 많이 먹어서 건장하며 비타민은 아이에게 꼭 필요하다고 들은 것이다. 비료 포대 색깔의 봉투에 든 건빵과, 역기를 들고 있는 근육 맨 마크가 있는 원기소, 매일 수 알씩 꺼내 먹였다. 그렇게 그는 무사히 5세를 넘겼다.

그의 아버지는 국민학교만 졸업했다. 당시 장손 집들은 대개 어느 정도의 농지와 넓은 임야들을 소유하고 있었고, 그 임야에 딸린 위토답이나 묵밭들이 여기저기 흩어져 있어 착실하게 농사를 지으면 먹고 사는 걱정은 없게 되어 있었다. 홍수나 가뭄이 들어 끼니 걱정하는 해도 있었지만, 그의 집은 한때는 500석 정도의 농사를 하던 집이었다. 일제 시대 그의 조부가 살림을 주관하면서 농지가 많이 줄었다. 선비같이 한학만 하던 조부는 만주로 나들이를 한번 다녀온 뒤부터는 한량이 되었다. 전답을 하나하나 팔아 돈을 전대에 차고는 몇 달씩 외유를 하고 왔다. 그의 부친은 집을 지켜야 해서 중학교 진학은 일찌감치 포기했지만, 그의 삼촌들까지 방치하는 것을 두고 볼 수는 없었다. 삼촌이 셋이 있었는데 둘째는 일찍 사망하고 셋째와 넷째는 그의 부친이 학비를 댔다. 셋째 삼촌은 일본 유학을 다녀왔고, 넷째 삼촌은 경북 의대에 합격하였으나 그의 조부가 입학금을 주지 않는 바람에 등록하지 못하고 다음 해 경북대 사범대에 합격했다. 이번에는 그의 부친이 필사적으로 나서서 등록금을 마련했다. 그 삼촌은 사범대를 나와 중학교 교사를 하던 중 교원 노조에 가입하여 단식 투쟁을 하다가 사망했다.

그의 부친은 국졸 학력으로 면사무소에 시험을 쳐서 합격했다. 수년간 면 서기 일을 하면서 농사를 지었다. 농사를 짓는다고는 하지만 거의 말로만 짓는 농사였다. 논에는 어쩔 수 없이 벼농사를 해야 했지만, 밭에는 환금 작물을 고집했다. '올해는 파를 심는다.' 하면 그 밭에는 다른 작물은 귀퉁이에도 심지 못 하게 했다. 그의 어머니는 조금씩이라도 다른 채소를 심어야 식구들 반찬이라도 하고 읍내 가지고 나가서 다른 필요한 물품으로 바꾸어 올 수도 있었을 텐데 그걸 못하게 하니 무척 답답했을 것이다. 그의 부친은 밭떼기로 넘기는데 흠이 없어야 한다고 생각했다. 그러고는 아무 것도 하지 않았다.

그의 모친이 그때부터 뛰어다니며 사람을 구해서 밭을 갈고 씨를 뿌려 놓는다. 풀이 자라면 모친이 나가서 하루 종일 풀을 맨다. 채소가 잘 자라고 있으면 가끔 그의 부친은 괭이 같은 것을 매고 가서 돌아보고 온다. 그런데 부친이 결정한 재배 품종은 여지없이 그전 해에 가격이 뛰었던 것이다. 그전 해에 배추가 잘 안 되서 품귀 현상이 있었다면 올해 전부 배추를 심는 것이다. 아니면 파가 가격이 높았다면 파를 심었다. 그러면 그해는 대개 재배하는 농가가 늘어 그 채소 값이 땅에 떨어진다. 요행이 맞아 떨어져 밭떼기로 사려는 중간 상인이 찾아오면 이번에는 팔지 않는다. '좀 더 기다리면 줄을 설 것인데, 저 놈들이 값을 후려친다.'고 생각한다. 그러다가 겨울이 와서 모두 얼어버린다. 한해는 그렇게 도매업자를 몇 번 보내고 나니 더 이상 아무도 찾아오지 않았다. 또 밭에서 버리게 될까 봐 날씨가 추워지자 부랴부랴 뽑았다. 트럭을 불러 모두 싣고 읍내 시장 바닥에 쌓아 놓았다. 그의 모친은 하루 종일 나가서 서 있었지만, 사려는 사람은 가물에 콩 나듯 해서 줄어들지 않았다. 결국 배추가 물러 터져서 시장에서 치워 달라고 했다. 해마다 이런 일이 반복되었다.

그의 부친은 글씨를 잘 써서 동네에서 축문 같은 것을 받으러 사람이 종종 왔다. 또한 나름대로의 논리적 사고를 하는 분이었다. 한번은 읍내에서 TV를 한 대를 사 왔다. 설치하고 나서 시청을 하는데, 한 달 정도 후에 언덕 위의 집까지 오토바이를 끌고 헬멧 쓴 사람이 왔다.

KBS에서 시청료를 걷는다는 것이었다. 그의 부친은 재떨이를 가리켰다.

"내가 저 재떨이를 장에서 사 왔는데 재를 떨 때마다 돈 내라고 하면 누가 사겠나?"

수금원의 장황한 설명이 이어졌지만, 결국 설득하지 못하고 돌아갔다. 부친은 은근히 위트가 있는 표현도 잘했다. 에스컬레이터를 처음 봤을 때 "뭐가 이래 자꾸 무너지노?"라 했는데 에스컬레이터를 '무너지는 계단'이라고 표현하는 것은 참신하다는 생각이 들었다. 고등학교 다닐 나이가 되었을 때 그는 '부친의 생각이 특별히 잘못되지 않았는데 왜 하는 일마다 안 되고 모친이 고생하는 방향으로만 갈까?' 하는 생각을 자주 했다. 보편적이지 않아서 일까? 극단적인 흑백 논리에 사로잡힌 것일까? 논리가 원래 흑 아니면 백 아닌가? 여러 경우의 수를 고려하지 않고 하나에 집착해서일까? 너무 많은 경우를 고려하면 추진력은 떨어질 것이다. 어머니의 문제인가? 어머니는 요새 같으면 진취성이 부족하다고 평할 수는 있지만, 당시 시대 상황에서는 달리 하기도 어려웠을 것이다. 그의 어머니도 양반 성씨이긴 했지만, 양반 가문만 보고 전처 자식과 대가족이 있는 40세 남자에게 시집보내다니, 그녀의 부모가 너무했다는 생각을 했다. 이제 이복 누나들을 제외하고도 5남매가 되었다. 이복 누나들은 모두 문제가 있었다. 둘은 착하기는 하지만 좀 모자란 듯 했고, 이혼하고 자식과 살다가 70대에 죽었고, 한 사람은 조현병 증세를 보이다가 30대에 죽었다.

그는 우선 생존하기만 바랐던 집안의 희망대로 되었다. 그는 의과대학을 다니면서 또 정형외과를 전공하면서 점점 자신이 아버지 농사처럼 된 것을 알았다. 초중고를 다니면서 혼자서는 뭐든지 할 수 있는데, 다른 사람과 주고받으면서 하는 일이 잘 안 되었다. 운동이든, 게임이든, 바둑이든, 심지어 대화조차도 잘 안 되었다. 말을 보통 속도로 하면 자신이 지금 무슨 얘기를 하는지 알 수 없게 되어 0.5배속으로 테이프를 돌리는 것처럼 말이 느려졌다. 대화를 해도 진심에서 우러나는 말은 못하고 준비된 상투적인 말만 하게 되었다. 사람을 기피하게 되고 생각은 많아졌다.

신체적으로는, 이건 나중에 알게 된 것이지만, 긴뼈는 잘 자라지 않고 편평골은 타고난 모형대로 만들어졌다. 그러다 보니 척추는 길고 뭔가 첫눈에 봐도 이상한 체격을 갖게 되었다. 키는 크기 때문에 먼 데서도 특징적인 자세가 나타났다. 그가 자라면서 그의 부친은 걱정이 커졌다. 얼굴에 핏기가 없으니 큰 병이라도 있는 것이 아닐까? 하고 병원을 여러 군데 데리고 다녔다. 국민학교 입학 전에는 마을 내 한지 의사가 폐결핵이라고 하며 한 달 동안 카나마이신을 엉덩이에 맞게 하였다. 나중에 군대 가기 전 검사에서 아무런 이상이 없었다. 그런데 왜 그는 남과 달랐을까? 바둑을 무척 좋아하여 관전하면 스스로 아마 1단은 될 것 같은데 실전은 할 수가 없었다. 한 수를 두는데 너무 오래 생각하기 때문이다. 축구를 하려해도 생각보다 몸이 한 박자 늦게 나왔다.

이 모든 것의 원인은 자율 신경계와 뼈가 자라는데 필요한 단백질과 칼슘 등이 결정적 시기에 결핍되었기 때문이라고 그는 믿는다. 그의 부친은 그에게 건빵 대신 우유를 먹였어야 했던 것이다. 5세 전후까지 완성되어야 할 자율 신경계의 부실 공사로 인해 사고 과정에서의 깊이는 정상인 반면, 속도라는 요소에서 심각한 장애가 남았던 것이다. 그는 후에 자신의 척추 엑스레이를 볼 기회가 있었는데 놀라지 않을 수 없었다. 척추체가 자신의 체격에 어울리지 않게 컸던 것이다. 그런 척추는 신장 190cm 전후의 체격에서나 볼 수 있는 크기였다. 영양이 부실해도 납작하거나 동글동글한 뼈는 영향을 덜 받는다. 그런 뼈는 유전자의 명령대로 틀이 만들어지고 다만 거기에 채워지는 뼈의 질이 떨어질 뿐이다. 쇄골이나 팔다리뼈는 양쪽 끝에서 뼈가 길어지기 때문에 영양 공급에 영향을 많이 받는다. 그는 고등학교 때 시험을 보면 늘 시간이 부족했다. 다른 친구들은 공부를 덜해서 생각이 안 나면 모르는 거라고 그냥 나오지만, 그는 늘 종이 울릴 때까지 시험지를 붙들고 있었다. 물론 여러 번 외우면 더 빨리 쓸 수가 있기는 하지만 사춘기 이후 대인 관계가 좋지 않은 것에 대한 생각이 많아지면서 공부에 집중하기도 어려웠다. 책상 앞에 밤늦

게까지 앉아 있기는 하는데, 다른 생각만 하는 날들이 쌓여 갔다. 당연히 대입 시험에서 낙방했다. 징집영장이 나올 때까지 계속 시험을 봤다. 그의 부친은 한때 사법 시험 같은 것을 준비해 본 적이 있었다. 틈만 나면 형법을 예로 들면서 '이치를 따지면 이치대로 연결되니까 아주 재미있는 공부.'라고 법학 대학을 가기를 종용했다. 그는 딱히 아는 정보도 없고 하고 싶은 것도 없는 상태였으므로 그냥 법학 대학으로 계속 원서를 넣었다. 모두 실패하고 입대를 했다.

군대는 오히려 그에게 편했다. 사고가 필요 없었고 반복된 훈련에 의해 반사적으로 행동하게 되는 사회였기 때문에 몸이 움직이는 대로 가기만 하면 되었다. 최전방 철책선 근무를 하였기 때문에 축구나 운동 경기 같은 것도 거의 할 기회가 없었다. 입대할 때도 그는 머리를 깎고 대구 50사로 혼자 들어갔다. 자대 배치를 받아 기차를 타고 용산역쯤에서 창밖으로 가족들이 뭔가 전해 주는 광경을 무심히 바라봤던 기억이 난다. 그의 가족들은 걱정이 되었지만, 그가 오지 못하게 하였으므로 군 생활 마칠 때까지 면회도 없었고, 편지 한 통 안 받는 유일한 병사가 되었다. 그러한 그에게도 변화가 생겼다. 신체적인 변화였다. 누렇던 얼굴에 혈색이 돌아온 것이다. 그것을 그는 이렇게 해석한다. 자율 신경계가 하는 일 중에 혈관의 톤을 조절하는 것이 있다. 동맥은 좀 더 깊은 곳에 있기 때문에 혈색은 정맥의 흐름과 관계가 있다. 부실한 신경계가 정맥의 톤을 잘 조절하지 못해 정맥의 흐름이 원활하지 못했다. 그러다가 군대에서 육체적인 일을 주로 하다 보니 사지에 근육이 많이 생겼다. 심장이 보낸 피를 되돌려 보내는 데는 근육의 수축이 상당한 역할을 한다. 그래서 근육은 제2의 심장이라고 하지 않는가? 고민할 겨를이 없었으므로 정신적 스트레스가 줄어든 것 또한 원인일 것이다. 중간에 휴가 나왔을 때 부친은 그를 보고 얼굴에 화색이 돈다고 무척 기뻐했다.

전역은 다가오고 그는 현실적인 고민을 했다. 생존의 위기감을 느끼며 사춘기 이후 죽 해 오던 고민은 생각나지도 않았다. 나가서 법학 대학으로 가고 싶지는 않았다. 졸업 후 사법 시험을 준비해야 한다. 혼자 있게 되면 다시 그 시절의 상황으로 빠질 것 같은 두려움이 있었다. 의대로 가자. 6년 동안 다른 사람들과 섞여서 바쁘게 보내면 자신에게 맞는 길이 보일지도 모른다. 4월 말에 전역하고 서울역 맞은편에 있는 종합반 학원에 찾아갔다. 교무 담당 선생님을 만났다. 전해의 예비고사 성적을 물었다.

"군에서 지난달에 전역해서…."

"아, 그러면 우선 기타대반에서 공부하세요."

서울대 특설반, 서울대반, 연고대반, 기타대반이 있었다.

"서울대 특설반에 넣어주십시오. 한 달 후에는 100등 안에 들겠습니다."

한 반에 70~80명 이상 수용하고 마이크로 수업하던 시절이었다.

그 선생님은 힐끗 쳐다보더니 '서울대 특별반 C반'에 넣어 주었다. 그는 고등학교 때 문과였기 때문에 이과반의 수업을 따라가기 위해 집에서 혼자 공부해야 하는 것도 있었다. 수학 II가 가장 문제였다. 일단 예비고사 점수로 들어가기로 하고 짬을 내어 이과 기초를 독학하며 무심하게 공부에 집중했다. 덜 빠진 군기로 버티는 듯 했다. 한 달 후 그는 전체에서 36등을 했다. 그 학원은 100등까지는 현관에 명단을 게시하고 있었다. 노량진 하숙집에서 다녔다. 밤늦은 시간에는 문을 열고 모기장 속에서 공부를 했다. 하숙집 아주머니가 식사 때마다 칭찬을 했다. 그해 예비고사 성적이 잘 나왔다.

"형님은 잘 나올 줄 알았어예!"

자기 성적은 관심 밖인 듯, 같이 하숙하던 대구 출신 삼수생이 웃으며 말했다. 특차로 모집하는 서울의 한 의과 대학에 원서를 내었으나 낙방했다. 다시 본고사를 쳐서 합격했다. 그의 부친은 이제 의대 마니아가 되었다.

예과 시절은 방학 때마다 동네 정자에 책상을 옮겨 놓고 거기서 지냈다. 마당에 풀이 무성하고 참나무의 매미가 철망을 긁는 소리를 냈다. 개구리가 튀어 오르고 긴 낙숫물을 보며 난간에 걸터앉아 있었다. 집에서는 기대가 큰데 그는 여전히 미래의 불확실함을 느끼고 있었다. 군대 가기 전과는 양상은 달라졌지만, 그가 있어야 할 자리로 가고 있는지 의심이 사라지지 않았다. 이대로 몸을 맡기고 흘러

가면 어떻게 되는가? 열심히 의학 공부를 하면 돈을 많이 벌게 되는가? 의사는 어떤 것을 할 수 있는가?

의학 공부는 그에게 별 문제는 없었다. 열심히 암기하면 시험 때 생각이 나지 않거나 하는 것은 아니었다. 답안지를 늘 맨 마지막에 내기는 했지만, 그런대로 성적은 잘 나왔던 것 같다. 예과 성적표가 고향집으로 우송되었는데 방학 때 동네 친구가 집에 놀러오니

"느그 함 봐라 성적 이래 나왔다."

그의 부친은 성적표를 친구 앞으로 휙 던졌다.

"A, A+, B+, A, B…. C는 없고."

큰 소리로 읽으면서 그 친구가 부친의 자부심에 맞장구를 쳐주던 기억이 나고 돌이켜 보면 그때가 자신에게 가장 고마운 시기였다고 기억된다. 부모에게 희망만을 줄 수 있었기 때문이다.

전문의가 되기까지에는 몇 차례 면접이 있었지만, 순발력을 요구하는 것은 아니었으므로 준비하고 있던 문장을 말하거나 평소의 가지고 있던 생각을 얘기하면 통과되었다. 학교생활은 동기들과 나이 차이가 6년 정도 났다. 형님으로 불리면서 지내기는 했지만, 어울리지는 못했다. 그래도 대학의 다른 과와는 달리 6년을 이동 없이 같이 생활을 하므로 깊게 사귈 친구가 생길만 했는데, 그가 나누고 싶은 대화의 소재를 공감하는 동기들은 찾을 수 없었다. 그는 자주 다른 대학 법학과에 다니는 고종 사촌의 하숙방에 가서 지냈다. 그 사

촌은 그보다 20일 먼저 태어나서 어릴 때부터 내왕하며 지냈다. 그 사촌도 어릴 때부터 '어설픈 똥이'라고 그를 자주 놀리기는 했지만, 미숙한 대인 관계를 잘 알기 때문에 그가 하려는 의도를 미리 좌중에게 이해시키고 또 유머러스하게 변환시켜 주었다. 그곳에서의 대화는 인문학에 목말라 있던 그에게는 샘물과도 같았다. 그림과 명칭, 개념도 등이 중요한 그의 교과서와 달리 문장만 가득 찬 법학 교과서들을 몇 회 독 했느니 하는 말이 신기하게 들렸다. '똥이'는 그의 조모가 혹시 잘못될까 봐 그렇게 지었고, 집에서는 국민학교 다니는 내내 그렇게 불리었다.

인턴은 영등포 소재 종합 병원으로 들어갔다. 같이 인턴으로 들어온 한 친구가 평소 협심증이 있었다. 협심증만으로는 일반 심전도 검사에서 잘 나타나지 않는다. 징집을 위한 정밀 신검에서 이상 소견이 나타나게 하려고, 검사 전에 줄담배를 피운 다음 트레드밀 운동 부하 검사를 하다가 심정지로 사망하고 말았다. 충격적인 사건이었지만 인턴 생활이 시작되자 가슴 속에 오래 남아 있지 못했다. 인턴은 동시에 여러 곳에 있어야 한다는 말이 있다. 발에 불이 나게 뛰어다녀야 한다는 말이다. 응급실을 담당할 때는 24시간씩 교대를 했는데 근무 내내 앉지 못 하는 때도 있었다. 영등포구의 가내 공업을 하는 곳에서 사고가 많았다. 구급차 사이렌 소리가 끊이지 않았다. 근무가 끝나고 피곤한 몸을 끌고 인턴 숙소에 들어오면 그를 지탱하던 모든 것이 사라진 느낌이 들었다. 벽에 담뱃불 자국이 총탄 흔적처럼 남아 있는 이층 침대에 몸을 눕히면 너무 피곤해 잠도 빨리 오지 않았다. 현실이 아득해지면서 고향이 떠올랐고 낮에 보았던 환자들의 모습과 뒤섞여 혼란스러웠다.

한 살배기, 이층 옥상에서 떨어져 머리가 찌그러진 아이를 안고 온 엄마의 남루한 옷자락, 헝클어진 머리카락. 아이는 컴퓨터 촬영하러 가고. 씻어 내고, 씻어 내도 굴러 떨어지는 붉어진 눈물. 엄마의 나이는 아직 어려 보이는데 삶 속으로 들어와 창을 흔들고. 사람들은 멀리 있고, 꽃도 멀고, 구름도 멀고.

그는 인턴을 마친 후 피부과를 지원하였다. 피부과는 당시에도 인기 있는 과에 속했다. 인턴 말미에는 누가 무슨 과에 지원하였는지 공개가 된다. 소아과에서 인턴을 하고 있을 때

"자네는 나환자촌에 갈 생각인가?"

담당 과장이 물었다. 오지에서 의료 봉사 같은 것은 의사이면 누구나 한번쯤은 가져보는 꿈이다. 구체적인 생각을 해 본 적이 없는 그는

"잘 모르겠습니다."

하고 말았다. 이상과 현실, 아니 기대와 능력 사이에서 갈피를 못 잡고 있었다. 목표가 불확실해지니 수련을 이어 갈 수가 없었다. 피부과 수련 과정에 들어간 지 한 달만에 그는 사직서를 냈다. 그 과에서는 황당하다는 표정이었다. 그만두는 이유를 설명하기 어려웠

다. 그저 죄송하다는 말만 하고 과장님 방에서 나왔다.

며칠은 집 주위를 걸으면서 한가롭고 허전한 시간을 보냈다. 의료 봉사는 집안의 경제적인 문제를 생각하지 말아야 한다. 또 팀원 간 또는 주민과의 인간관계도 중요하다. 경제적인 문제가 해결되어 지원한다 해도 가서 보람을 느끼기보다는 주위 사람들과의 부적응에서 오는 괴로움이 더 클 것 같았다. 혼자 가서 부딪혀 가며 자리를 잡을 수는 없을 것이다. 그렇게 되기까지 많은 사람의 도움을 받아야 하고, 갈등을 이겨 내야 할 것이다. 혼자 할 수 있는 일이 무얼까? 정신과를 하고 싶었다. 맨정신이 아닌 사람들의 세계로 들어가서 같이 살고 싶었다.

정신과에서 인턴을 할 때였다. 정신과 입원 병동에 가 있으라고 했다. 저녁에 입원할 환자가 올 테니 문진을 하고 입원 오더를 내어 놓으면, 밤에 주치의가 가서 처방을 내겠다고 했다. 조금 있으니 30대 여자가 왔다. 출산한 지 3주가 되었다고 한다. 자신이 아기를 해치지 않을까? 하는 불안감 때문에 잠을 잘 수가 없다고 하였다. 아기가 죽을 것 같다는 생각도 끊임없이 생긴다고 했다. 교과서에서 배운 대로 주소(chief coplaint), 병력, 과거 병력, 가족력, 개인력 등을 환자가 말하는 그대로 기록했고, 말하는 도중의 환자의 움직임- 손가락으로 책상 모서리를 긁는다거나 입술의 비정상적인 움직임 -등을 자세히 묘사하였다. 결론으로 출산 후 한 달 이내에 불안, 망상

등의 증상을 보이므로 “Postpartum psychosis(산후 정신병)”이라고 진단을 붙였다. A4 용지 5매 정도의 분량이었던 것 같다. 다음날 회진은 과의 모든 교수가 참여하는 ‘그랜드 라운딩’이었다. 병실을 거쳐 응급실에 도착했는데 한 교수가 레지던트에게 뭐라고 나무라는 얘기를 하는 것 같았다. 인턴들은 뒤쪽에 있어 잘 들리지는 않았는데, 갑자기 석좌 교수– 그분은 진료가 가끔 있고 일반 회진에는 참여하지 않기 때문에 직접 대면한 적이 없었다. –가 그에게로 가까이 오더니 “닥터 최도 디스크립션(description)에는 일가견이 있지.” 하였다. 나중에 들으니 그가 쓴 입원 차트를 교수들끼리 돌려보고 레지던트들에게도 회람하라 하였다고 한다. 진단명은 ‘Postpartum psychosis(산후 정신병)’이 아니고 ‘Schizophrenia(조현병)’이라고 하였다. 조현병은 산후 정신병 증세의 흔한 기저 질환이다. 조현병 병력이 있는 환자가 산후 정신병 증세를 보일 때는 조현병이 재발된 것으로 본다는 뜻이었다. 그것은 인턴의 수준을 넘어선 것이었으므로 교수들이 개의치 않고 그 같은 결론에 이르기까지의 과정을 평가해 준 것이었다. 몇 년 후 그는 다른 대학 병원에 정신과 수련의 지원을 한 적이 있었는데 그때 인턴을 했던 병원의 교수 중 한 분이 자리를 옮겨 그 학교에 와 있었다. 그 교수는 그를 알아봤고 호감을 나타냈다. 그런데 결정권이 있는 주임 교수는 명상에 잠긴 부처 같은 눈을 하고 있었는데 그를 한참 노려보더니 다른 과를 하라고 했다. 옆에서 알아보던 교수가 눈빛으로 '왜?'라고 하는 듯하였지만, 주임 교수는 끝내 아무 언급도 하지 않았고, 그는 탈락했다. '방금 내가 독심술을 하는 궁예를 만나고 왔나?' 하는 생각이 들었으나 억울하지는 않았다. 그 주임 교수가 그에게서 무언가를 봤다는 느낌이 들었고, 그게 옳을 것이라는 생각을 했다. 정신과 환자를 치료하려는 의사는 어쩌면 그 세계 속으로 절대 빠져서는 안 되는 지도 모른다. 물 밖에서 손을 내밀어야지 수영해서 건지러 가서는 안 된다는 의미가 아니었을까? 동기가 그 과의 레지던트를 하고 있었는데 '학과 성적은 지원자 중에서 제일 좋았는데 왜 탈락시켰는지 모르겠다.'고 했다. 그리고 면접 중에 당락을 밝힌 것도 이례적이었다고 한다.

그는 생활비를 벌어야 했으므로 의사 신문의 구인 광고란을 뒤적거렸다. 태백의 한 의원에서 과장님을 모신다는 글이 있었다. 전화를 하고 청량리에서 기차를 탔다. 무궁화호였던가? 청량리에서 서너 시간 후, 태백역에 도착하니 철로 뒤편의 시커멓게 탄 더미가 무너져 내릴 듯 쌓여 있었다. 역사(驛舍)를 나오니 삼월이었는데 바람은 때때로 휘몰아치고 사람들은 코트를 여미며 빠른 걸음으로 사라지고 있었다. 눈엔 자꾸 이물감이 들었다. 역에서 그리 멀지 않은 대로변에 '한미 의원'이 보였다. 진료 과목: 안과, 이비인후과, 내과, 소아과. 단층 기와로 지붕을 한 담배 가게 같은 집이었다. 미닫이문을 열고 들어가니 사무장이라는 사람이 집 뒤로 안내했다. 집 뒤에 살림집이 있었는데 80대 원장님과 사모님이 기거하는 곳이라 했다. 현재 진료하고 있는 과장님이 그만둔다고 하니 다음 주부터 진료를 해 달라고 하였다. 표정이 별로 없는 원장에게 부인이 그를 여러 번 소개하였다. 부인은 두 번째인지 나이 차이가 상당히 있어 보였다. 땅딸막하며 항상 '좋은 게 좋지 않겠습니까요?' 할 것 같은 표정을 가진 사무장이 약 처방도 그대로 하면 되고 골치 아픈 일은 자기가 다 알아서 하니까 걱정 말고 오시라며 불필요하게 '하하하' 크게 웃는다. 의원에서 원장 밑이면 부원장이지 여러 과를 다 보는 과장이라. 그는 대학 병원에만 있다가 처음 접하는 일이어서 이게 무슨 시스템인가 싶었다. 원장님은 일류대를 나왔는데 수년 전부터 치매 증상이 있는지 금방 있었던 일을 자꾸 잊어버려 일반의를 고용하여 진료하고 명의만 원장으로 되어 있다고 하였다. 그 도시에는 눈에 탄가루가 잘 들어가서 안과 환자가 많은데 전문의는 없고 그 의원에서 안과를 주로 본다고 하였다. 안과 처방이란 것이 천편일률적이어서 눈을 씻어 주고 항생제, 소염제, 그리고 점안액을 처방해 주는 것인데, 나중에 진료하면서 보니 사무장이 한쪽에 커튼을 쳐 놓고 여자들 쌍꺼풀 수술을 해 주는 것이었다. 보험 청구를 하지 않고 일반으로 진료비를 받으니 따로 기록하지도 않았다. 그런 경우가 요즘은 있을 수 없지만, 당시에도 경험 있는 의사들은 허용하지 않았다. 모두 진료 의사의 책임이므로 사무장이 진료에 손대지 못 하게 해야 하던 것을 그는 의원급의 관행쯤으로 알았다. 다행히도 그의 진료는 오래가지 못했다. 원장 부인의 불만이 날로 커졌던 것은 사무장이 쌍꺼풀 수술을 할 수 있도록 치료하러 오는 여자 환자에게 권해야 하는데, 그는 그것을 못 하였던 것이다. 사무장이나 원장 부인이 식사 때 그런 얘기를 몇 번이나 했지만 그는 하지 않았다. 사무장이 수술한다는 것도 내키지 않았지만, 안검 하수같이 쌍꺼풀 수술이 치료의 한 방법이 되는 경우라면 해야겠지만, 성형외과도 아니면서 그런 것을 권한다는 것은 그 의원에서 할 일이 아니라는 생각이 든 것이다. 대학 병원의 경험밖에 없는 그는 진료 영역에 대해 엄격하게 보고 있었다. 원장 부인이 사무장을 통해 말을 전해 왔다. '일반 환자가 너무 없어서 과장님이 권해 주지 않으면 다른 선생님이라도 모셔야 한다.'고 했다. 그는 알았다고 했고 이 주 후, 해고 통보를 받았다. 두 달 동안의 태백에서의 생활은 그저 그 도시에 부는 바람 같았다. 한 번씩 몰아치고 지나가 버리는 바람. 여며도 선득거리는 외투를 입고 지낸 시간이었다. 태백은 그에게는 별로 애증이 없는 도시로 남았다. 다시 깊은 산과 터널을 지나 집으로 돌아왔다.

이즈음 그의 거주지는 서울의 자취방이었다. 지난 연말 피부과를 지원했다는 말을 했을 때 부친은 몹시 낙담하는 기색이었다. 시골에서는 의과 대학을 졸업하면 외과나 산부인과 같은 규모가 큰 병원을 차려서 많은 돈을 버는 것이 성공한 케이스라는, 그 전 시대의 가십

거리를 아직 현실로 믿고 있었다. 요즘 기준으로 보면 피부과야말로 그런 류에 근접해 있지만, 정보가 없던 시골이라 부친의 생각은 현실과 거리가 있었다. 피부과를 그만두고 나서 일반의로 몇 년 경험을 쌓은 후 다른 과를 하겠다고 안심을 시켰다.

졸업반이었을 때 도서관에서 만난 여학생이 있었다. 경제학과 3학년이었는데 졸업하면 그녀와 결혼할 생각이었다. 객관적으로는 평범한 집안의 평범한 여자였지만 그에게는 남다르게 보였다. 모든 면에서 평범한 것은 아주 특별한 것이라는 생각이 들었다. '이웃에서 식초를 빌리러 왔는데 자신의 집에 없어서 이웃에서 빌려다 주는 사람에 대해 공자가 좋지 않게 본다.'는 말이 논어에 나온다. 남에게 베푸는 것도 분수에 맞게 하라는 뜻이라고 본다면 너무 피상적이다. 있는 그대로 싫고 좋음이 드러나는 것이 더 호감이 가는 인간형이라는 의도로 읽혔다. 희로애락의 감정을 억제하여 예로 나타난다면 인(仁)을 실현하는 것이라는 공자의 사상은 궁여지책이 아니었을까? 실제로는 공자도 솔직담백한 인간형을 더 좋아하고 더 가치 있게 본다는 느낌이 든다. 그것이 남에게 해를 끼치지 않는다면. 그녀를 바로 그런 인간형으로 보았다. 그녀에게는 사물이 왜곡 없이 비치고, 왜곡 없는 반응이 나온다. 그는 가끔 '이런 상황에서 사람들의 보편적인 반응은 이 정도구나.' 하는 것을 그녀의 반응을 보고 안다. 그녀는 남이 볼 때와 혼자 있을 때 행동이 다르지 않는 소수에 속할 것이다. 그는 독신으로 지내는 것도 가치 있다고 생각하지만, 결혼을 한다면 그녀를 선택 할 수밖에 없다고 생각했다. 집안에 알렸더니 그의 독단으로 결정한 데 대한 식구들의 불만이 있었지만, 집안의 분위기에 휩쓸리고 싶지 않아서 그 즈음에는 집에 가지 않았다. 그리고 또 일자리를 구해야 했다.

'의료부'라는 직업소개소 같은 곳이 있다. 의사들을 병원에 소개해 주고 첫 달 봉급의 10%를 받아 가는 곳이었다. 연락했더니 송탄의 준종합 병원을 소개해 주었다. 송탄까지 출퇴근하며 응급실 야간 당직을 일 년 정도 했던가? 그 병원이 부채 때문에 문을 닫게 되어서 다시 실직자가 되었다. 이번에는 충주에 자리가 있다고 연락이 왔다. 충주의 준종합 병원의 응급실 당직을 맡게 되었다. 저녁 6시 30분부터 아침 8시까지가 근무 시간인데 숙소- 5층에 있는 일인 병실 -에 있다가 환자가 오면 가운을 걸치고 내려갔다. 당시에 교통사고가 많아서 잠들려 하면 깨우곤 하여 밤에는 거의 눈을 붙이지 못했다. 어떤 날, 직원 회식이 끝나고 원장 동생이 운전하는 봉고차를 타고 귀가 하다가 전봇대를 들이받아 직원 전부가 피투성이가 되어 들어온 적도 있었다. 낮에는 숙소에서 자고 오후 늦게 일어나 시내를 한 바퀴 돌거나 대학 캠퍼스에 앉아 있다 오거나 하였고 저녁 식사 후 다시 근무하는 생활이었다. 휴무일은 임의대로 일주일에 한 번 가졌다. 휴무일에는 가끔 서울로 올라갔다.

그는 그곳에서도 원칙대로 하려고 노력했다. 그 병원에서 처리할 수 있으면 중환이라도 입원시켜서 밤새 바이탈 징후를 감시했고 응급 수술을 요하는 상태는 전원 소견서를 써서 인근 대학 병원으로 전원했다.

"최 선생님 소견서 받으면 우리 응급실은 비상이었어요."

나중에 인근 대학 병원의 응급실 담당의를 만났을 때 들은 말이었다. 항상 심각한 환자가 갔기 때문이었다. 의료적 관점에서 꼭 칭찬받을 일은 아니었다. 판단이 잘못되어 붙들고 있던 환자가 한 사람이라도 잘못되면 그간의 많은 옳은 판단들이 무색해지고 비난 받아야 마땅하기 때문이었다. 그러나 그는 응급실을 맡았으면 그 정도는 가려내야 되지 않을까? 하는 생각을 가지고 있었다. 그 병원에서는 차츰 그를 신뢰하여 밤에 오는 환자에 대해서는 모든 결정을 알아서 하라고 했다. 그가 응급실을 맡고나서 담당 과장들이 편해졌다고 했다. 충주에서의 생활은 생각의 여지가 없는 날들이었다. 밤마다 피를 흘리며 실려 들어오는 환자들 사이에서 그의 시간은 실종됐다. 낮에는 멍한 상태로 지내다가 다시 그 자리로 돌아오는 날들이었다. 식당은 병원 옥상에 있었고 저녁 먹는 사람은 거의 그 혼자였다.

병원 옥상 식당에서 몇 개 밥알을 씹다가

먼지 쌓인 화분과 그 위에 앉은 붉은 비닐 조각들을 본다.

꽃잎이었던가. 다시 흘러가는 여름

큰 소리 내며 쓸려 가는 질병과 떠남이 보인다.

너무 오래되어 곧 끝날 것 같은 땀과 근육의 긴장

운명이 바삐 거래되는 아래 응급실 밤마다 날품을 파는 장날이 선다.

두 배속으로 호가(呼價) 소리는 날아다니고

그만 일어나야지 하던 때가 땀 냄새로 내려앉는다.

다 바래지 않은 꽃잎의 붉은 빛

흘러가는 소리를 다시 듣는다.

어느 날 집에서 연락이 왔다. 부친이 이상하다는 것이었다. 한쪽 팔이 잘 움직이지 않는다고 했다. 휴가를 내어 집으로 가니 한쪽 편마비가 있고 언어 장애가 있었다. 서울의 한 대학 병원에서 검사를 하니 뇌경색이 상당히 진행되어서 입원해도 별로 할 것이 없는 상태라고 했다. 그는 수원에 월세로 집을 구하고 부모님을 모셨다. 그리고 결혼식을 올렸다. 고속버스 터미널 근처 예식장이었다. 밖에서 하객을 맞고 있는데 하객 중 한 분이 그를 보고 신랑이 어디 있느냐고 물었다. 머리도 제대로 다듬지 않고 우중충한 인상으로 서 있으니까 차마 새 신랑이라고 생각하지 못한 것이었다. 아내는 졸업하자마자 결혼을 했고, 겪는 일이 다 예사롭지가 않아서 매일의 일상이 충격 자체였던 것 같다. 그 전에 두통이 있다고 하여 그의 부친을 모시고 근처 개인 의원 내과에 간 적이 있었다. 그 원장은 학교 선배로서 특별한 증상은 아니라고 했는데 그 때 대학 병원으로 가서 정밀 검사를 받게 하지 못한 것이 그에게 깊은 회한으로 남았다. 이제 그의 부친은 자리에서 일어나지 못하게 되었다. 그는 인턴 때 중환자실에서 배웠던 일을 집에서 하였다. 욕창 방지를 위해 하루 6번씩 위치를 바꾸도록 했고, 영양 수액제를 투여했고 팔다리의 구축을 방지하기 위해 운동을 하게 했다. 의식도 점차 덜 명료해져 갔다. 그는 충주에서 다니며 욕창 치료, 도뇨관 삽입, 링거 주사 같은 것을 일 년 정도 했고 그의 부친은 촛불이 스르르 꺼지듯 생을 마감했다. 부친에게 그는 제대로 된 농사였다. 작황도 좋고 시세도 제대로 받을 수 있는 때를 만났다. 찾아오는 도매업자를 내치기만 하다가 얼려서 버린 괴로운 경험을 또 하고 싶지는 않았을 것이다. 부친의 의식 속에 실패하지 않은 농사로 남아 있었기를 그는 간절히 바랐다.

충주의 병원은 일반 외과 과장이 대표 원장이었는데 술을 너무 좋아해서 저녁마다 과음이었다. 그래도 다음날 수술이나 진료는 지장이 없었는데 결국 간암 판정을 받았다. 서울의 한 대학 병원으로 병문안을 갔다. 수척해진 얼굴로 침대에 앉아 '이젠 절대 술 안 마신다.'고 하는 그 원장의 얼굴은 결기에 차 있었다. 그 때는 일차 수술 후 재발하여 수술도 못하고 색전술을 앞두고 있는 상태였는데 유효기간이 지난 희망이 잠시 그를 붙들고 있는 듯 보였다. 돌아오는 길,

헛웃음을 짓던 그의 검은 얼굴이 뇌리에서 떠나지 않았다. 얼마 후 그 원장은 사망했다.

정형외과 원장이 대표 원장이 되었다. 정형외과 원장은 그에게 수련 과정과 똑같이 가르쳐 줄 테니 낮에 같이 일하자고 하였다. 그는 아무래도 수련 병원으로 가야 할 것 같다고 했다. 원장은 그러면 자기가 잘 아는 교수를 소개해 줄 테니까 정형외과를 할 생각이 있느냐고 물었다. 학생 때는 내과가 적성에 맞는 줄 생각했고 인턴 때는 몇 개 과를 생각했었고 사회에 나와 보니 특별히 못할 과는 없는 것 같았다. 그리고 정형외과는 학교에서는 마이너과였는데 사회에서는 외과 계통 중에서 가장 환자가 많고 대수술이 많은 과였다. 그는 정형외과로 들어가기로 하고 나서 그의 부친을 떠올렸다. 살아 계셨으면 한참 또 설명을 했어야 했겠구나 생각했다.

그 대학 병원에서는 일손이 부족하다며 몇 달 미리 와서 일반의로 근무해 주기를 바랐다. 그의 아내는 충주의 새로 지은 아파트를 분양 받았다. 저층 아파트여서 청약자가 미달이었다. 아내는 이미 딸을 출산한 상태였다. 돌이 안 된 딸과, 아내와 모친과 함께 충주로 이사를 하였다. 거대한 조직 속에서 인턴을 마친 지 4년 만에 다시 조직 속으로 들어가는 것이다. 오히려 그런 곳에 묻히는 것이 편할 것 같다는 기대가 생겼다. 신생 대학 병원이어서 인턴들만 있었다. 정형외과 환자가 전체 병실의 1/3 정도를 차지하고 있었는데 그가 레지던트 일을 모두 해야 하는 것이었다. 담당 교수는 '잘 왔다. 도와 달라.'는 말 끝나기 무섭게 수술실로 들어가고 그는 인사하러 간 날부터 150명이 넘는 입원 환자를 파악하고 처치를 해야 했다.

아침 7시에 일어나 회진 준비를 시작하면 새벽 2시 전에는 끝난 적이 없었다. 병동 환자를 보고 있으면 쉴 새 없이 응급실에서 호출하였다. 일주일 내내 근무였지만, 담당 교수도 쉬라는 말은 할 수가 없었고 그도 바라지 않았다. 갑자기 일의 폭포를 맞는 기분이었다. 그러나 지금까지와는 다르게 모든 환자가 정형외과여서 머릿속은 덜 복잡했고 무엇보다도 생사를 넘나드는 환자가 없어서 오히려 느긋해졌다. 환자를 볼 때 인간적으로 봐야 하고 마음까지도 치료해야 한다는 말이 있지만, 대학 병원 같은 곳은 분업화하기 때문에 자신이 잘하는 분야 외에는 누군가 해 줄 것이라는 조직에 대한 의존이 생긴다. 의사들끼리는 '그 힙프렉쳐(고관절 골절) 퇴원했나?' 이런 식으로 말하는데 사람보다는 질환명으로 사물화 시키는 것이다. 이것도 인간적 관계에서 오는 스트레스를 피하기 위한 일종의 정신적 방어기제라고 한다. 노련한 의사들은 언제나 마음을 어루만지는 말을 준비하고 있기는 한 것 같지만, 수련의 수준에서는 넘볼 수 없는 여유였다. 그는 대인 관계도 신경 쓸 필요가 없어졌다. 환자들의 상처만 바라보고 차트에 뭔가 적고 간호사들과는 사무적인 대화만 오가면 되었다. 그래도 늦은 밤까지 혼자 고민하며 치료를 하니 환자들은 우호적이었고 잠을 깨워도 불평하지 않았다.

그가 바빠지자 그의 아내도 바쁘게 움직였다. 산 밑의 서민 아파트였지만, 신선한 공기와 주위의 밭에 자라는 채소들, 붐비는 상가, 아이들 소리, 다시 사람 사는 동네에 온 것 같았을 것이다. 그녀는 9급 공무원 시험 준비를 했고 그 해 합격했다. 동사무소에 근무했는데 민원 담당을 하니 너무 바빴다. 그래서 다시 교육 공무원 시험을 쳐서 합격했다. 장호원의 한 고등학교 서무과에 발령이 났다. 충주와는 가장 가까운 경기도였지만, 버스로 50분 걸렸다. 아침에 아이를 아랫집에 맡겨 놓고 퇴근할 때 찾아왔다. 레지던트 월급이 50여만 원 할 때여서 그것으로는 생활을 유지할 수가 없는 것을 알았기 때문이었다.

정식으로 레지던트 1년 차가 되었다. 바쁘기는 마찬가지였다. 치료의 일부는 인턴이 하지만 수술실로 들어가야 했고 외상 수술은 그에게 일임되다시피 되었다. 지도 전문의 숫자가 늘어나니 그를 찾는 사람도 늘어났다. 2년 차가 되면서부터는 바쁘기는 해도 1년 차 레지던트가 들어오니 생활의 두서가 생겼다. 대부분의 레지던트들은 밑의 연차를 데리고 다니기를 좋아하였다. 개인적인 용무나 식사 때에도 데리고 다녔다. 그러나 그는 업무적으로 필요한 경우가 아니면 부르지 않았다. 할 일 끝나면 알아서 하라는 식이었다. 자유 시간이 생기니 레지던트나 인턴들은 좋아했다. 그의 수련의 과정 4년은 그렇게 보냈다. 그 사이에 아들이 태어났고 그의 아내는 공직 생활을 청산했다. 충주를 떠나왔다. 충주는 호반의 도시이다. 유목민이 물가에서 비로소 정착민으로 바뀐 느낌이었다. 그러나 어디로 가서 또 자리를 잡아야 하나? 정착민이 되기 위해 또 떠나야 했다. '내 조상은 유리(流離)하는 아람 사람으로서….'

일단 갈 길은 정해졌다. 전문의 자격증을 취득하고 대전의 한 종합 병원에 취직했다. 이제 진짜 과장으로 불렸다. 평소에 그의 아내는 그를 '선생님'이라고 불렀다. 인턴 기간 그를 만나러 갔을 때 병원 사람들이 부르는 것을 듣고 따라한 것이다. 그가 '이제 과장으로 되었으니 승진시켜 달라'고 했더니 몇 번 '과장님' 하다가 다시 '선생님'으로 돌아갔다. 일 년 정도 근무한 후 충북 옥천에 개업을 했다. 대전에서 30분 거리이므로 출퇴근하기 적당했고 처음 개업에는 대도시보다 부담이 적다고 생각한 것이다. 건물 임대에 드는 보증금과 인테리어 비용, 그리고 병원 장비 모두 대출이나 리스로 했다. 입원실을 운영하고 수술도 했다. 그런데 대부분 의료 보험으로 진료를 보았으므로 의원급에서는 청구 업무가 중요했다. 보험 규정은 몇 개월 단위로 바뀌고 대단히 복잡해서 지침이 두꺼운 책으로 나와 있지만 그것은 일부에 불과하였다. 요새는 전자 프로그램으로 청구하지만, 그 때는 종이 차트를 모아 1개월 단위로 청구를 하였다. 신입 원무과 직원도 서툴렀다. 그는 진료 외에는 알려고 하지 않았기 때문에 그의 아내가 다른 의원에 물어보거나 책자를 찾아보거나 직접 심사 평가원에 전화해서 파악했다. 몇 달 후 그의 아내는 그 방면에서는 누구보다 전문가가 되었다. 인근 의원에서 물어보는 경우도 생겼다. 처음에 그는 아내에게 병원에 나오지 말라고 했다. 직원들 보기에 좋지 않을 것 같아서였다. 그래도 아내는 나와서 구경하듯이 있다가 문제가 있는 부분에 대해 직원보다 먼저 알아내니 결국 모두 그녀를 찾게 되는 것이었다. 아내는 그냥 쉬라는 말을 평소에도 싫어했다. 일거리가 잔뜩 쌓여 있으면 안색이 밝아지는 것이 의욕이 더 생기는 모양이었다. 잡념이 없으니 일에 대한 집중력이 뛰어났다. 그가 장손이어서 제사가 많았다. 한번은 입제일 저녁인데 주방 쪽이 조용하니 그의 모친이 한 번 나와서 둘러보고는 '제사를 지낼라 카나' 혼잣말로 하다가 다시 방으로 들어갔다. 한 시간 쯤 있다가 또 나와서는 '거 참 이상하네, 제삿날인데?' 하고는 들어갔다. 다시 한 시간 쯤 있다가 나오니 거의 모든 제사 음식이 완성되어 있었다. 그의 모친이 '손은 재바르네(재빠르네)' 했다. 집중해서 일을 하니 조용히 빨리 끝났다. 모친도 남을 비난하거나 나무라기를 잘하지 못하는 성격이었는데 딸(시누이)들이 아무래도 그의 아내를 좋지 않게 평가하니 그런 쪽으로 기울어질 때가 있었지만, 가끔 며느리의 하는 행동을 보고 의외라는 반응을 나타냈다. 그의 모친은 90세 이후에는 수시로 대학 병원 입·퇴원을 반복했다. 한번은 그의 아내가 보호자로 병실을 지켰는데 좁은 보호자 침대에서 잤다. 그의 모친은 잠을 자주 깨었다. 모친의 말로 그녀가 보호자 침대에 모로 누워 자는데 일어날 때까지 처음 누운 자세였다면서 '가가 그래도 느그들하고는 다르다. 마, 시끄럽다.'고 했다고 한다. 시누이들이 무슨 말들을 하고 있었는지 짐작이 가는 상황이다. 4년을 옥천에서 보내면서 빌린 돈은 어느 정도 갚았지만 돈을 모으지는 못했다. 그래도 집 근처 아파트 단지 내로 병원을 옮겼다.

모친은 그의 부친이 사망한 후 27년이나 더 생존하다가 99세에 돌아가셨다. 심부전이 온 상태로 10여 년을 지냈는데 조금만 움직여도 숨이 차고 감기만 걸려도 호흡 곤란이 왔다. 얼굴에 청색증이 오고 의식이 혼미해지는 위험한 순간이 세 차례 있었다. 119로 대학 병원 가기도 늦은 상황에 그의 응급 처치로 살아났다. 심장이 수명을 다하지 않은 이상 산소 공급만 되면 위기는 넘기는 것이니까 그는 항상 그런 경우에 대비를 해 놓고 있었다. 기관 삽관하고 분비물 흡인, 산소 공급하면 다시 살아나는 것이다. 그렇게 연명을 하였지만 나중에는 심장이 힘이 부쳐 전신에 산소를 제대로 보내지 못하는 상황이 눈에 보였다. 마치 큰 비닐 주머니를 쓴 것 같이 답답해했다. 산소를 폐로 아무리 공급해도 심장이 잘 나르지 못하는 것이었다. 그걸 보면서 그는 심장마비가 와서 급사하는 사람이 행복한 것이라 느꼈다. 그래도 위기 상황이 오면 또 살려 내야 했다. 달리 생각할 수 없었다. 중환자실에서 지내는 시간이 많아졌다. 가족들에게 연락하라고 주치

의의 지시를 받은 경우도 세 번은 되었다. 그러다가 4월, 마지막까지 잡고 있던 생명의 줄을 모친이 조용히 놓는 모습을 지켜봤다.

모친은 평소에 자신의 사후 장례 절차가 부담이 되지 않도록 가끔 나가던 교회 목사에게 편지를 써서 부탁해 두었고 일부러 주말이 되도록 기다린 것처럼 금요일 밤에 운명하였다. 그의 모친은 지식에 대한 갈망이 많았다. 당시 여자들도 국민학교는 보내는 집이 많았는데 모친은 학교에 가는 또래를 보면 그렇게 부러웠다고 한다. 외가에서는 어찌 그리 마음이 모질 수가 있는지? 그는 그 광경을 떠올리면 가슴이 아팠다. 그의 모친은 역사 소설을 좋아했다. '자고 가는 저 구름아', '임진왜란', '삼국지' 같은 책을 읽고 내용을 그대로 다른 사람들에게 들려주었다. 그의 조모가 말년에 관절통으로 걷지 못해 그의 모친이 업어서 마을 내를 왕래했다. 조모가 업혀서 지팡이로 자꾸 등을 미는 바람에 더 힘들었다고 한다. 수월하게 해 주려고 그랬다고 조모가 후에 말했다. 그의 모친은 집안일과 밭일을 같이 해야 했다. 이른 아침에 밭으로 나가면 이슬 맺힌 풀들이 발길에 채였다. 몇 해나 더 이것을 차야 하나 하면서 걸었다고 한다. 나중에 개업했을 때 그가 일요일마다 강가로 나갔는데 위험하다고 모친이 말렸다. 한번은 모친을 모시고 나갔다. 금강의 너른 자갈밭에 차를 세워 놓고 투망을 했다. 모친은 조는 듯 보는 듯 차에 앉아 있었고 끝날 때 "거기 웬 고기가 그래 많노." 하였다. 강이 위험하지 않음을 보여 주려는 의도도 있었고, 오래 가만히 응시하면서 지난 세월동안 일터였던 자연을 이제는 아프지 않게 추억해 보기를 바랐다. 아침부터 밭일을 하고 어둑해지면 대식구가 기다리는 집으로 가서 일을 또 해야 했고 거기에다 경제적 권한도 없었으니 심신이 몹시 힘들었을 것이다. 그러나 그런 시간 중에도 자연에게서 분명 어떤 위안의 메시지를 받았다고 본다. 매일 만나는 팔랑거리는 곤충과 풀, 구름과 바람은 '우리를 보고 지내시지요. 곧 지나갑니다.' 하지 않았을까? 그가 맹지에서 작업하면서 느꼈던 것처럼.

그의 조상 묘소는 포항과 경주에 있는 5개의 리에 흩어져 있다. 음력 시월에 묘사를 지내는데 과거 부친 때는 한 달 걸렸다. 반은 걷고 반은 버스를 타면서 저물면 산지기 집에 묵었다. 한 지역 다 지내면 집에 왔다가 다음날 또 나간다. 위토답이 있는 곳은 산지기가 미리 제수를 준비하는 곳도 있었지만, 점점 산지기 하려는 사람이 없어져서 집에서 차려 나가게 되었다. 그냥 걷기도 힘든 가파른 산의 8부 능선에 산소를 모신 곳도 많았다. 부친 사후 그가 맡게 되었을 때는 승용차로 이틀이 걸렸다. 주말, 날짜를 잡아서 어떤 때는 아내와 어떤 때는 혼자 다녔다. 그는 대화로 표현하는 일이 드무니 새로운 느낌이 생기면 글로 남기고 싶어진다. 과거에는 노트에, 최근에는 블로그에 뭔가 끄적거려 놓는다.

지난주에는 묘사를 갔다 혼자 다니는 게 좋다.

사슴 토끼가 출몰하지 않아도

낙엽 길은 존재들로 풍요로운 세상이다.

위덕대 뒷산에 오르니 호일 조각같이 보이는 안계못과

나무들 사이를 빠르게 지나가는 바람이

어느 해보다 많은 얘기를 하였다.

세숫물 한 바가지로

양치질하고 머리 감고 세수하고 발 닦고 걸레 빨고 마당가 화단의

물로 사용했던,

그러면서도 머슴에게 역병 걸린 소지댁 담 너머로

쌀 한 자루와 짚 한 단을 던져 주고 오라고 하였다던 할매, 그리고

만주의 풍운아 할배의 묘,

하실 말씀 바람 소리로 듣고

그때 이후로

저의 세상도 많이 지났음을

펴지지 않는 허리로

백세주 두 잔 부어 놓고

고하였다.

차가 들어가는 선산이 있는데 그곳으로 산소를 모으는 일이 부친에게나 그에게나 숙원 과업이 되어 있었다. 경제적인 문제도 있었지만, 7대조 이하의 묘를 모두 이장한다면 자손들 모두에게 통보해서 날을 잡고, 흩어져 있는 지역마다 따로 제사를 지내고, 화장이나 매장을 위한 절차를 마치고 새로운 개장지에서 한 분 한 분 제사를 또 지낸 후, 매장을 하고 다시 제사를 지내야 한다. 많은 인원을 위해 산에다 솥을 걸고 천막을 치고 며칠을 보내는 것이 보통이었다. 그런 일일수록 의견이 분분하여 '가마 있거라 보자. 이래가는(이렇게 해서는) 안 된다. 저래가는 안 된다.' 하며 진행을 방해하는 마을 어른들의 손사래가 눈에 선했다.

부친 사망 후 20년이 지난 즈음에, 풍수에 관해 저술도 하고 전국을 다니며 강연을 하는 분을 모셨다. 그분은 선산은 자리가 좋은데 기존의 '갑좌경향' 대신 '을좌신향'으로 방향을 틀면 자손이 발복하며 관운이 있을 거라고 하였다. 또한 아래쪽 6대조의 묘는 수구(水口)에 위치해 있다고 하였다. 그는 이장 전문 업자를 섭외했고 가까운 친척에게 통보했지만 다들 직장에 다니는 관계로 평일에 참석하기 어렵다고 했다. 시대가 바뀐 모양이다. 마을 어른들의 잔소리를 듣지 않아도 되니 천만 다행으로 생각하고 남동생과 둘이서 하기로 하였다. 제사는 파묘 시와 개장 후에만 지내기로 했다. 그래도 산신제는 또 따로 지내야 한다. 제수 음식도 전문 업체에게 의뢰했다. 위수대로 차려서 박스에 따로 포장해서 운송 차량에 싣고 왔다. 어지간한 경사는 포클레인이 올라갔고 그것이 불가능한 곳은 인부들 5, 6명이 올라갔다. 파묘축 개장축을 미리 써서 A4 용지로 뽑아 놓았다.

이른 아침부터 각 지역마다 일이 시작되었다. 그가 갈 수 없는 곳은 그의 아우가 가서 축문을 읽고 제사를 드렸다. 대부분은 흙밖에 없었다. 수습할 유해가 있는 곳은 그가 직접 가서 수습했다. 매장 전문 업자들이 놓칠 뻔한 유해 조각도 그가 만져봐서 수습했다. 의과대학 때 골학 실습을 하면서 만지고 암기하고 하지만 내과 계열 같은 경우 수십 년 하다 보면 가슴 엑스레이처럼 자신이 보는 부분 외에는 점차 잊어버리게 된다. 그러나 정형외과는 그야말로 뼈와 일생을 같이 하므로 작은 조각만 봐도 신체의 어느 부분인지 알 수 있다. 정형외과를 전공해서 이런 일로 조상께 보답하는가 생각하였다. 그의 부친 유골은 돌아가실 때 구축된 관절 그대로의 자세였다. 모든 천도 다 썩어서 보이지 않는데, 명정으로 덮은 천 중에 화학 섬유로 얽은 실이 있었던 모양이다. 하얀 뼈가 웅크린 자세로 누워 있고 거미줄 같은 망이 덮고 있다. 그는 땅에 무릎을 꿇고 한참을 내려다보았다. 매장업자가 너무 오래 보면 안 좋다고 한다. 슬픈 감정보다는 추워 보인다는 생각이 들었다. 한평생 자식에 대해 노심초사하던 모습이 가시지 않았다. 실도 걷어 내고 자세도 바로 펴니 그에 대한 염려를 비로소 놓는 것 같다. '따뜻한 흙으로 덮어 드리니 잊어버리이소.

다 잘 되고 있습니다. 잘 되고 있습니다.' 축문처럼 되뇌었다.

수구에 있다는 6대조의 묘를 파니 과연 관의 흔적 안에 물이 고여 있었다. 매장 업자가 비닐장갑을 덧끼라 한다. 200년이 넘었다. 부식된 관의 결 같은 흙 판을 젖히니 물이 고여 있고 그 위에 무언가 있다. 매장 업자가 경골의 일부로 보이는 유해를 수습했다. 그는 머리 쪽 부분을 살펴보고 있는데 흙뭉치 같은 것이 보인다. 조심스럽게 들어 올려 보니 흰빛이 반 쯤 섞인 머리칼이다. 상투에서 풀어진 듯 굴곡이 있다. 그 자리에 오목한 조각 뼈가 보인다. 한눈에 후두골의 일부임을 알았다. 머릿속에 그려진다. 약간 뒤짱구의 머리에 상투를 틀던 6대조 할아버지. 학문이 깊고 덕망이 높았다고 한다. 그분이 쓴 글을 모아 펴낸 두 권의 문집이 있고 그 책을 인쇄할 때 만들었던 75장의 책판을 그가 보관하고 있다. 그 할아버지가 말년에 기거했던 재실이 저수지에 수몰될 예정이었다. 고등학교 여름 방학 때였던가? 리어카에 책판을 가득 싣고 그는 앞에서 당기고 모친은 뒤에서 밀고 집까지 끌어올렸던 기억이 난다.

하루 안에 다 끝났다. 봉분에 잔디까지 심고 업자들은 철수했다. 비석은 며칠 후 가져 온다고 한다. 집에 오니 왠지 마음이 편안하다. 철벅거리는 물 위에 누워 계셨을 할아버지를 뽀송뽀송한 담요 위로 옮겨 드린 기분이다. 이런 기분이 일상에 영향을 미쳐 좋은 묏자리를 쓰면 집안이 잘 된다는 말에 일리가 있다고 한다. 그러나 그 것뿐

일까? 누구나 아버지로부터 유전자를 50% 받는다. 그것의 반은 할아버지로부터 왔으므로 할아버지의 유전자는 25% 갖고 있다. 6대조 할아버지의 유전자도 조금은 갖고 있다. 사람은 많은 유전자를 가지고 있다. 그들이 맡은 역할은 다양하다. 그중 의사 결정에 관여하는 유전자도 굉장히 많다. 물론 모두 특정 단백질을 통해 관여한다. 우리가 어떤 결정을 내릴 때 그 유전자들이 항상 모두 동원되지는 않을 것이다. 그러면 어떤 때 어떤 유전자가 동원되는 것일까? 현재 관심을 받고 있는 유전자가 일을 할 것이다. 잊혀진 유전자가 나선다는 생각보다는 이것이 자연스럽다. 관심을 받는다는 것은 그 사람이 그 유전자에 관련된 생각을 자주 한다는 것이다. 조상 중에 훌륭한 분이 있어 그분의 평소 언행을 자주 떠올리면 그분으로부터 받은 유전자가 나설 개연성이 크다. 사람은 기분 좋은 일은 더 자주 떠올리게 된다. 좋은 묏자리를 쓴 후 더 자주 상기하게 되고 더 자주 그분의 언행을 떠올리게 될 것이다. 별로 훌륭하지 못한 조상을 명당자리에 써도 마찬가지일 것이다. 누구나 한두 가지 장점은 있으므로 명당자리에 묘를 써 놓고 그 분의 악행을 떠올리려고 하지는 않을 것이다. 풍수지리와 연관되어 조상의 음덕을 받는다는 말을 그는 그렇게 해석했다.

셋

식나무밭

그는 괭이로 검은 흙을 살살 긁어냈다. 몇 겹을 긁어내니 흙이지만 약간 허당 같은 느낌이 든다. 주위를 넓게 밀어 낸다. 전체 윤곽이 남북으로 향하는 장방형에 가깝다. 남쪽 끝부분으로 뭔가 부딪친다. 꼬챙이를 주워 딱딱한 물체를 파냈다. 넓적한 돌이다. 괭이로 조심스럽게 흙을 긁어냈다. 보드라운 흙을 손으로 비벼 본다. 분명 유해에서 나온 뼈의 단단한 부분, 피질골의 가시 같은 느낌이 난다. 일단 만져지는 부분은 비벼서 흙을 털어 내고 한쪽에 모아 둔다. 형태를 알 수 있는 부분은 없다. 그런데 머리 쪽에서 머리칼 같은 것이 뭉쳐져 있다. 꼬였다 풀어진 듯한 긴 머리칼의 일부다. 검은색이었던 것 같다. 그는 여기서 멈추었다. 묘는 확실한데 200년은 넘어 보이고. 그런데 왜 이렇게 매장했을까? 봉분도 없이. 전방후원형 표시를 했으니까 무연고자, 아이, 결혼 안 한 여자일 가능성이 높다. 더 이상 발굴하지 않기로 했다. 뼈 같아서 모아 둔 것을 다리 위치 쯤 되는 곳에 놓았다. 정강이뼈의 촛대뼈라고 하는 부분의 피질골이 두꺼워 오래 남기 때문에 일단 그 위치에 둔 것이다. 그리고 만일을 위해 흙을 얇게 덮고, 눌러 두기 위해 조금 전 발치에서 파냈던 돌의 흙을 털었다. 그런데 뭐가 쓰여 있다. 풀 더미에 싹싹 문질러 닦았다. 그냥 돌이라기보다 뭣에 사용했던 돌판이었다. 한 면은 가운데가 약간 오목하고 맨질맨질하다. 구멍 뚫린 현무암은 아니다. 현무암도 구멍이 없는 것이 있지만, 좀 더 밝은 색인 걸로 봐서 조면암 같다. 조면암은 이 지역에 흔히 볼 수는 없는 암석이다. 뒷면을 보았다. 글씨 모양이 나타났다. 꼬챙이로 흙을 파냈다. '草兒', 정 같은 걸로 대강 쪼아서 새긴 글씨였다. '초아!' 그렇다면 묘의 주인공은 어린아이? 단정할 수는 없다. 흙의 상태로 보아 신장 150cm 전후. 여아인가. 남아였으면 초동이라고 하나? 우선 같이 묻고 흙을 덮었다. 그 위에 다시 주위 돌을 몇 개를 눌러 두었다. 바람에 날아가지 않도록.

방에 와서 등기부 등본을 다시 확인해 본다. 직전 매도인은 서울 거주자이고 최초 등기자는 삼달리가 주소지로 되어 있는 고득종, 48세였다. 최초 등기 원인은 증여로 되어 있었다. 1986년 23세 때 증여 받은 걸로 봐서 그의 부모 중 누군가 소유하다가 사망 전 그에게 증여한 것으로 보였다. 공시지가가 얼마 되지 않으니 세금 문제는 고려하지 않아도 되었고 사후 재산 분쟁이 생길까 봐 정리해 둔 것이 아닐까? 최초 등기자가 아직 젊으니 집안 내력에 대해 많이 알고 있기나 할까? 무덤인 것을 알고 나서 그냥 덮기에는 좀 찜찜하다. 내막을 알 수 있으면 좋겠다. 그의 거주지를 한번 찾아보기로 하였다. 낮에는 대개 일하느라 안 계실 테고. 어둑어둑해지자 등기부의 주소지를 네비게이션에 입력하고 출발했다. 성산 쪽으로 20분쯤 가다가 좌측으로 김영갑 갤러리 표지판이 있는 샛길로 올라간다. 그 맹지로 가는 중간에 있는 모양이다. 마을 회관이 보이고 그 뒷길로 몇 번 꺾은 후 파란 슬레이트 지붕의 기역자 집 앞에 멈추었다. 개 짖는 소리도 없이 마을이 조용하다. 시골은 다 그렇지만 제주에는 특히 어두워지면 인적이 끊긴다. 골목이 좁아 후진해서 입구에 차를 세우고 걸어 들어갔다. 마루에 불은 켜져 있는 것 같다.

"실례합니다."

두어 번 두드리니 할아버지 한 분이 현관문을 연다.

"누구시오?"

"밤에 죄송합니다. 저 고득종 씨 댁이 맞는가요? 뭐 좀 문의 드릴 게 있어서요."

할아버지 얼굴색이 변한다.

"뭐 때문에 그러시오?"

"특별한 것은 아니고요. 제가 작년에 삼달리 2920번지 땅을 샀는데요. 덤불 작업을 하다 보니 무덤 비슷한 게 있어 혹시 이쪽에 연고가 있는지 알아보려고 합니다."

"아 우리 집안에서는 거기 묘 쓴 거 없어요. 우리 고 씨 문중 묘가 따로 있어요."

"예 묘가 아주 오래되어서 관리되는 것 같지는 않았습니다만, 잠시 들어가서 궁금한 것 좀 여쭤 봐도 되겠습니까?"

"예 뭐 들어오시오."

마루는 불빛이 어두웠다. TV 소리가 나는 방안에서 할머니가 나온다.

"득종이 찾아 오셨다는구만."

"득종이 여기 없는데?"

"아 득종 씨는 어디 나가신 모양이죠?"

"득종이는 내 조카요. 그 아이가 장손인데 아직 장가를 안 가서 주소가 여기로 되어 있는 거지. 부산에 살아요."

오히려 잘 된 것 같다. 연세가 80은 되어 보이니까 이분들에게 묻는 게 낫겠다.

"그 땅은 언제부터 소유하게 된 건가요?"

"아마 우리 5대조가 처음 개간해 놓았던 땅이라 일제 시대 전부 등기할 때 증조부 명의로 등기한 걸 거야. 농사 지을 사람도 없어서 조카가 몇 년 전에 팔은 모양인데 묘지는 우리 집안과는 관계가 없어."

"그리고 그쪽으로는 묘를 안 써."

"예, 그런데 그쪽에는 왜 묘를 안 씁니까?"

"옛날에는 산에다 썼지. 산이 없으면 밭에는 쓰지. 거기는 산도 아니고 밭도 아니야. 요새 길이 났지. 옛날에는 들어갈 수도 없었어."

"농사 짓기도 힘들었겠네요."

"농사도 거의 안 지었지. 우리 5대 조부 때는 아마 개간 좀 해 보려고 밭에 돌을 가려내어 경계를 만들었을 거요."

5대 조부라면 150년 정도, 아마 매장되고 수십 년이 지난 후였을 것이다.

"혹시 이 마을에 전해 내려오는 얘기 있으면 좀 들을 수 있을까요?"

"무삼."

할머니가 쳐다보았다.

"그냥 뭐 안 좋게 돌아가신 사람 얘기라든지…."

"그게 무신 말씀이우꽈?"

'아차 너무 직설적으로 나갔나? 육지에서 와서 제주 땅 산 사람들을 일반적으로 좋게 보지는 않는데, 마을 안 좋은 얘기 없냐고 묻다니. 이건 안 쫓겨나면 다행이겠구나.' 얼른 장황하게 말을 이었다.

"사실은 제가 성산에 정형외과를 내 보려고 준비하고 있습니다. 올 연말쯤 진료할 예정인데 그동안 시간이 나서 맹지 싸게 나온 땅 사서 뭐 좀 심으려 하고 있습니다. 그런데 가시덤불 걷어 내다가 묘지 같은 게 있어서 궁금해서 알아보고 있습니다. 묘가 맞다고 해도 아주 오래 전 조선 시대 것 같고 아이나 여자 묘 같았습니다. 안에 유골은 없었습니다."

그제야 두 분의 안색이 평온해진다. 집안 얘기를 했다. 할아버지는 한창때는 농산물을 일본 수출하는 일을 하였고 큰아들은 무슨 대기업에 중역이라고 하였다. 두 분 다 연세는 많아도 귀도 밝았고 제주 방언은 거의 쓰지 않았다. 그 땅은 형님이 돌아가시기 전 장손에게 물려 준 것이고 조카가 장손인데 결혼할 생각을 안 해 걱정이라고 하였다. 물리 치료를 받으러 다니는데 병원 문 열면 가겠다고 했다. 그가 다시

"제가 제주도의 전설이나 신화 같은 얘기에 관심 있어서 본당이나 신당이 있는 곳을 찾아다니고 있습니다. 조천에 보니까 왜인에게 욕보려다 죽은 할망 신당도 있더라고요. 혹시 이 마을에도 그런 전해 내려오는 얘기가 없나 하고 여쭈어본 것입니다."

"그런 얘기 마을마다 한두 개씩은 다 있지."

"아시는 거 있으면 줄거리라도 좀…."

"우리는 잘 모르고 여자들이 잘 알지."

하며 할머니를 본다. 할머니는

"삼달리는 웃카름당 어매장군 모시는데 내가 얘기는 잘 여끄지 못해. 이 앞에 그런 이왁(이야기) 잘하는 할망 하나 있어. 거기 가 봐요.

내가 말해 놓을 테니."

"그분은 심방이셨어요?"

"아니 그거 하지는 안 했어."

"예 감사합니다. 내일 가보겠습니다."

유자차인지 귤차인지를 내와서 마시고 나왔다. 다음날 다시 삼달리로 갔다. 그 집은 고득종 씨 집을 나와 신흥리 쪽으로 가는 길가에 있었다. 시멘트 기와의 단층집이었다. 작은 체구의 할머니 한 분이 텃밭에서 상추 잎을 뜯고 있다. 다가가

"안녕하십니까. 많이 더우시죠?"

인사를 했더니

"그 양반이꽈?"

하며 일어선다.

"우영팟에 채소가 잘 되었습니다."

"버렝이 하영 먹었수다.(벌레가 많이 먹었어요.)"

사투리를 많이 쓰시는 것 같은데 녹음을 해야 할지 모르겠다고 생각하며 따라 들어간다. 고득종 씨 숙모보다는 연세가 좀 덜 들어 보이는데 말이 굉장히 빨랐다. 할아버지는 안 계시고 아들들은 제주시에 살고 있다고 한다. 지금도 가끔 물질을 한다고 한다. 질문에 대답을 빨리 해준다. 싹싹한 성격인 것 같다. 할머니는 삼달리 본향 애기를 꺼냈다.

제주도에서 본향(本鄕)이라면 마을의 수호신을 모신 신당인데 본향당이라고도 한다. 본향당뿐 아니라 본향당에서 갈라져 나온 '가지 본향당', 어부나 해녀의 일을 관장하는 신을 모신 '돈짓당', 포구나 어선의 일을 관장하는 신을 모신 '개당' 등 300여 개의 신당이 있다고 한다. 각 신당에는 모시는 신이 있고 그 신을 모시게 된 내력이 있다. 신 중에는 '영주산(한라산) 산신의 첩', '옥황상제 셋째 딸', '용왕국에서 온 아들'같이 신화적인 인물도 있지만 억울하게 죽은 여인이나 삼별초의 김통정 같은 실제 인물이 신이 된 경우도 있다. 뱀, 도깨비 신도 있고 집안 이곳저곳에도 각각 신이 존재한다. 상방 앞쪽의 대문에는 '문전신'이 있고, 뒷문에는 '뒷문전신'이 있으며, 정지에는 '조왕신'이 있다. 전부 1만 8천의 신이 있다고 한다. 인력으로 어찌할 수 없는 재난이 순식간에 닥치고 잊을 만하면 닥치니 불안한 사람들은 의심이 많아지고 그런 재난이 자신의 잘못된 언행에서 기인하는 것이 아닌지 자꾸 돌아보게 되었다. 장독 하나 옮기는 데도 불안하고 두려워해야 했으니 행동을 하기 전에 의지하고 호소할 어떤 존재가 필요했던 것이다. 그래서 생긴 1만 8천의 신들이 일 년간 근무하는데, 신구 신들이 근무 교대하는 기간이 있다. 이른바 신구간(新舊間)이라고 하여 대한 후 5일째부터 입춘 전 3일까지 일주일간이다. 이 기간에는 모두 옥황께 올라가고 지상에는 신들이 부재하니 이사나 집수리를 비롯하여 그동안 꺼렸던 일들을 모두 손본다. 육지에서 이주한 사람들이 첫 번째로 맞닥뜨리는 생활의 제약이라면 이것일 것이다. 집을 내어 놓고 들이는 것을 이때에 맞추려고 하다 보니 일손도 구하기 어렵고 이삿짐센터 예약도 동이 난다. 그런데 이런 신구간에도 금기시 되는 일이 있으니 부엌과 변소에 있던 물건을 서로 옮기는 것인데 이곳에는 신의 축에도 끼지 못하는 '새'라는 신이 남아 있어서 그렇다는 것이다. 그래서 신구간의 풍습을 삶의 지혜라고 보기도 한다. 습기가 많은 계절에 이사를 하거나 집수리를 하면 하자가 생기기 쉽고 부엌과 변소의 물건들은 어느 때고 서로 바꾸어 놓지 말라는 것은 위생적인 관점에서라는 것이다. 할머니가 들려준 본향당 내력은 다음과 같다.

어느 날 서울의 세도가 황 정승이 병이 났으나 어떤 의술이나 용한 굿을 해도 효험이 없었는데 증이 대사란 분이 지나가며 누런 소의 피를 먹여야 한다고 했다.

황 정승에게는 세 아들이 있었는데 위로 둘은 못하겠다고 하고 셋째 아들 황서국서 어모장군이 황우를 대문에 비끄러매고 도끼로 내리치니 황우의 피가 비같이 쏟아졌다. 그것을 받아다가 먹이니 정승이 살아났는데 양반으로서 백정의 일을 하였다 하여 비난을 받아 셋째 아들이 제주도로 피난을 오게 되었다.

제주도 화북동의 주전포로 배를 대었는데 영내 마을 삼원 관속의 하는 짓이 마음에 들지 않아 다시 나가자 하였다. 내려오다가 종달리 중우경에 오고 보니 여자들이 소중이(속옷) 바람으로 소금 삼태기를 메고 다니는 것이었다. 보기 싫다고 다시 떠나와서 성읍리에 오니 삼원 관속이 무죄한 백성을 타살하고 있으니 이 또한 보기 싫다고 내려가자고 하였다. 오다 보니 마뫼모르(와강: 삼달리의 옛 지명)의 식나무밭에 좌정할 곳이 있어서 앉아 있는데 배가 고팠으나, 먹을 것을 찾을 수 없었다.

이곳에는 김 씨 영감이 살고 있었는데 꿈을 꾸니 김통정이 나타나 어모장군이 와 있으니 예를 다하라 하여 집으로 모셔 와 극진히 모셨다. 어모장군이 죽자 그 혼령이 위탁되어 김 씨는 신통력을 발휘하니 못 고치는 병이 없고 재물도 크게 모으게 되었다. 제주도에 흉년이 들자 김 씨 영감은 곳간을 열어 백성을 구제하니 나라에서 통정대부 직함이 내려오게 되었다. 김 씨가 죽자 그 후손들이 상단골이 되어 굿을 하며 모시니 본향당으로 되었다.

할머니는 여러 번 해 본 듯 일사천리로 얘기했다.

"재미있습니다. 할머니, 기억력이 좋으시네요."

'할망' 이라고 해도 되겠지만, 어쩐지 '할망구' 느낌이 나서 입에서 나오지 않았다.

"무사(무슨)."

"그 식나무밭이 어디쯤 됩니까?"

"그 더러물내 당집 우터레 있쭈게."

그 '초아' 무덤과는 관계가 없겠지만, 어떤 지형인지 궁금하다. 방 한쪽에 밥상이 덮여져 있고 조금 전 따온 상추 잎이 놓여 있다. 씻어서 드실 모양이다. 이런 밥상은 오랜만에 본다. 불현듯 고향집 생각이 떠오른다. 고등학교 때 주말에 기차타고 집에 가면 어머니는 저렇게 차려 놓고 기다리고 있었지. 라디오에서는 '이종환의 밤하늘의 멜로디' 시그널 음악이 가슴을 후비듯이 지나가고 있었고.

"점심 식사 하셔야죠?"

"아적 관차녀우다."

"또 다른 얘기는 없는가요?"

잠 안 오는 손자, 옛날 얘기 조르는 모양새가 되었다.

"무신 이왁이 하영 있수꽈?"

그녀의 얼굴에서 시선을 떼지 않았다. 이것으로 끝낼 표정이 아니었던 것이다.

"처녀 아기 이왁이 하나 있신디…."

저절로 긴장이 되었다. 말이 빠르고 방언이 많았기 때문에 핸드폰에 녹음한 것을 방에 와서 몇 번씩 다시 들어 보고 사료를 찾아 재구성해 보았다.

넷

개여기오름

때는 정조 14년 1790년, 제주목 정의현 중면 와강리(현재의 성산읍 삼달리). 날이 밝기도 전이다.

"어머님 약초 뜯으러 가요. 아침 드세요."

"오늘 묘시부터 내 망한(연대 당번)이니까 일찍 와요."

남편 고 씨가 당부한다. 강 씨 부인은

"예 저물기 전에 올게요."

딸 하님을 데리고 집을 나선다. 등에 맨 망사리에는 조롱박으로 만든 물병과 종게호미가 들어 있다. 과거 할머니가 잠녀 할 때 사용하던 것들이라 닳아서 손잡이가 반질반질하다. 모녀는 똑같이 갈적삼과 갈중이를 입었다. 갈옷은 무명천에 풋감의 즙을 물 들인 것으로 땀에 절어도 몸에 달라붙지 않고 빨리 건조된다. 하의는 몸빼 모양으로 산을 타는데 편리하다. 엄마도 하님이도 마른 체격이라 헐렁하다.

사월 중순이지만 아침은 선듯하다. 하님이는 동고량(휴대용 도시락)을 끈으로 묶어 등에 메었다. 찍신(짚신)을 신었지만 깡충깡충 뛰듯이 걷는다. 이번에는 한 달 만에 엄마와 산에 가는 길이라 너무 기분이 좋은 것이다. 지난주에는 강풍이 일주일 내내 불어서 가지 못했다. 하님이는 이제 열세 살이다. 원래 이름은 하연인데 하님으로 불렀다. 동네를 벗어나면 더러물내(川)가 있다. 물은 없지만 골이 깊어 나무다리가 놓여 있다.

"하님아 앞에 가."

엄마가 돌아본다. 개여기오름(백약이오름)까지는 이십 리 길이다. 정의현 관아 쪽으로 가면 길은 좋지만, 돌아가므로 본지오름 앞에서 지름길로 접어든다. 하얀 찔레꽃이 양 옆으로 척척 늘어져 있다. 향기가 공중에 켜켜이 쌓인 듯하다. 가파르지는 않지만 오르막길이다. 식나무와 시누대밭이 번갈아 나온다. 꿩이 길게 운다. 해가 떠오르니 등이 땀으로 젖는다.

"하님아 덥지, 쉬었다 갈까?"

"예."

길 옆 검은 돌 위에 앉는다. 하님이는 성격이 침착하다. 아버지는 총각 시절부터 관절이 아팠다고 한다. 손목 손가락 마디가 붓고 아팠다가 가라앉기를 반복하였다. 요새는 배 만든다고 매일 연장을 쓰니 손목이 계속 부어 있다. 약초를 캐어 오면 갈아서 생즙을 내는 것은 하님이가 하는 일이다. 돌판에 공이로 가는데 조금도 옆으로 흘리지 않게 간다. 갈은 약초를 삼베로 짜서 생즙을 만들어 아빠에게 드렸다. 찌꺼기는 손목에 붙여 드렸다.

"엄마, 가자."

하님이가 먼저 일어섰다. 주위에는 경작하는 밭도 없다. 벌레와 새들은 분분하지만, 주위가 고즈넉하다. 한참을 올라가다가 하님이 식나무의 어린잎을 잡고

"몰귀(말귀) 만지는 것 같아. 근데 식나무 잎은 왜 이래?"

"엄마도 잘 몰라. 벌레 먹지 말라고 그런가 보지 뭐."

식나무 잎은 새로 날 때는 황금색에 솜털이 나 있어 우단처럼 보드랍다. 만지면 피가 흐르는 듯 차갑지 않다. 그러다가 점점 시퍼렇고 뻣뻣해진다. 영주산(한라산과 다른 오름)을 지나면서는 가시덤불 길이다. 사람 하나 겨우 지나갈 정도의 소로여서 가시덤불에 옷이 자주 걸린다.

"하님아."

엄마가 가시넝쿨을 잡아 준다. 장딸기 가지에 흰 꽃이 많이 달렸다. 지난여름에 따 먹었던 생각이 난다. 드디어 개여기오름 밑이다. 이곳은 옛날부터 약초가 많다고 알려져 있다. 동쪽은 민둥산이다가 중간부터 소나무가 빽빽해진다. 송화 가루가 아직 날리지는 않는데 하님이 손가락으로 튕기니 노란 가루가 나온다. 굼부리(분화구)가 큰

가마솥 같다. 해를 보니 사시(巳時)가 다 된 것 같다. 엄마는 쉬지도 않고 굼부리로 내려가는 경사면에서 약초를 찾는다. 하님은 곧장 내려가서 굼부리 바닥의 띠풀 위에 드러눕는다. 띠풀의 새순은 뽑아서 씹으면 단맛이 난다. 누워 있어도 달콤한 향내가 난다. 손으로 반 쯤 눈을 가리고 하늘을 본다. 눈부시지만 너무 아름답다. 구름이 장딸기 꽃잎 같다. 저 흰 꽃잎은 너무 빨리 사라진다. 지난해에도 많은 사람들이 기근과 역병으로 죽었다. 우리 가족도 관아에서 보리쌀을 조금씩 받아서 겨우 살아났다. 태풍에 쓸려 가 죽은 사람도 있다. 언제까지 엄마 아빠와 이렇게 살 수 있을까? 할머니같이 오래 살게 될까? 그땐 누구와 사는 걸까? 이 굼부리 안은 참 아늑하다. 아무도 찾지 않는 이런 데서 살았으면 좋겠다. 일어나서 엄마와 반대 쪽 경사면으로 갔다. 몰모작풀(쇠무릎), 머위를 캤다. 딱총나무 가지도 꺾어 담고 엄나무 순도 뜯고 곰취도 뜯었다. 지난 가을에 여물던 빨간 멜레기낭 열매(망개)가 아직도 있네. 지금은 말라 맛이 없다. 엄마가 부른다. 굼부리 위로 올라가서 가져온 주먹밥을 꺼내 먹는다.

"곰취도 뜯었구나."

엄마는 주먹밥을 조금 떼어 내더니 곰취 잎에 싸서 준다. 씹으면 귤 맛이 난다.

"엄마도."

하님이도 똑같이 싸서 준다.

“엄마 여기 참 좋지? 이런 곳에 같이 살면 좋겠는데.”

“그렇지…. 근데 여긴 먹을 게 없으니 사람 사는 데로 가야지.”

엄마는 건너편을 바라보며

“저기도 약초가 많다는데.”

거기는 거미오름이다.

“나는 저기 무서워.”

“예군(왜군) 머리 같아서 저쪽으로 보기도 싫어.”

하님이가 고개를 돌린다.

“저게 예군 머리 같아? 하하!”

엄마는 그쪽을 보고 한참 웃는다.

“근데 하님이는 예군 봤어?”

“할머니가 얘기해 줬어. 이렇대.”

하님이 이마 쪽 머리칼을 쓸어 올려 보인다. 거미오름의 꼭대기는 나무가 하나도 없고 옆으로만 있어 왜군의 촘마개 머리 모양이 연상되었다. 어릴 때 도망가면서 본 것도 같다. 점심 후 약초를 뜯는데

“오늘은 일찍 내려가자.”

해는 아직 중천인데 엄마가 짐을 챙기러 올라온다. 바람이 분다. 땀에 젖은 옷이 서늘하다. 오는 길은 늘 그렇듯이 금방이다.

“어머님 점심 드셨어요?”

“그래 먹었다. 빨리 왔구나.”

우영밭에서 풀을 매고 있다가 할머니가 일어난다. 할머니도 무릎이 아파 오래 걷지 못한다. 조금 있으니 아빠가 한 손으로 다른 편 손목을 부여잡고 들어오신다.

"아버지 아프세요? 제가 약 붙여 드릴게요."

뜯어 온 약초 중에서 몇 가지를 골라 돌판 위에 놓고 찧기 시작한다. 하님이 아버지와 할머니께 약초를 붙여 드렸다. 아버지는 저녁 식사 후 연대로 나갔다. 당시 제주에는 9개의 방어진과 25개의 봉수대, 38개의 연대가 있었다. 연대와 봉수대는 적을 발견하면 낮에는 연기로, 밤에는 횃불로 신호하는 역할은 같았으나, 연대는 주로 해안가에 위치하고 근거리용이었으며, 봉수대는 중산간 지역에 위치하여 보다 먼 거리로 신호를 전달하였다. 한 개의 연대에는 별장 6명과 일반인 망지기 12명이 24시간을 2시진(4시간)씩 나누어 지켰다. 고려 말 이후 왜구들은 끊임없이 침입해 제주뿐 아니라 한반도 해안가 전역을 노략질 하였는데 때로는 대규모 선단을 꾸려 상륙시키기도 했다. 왜구가 수평선에 나타나면 연기나 횃불을 올리고 이를 본 가까운 방어진에서 군사를 출동시켰다. 당시 삼달리 지역은 수산진에서 병력이 출동하였다. 왜구가 대규모로 상륙한 경우는 그야말로 전쟁이었지만, 한두 척씩 소규모로 출몰하는 경우도 잦았다. 물이 필요해서 배를 대는 경우도 있었고 노략질이 목적인 경우도 있었지만, 그들의 본질은 해적이었다. 육지에 상륙하면 닥치는 대로 부녀자를 겁탈하고 가축과 곡식을 빼앗고 사람을 죽이고 집에 불을 질렀다. 바람의 방향이 그들에게 순풍에 해당하는 3월에서 10월 사이에 기승을 부렸고 11월에서 2월 사이에는 잠잠하였다. 제주에는 그들에 의해 겁탈 당하고 죽은 아녀자의 영혼을 모셔서 제사 지내는 당집이 여러 곳이 있다. 그중 와강리에서 가까운 토산리 알당에 모시는 할망의 유래는 하님이도 들어서 알고 있다.

강 씨 형방 딸아이가 아버지와 어머니 입던 상의를 담은 대바구니를 가는 어깨로 지고 올리소로 가서 시누대 같은 가는 허리에 금실 같은 손목에 연적 같은 젖통을 하고 은방망이로 빨래를 신나게 하는데 하녀가 남쪽 바다 쪽을 보니 남의 나라 팔대선(八大船)이 떠옵네다. 아기씨 하던 빨래를 거두옵서. 남의 나라 팔대선이 떴수다. 어찌 알았느냐? 천리경으로 보면 길에 다니는 개미도 다 봅니다.

남의 나라 팔대선이 떠오는구나. 윗도리 벗은 놈 아랫도리 벗은 놈 다 달려온다. 이렇게 하면 어떨꼬? 저렇게 하면 어떨꼬? 내 몸이나 감추자. 아기씨는 그저 쪼그려 움츠릴 뿐, 아기씨 님아 치마가 벗어진다. 치마가 벗어진들 뒤가 보이겠느냐? 남의 나라 팔대선은 홀연 광풍을 만나 검은 여 코지에 부딪쳐 파손되니 남의 나라 왜놈들 일곱 놈이 단물(生水) 수로를 찾자고 천리경을 꺼내어 올리소 쪽을 쳐다보니 아기씨가 고운 빨래를 하는구나.

남의 나라 왜놈들이 달려와 아기씨를 차례로 겁탈을 하여 버리니 아기씨가 새파랗게 죽어 간다. 숨을 몰아쉬는 아기씨에게 하녀가 울며

"아기씨님아 하실 말씀 없습니까?"

"왜 없겠느냐. 내가 죽어 신삼년(神三年)이 넘으면 내가 눕던 머리맡에 첩첩문갑 열어서는 물명주 강명주 꺼내어서 초귀양(극락왕생을 기원하는 굿) 초새남(죽은 영혼을 부활시키는 굿)을 치러 달라고 말하라."

하녀가 집으로 돌아와 마님, 마님 아기씨는 오늘 올리소에 빨래를 갔다가 남의 나라 왜놈들에게 쫓겨 죽었습니다. 마님은 손가락을 떨며 설운 아기 불쌍하다. 불길한 날이더니 죽었구나. 아랫녘 밭에 생미산(生米山:墓)을 모셔두고 연삼년을 넘어도 초귀양 초새남을 안 해주니 아기씨는 칭원하고 아기씨 혼정(魂精)과 토산 대왕 신령님이 철천지원수가 졌습니다. 어떡하면 좋습니까?

바깥으로는 저승 삼십 왕을 청하시고 안으로는 목숨 잡은 열십 왕을 청하십시오. 밤도 이레 낮도 이레 두이레 열나흘 대령청을 벌리십시오. 차려 놓고 초공맞이와 이공맞이가 가까워지

니까 병이 더 돋아 간다. 아기씨 눕던 머리맡에 첩첩 문갑을 열
어 봅서. 물명주도 한 동이 강명주도 한 동이 으뜸 제상으로 대
접하십시오. 토산 대왕 낳은 산국(産國) 올렸수다. 신(神) 풀으
십시오.

하님의 고조부 때 고씨 집안은 신천에서 이주했는데 처음에는 주어동 포구 쪽 바닷가에 있었으나, 왜구의 출몰이 잦아지면서 현재의 위치로 옮겼다. 하님의 아버지 고명용은 차남으로서, 형님은 정의현 좌면 고성리(현 성산읍 고성리)에 산다. 다행히 형의 슬하에 아들이 둘이 있어 대를 잇는 데는 지장이 없게 되었지만, 그의 모친은 아직도 작은아들에게서 손자를 기대한다. 하님이의 엄마는 진주 강씨로 친정은 신천리에 있다. 18세에 결혼하여 22세에 하님이를 낳고 그로부터 4년 뒤 임신을 하였으나, 자연 유산을 하였다. 그 뒤로 지금까지 소식이 없다.

고명용의 형은 국마장의 목자(牧者) 일을 했다. 원의 간섭하에 있던 고려 시대 이후 제주가 말을 기르기에 적합하고 제주에서 생산된 말의 우수성이 알려지면서 나라에서 직접 말 관리를 하게 되었다. 제주의 국마장은 처음에는 열 곳이었으나, 후에 산마장(山馬場)과 우장(牛場)을 따로 두어 열네 곳이 되었다. 감목관(監牧官)은 처음에는 제주목의 판관이 겸직하였으나, 효종 9년(1658) 제주의 부호 김만일

이 말 오백 마리를 나라에 바치고 그의 아들 김대길이 이백 마리를 바쳤으므로 그의 후손들이 감목관 자리를 세습하게 되었다. 고명용의 형은 수산평의 목자 일을 하였는데 한 사람의 목자가 관리하는 말은 수백 마리가 되었다. 목자를 하면 약간의 녹(祿)을 나라에서 받게 되나 그것은 하찮은 것이었다. 제주의 검은 토양은 겉으로 보기에는 기름져 보이지만 지표에는 물이 고이지 않는 척박한 화산회토로 우마의 배설물 없이는 농작물이 잘 자라지 않았다. 목자 일을 하게 되면 밤에 마소를 몰아 자기 밭에 묶어 두었다가 아침에 산으로 올려 보내어 땅을 비옥하게 할 수 있다는 이점이 있었다. 그러한 방법으로 친지들의 밭에 도움을 주기도 하였다. 또한 개인 소유 마소 몇 두씩 끼워서 키울 수가 있었다.

그러나 그것에는 모험이 따랐다. 여름과 가을에는 그런 일이 없지만, 겨울과 초봄에 풀이 안 자라면 말이 기아로 죽는 수가 생긴다. 목마(牧馬)가 치사(致死)하는 경우 죽은 말의 가죽을 벗겨 관아에 가져간다. 관아에서는 마적에 기재된 가죽과 털색이 일치하면 가죽을 제출 받고 사유를 기록한다. 그러나 털색이 상이하거나 가죽에 상처라도 있으면 봉납 받지 않고 변상하게 한다. 한두 마리의 말을 변상하는데도 허리가 휘는데 수십 마리가 떼죽음하면 집안이 거덜나게 된다.

두 해 전 겨울 가뭄이 심했다. 고명용의 형이 맡아 기르던 말 수십

두가 초봄에 떼죽음하였다. 관아에서는 이런저런 트집을 잡아 대부분을 변상하라고 하였다. 기르던 소와 땅을 남김없이 팔아도 모자라 솥과 농기구도 팔아 보탰다. 관아에서는 그래도 부족한 부분은 일가 친척에게 책임을 지운다. 고명용도 가지고 있던 밭을 팔아 보탤 수밖에 없었다. 과거에 그러한 일이 발생했을 때 어느 집안은 그 목자를 살해하여 징납을 면하려고 한 일도 있었다. 그래서 목자의 역을 맡으려고 하는 사람이 별로 없다. 그 일로 그의 형은 남의 밭을 경작하며 겨우 입에 풀칠하는 생활을 하게 되었으므로 지난해 모친을 모셔 왔다.

하님의 할머니는 한때 잠녀 일을 했다. 미역을 캐고 때때로 전복을 잡았다. 전복을 잡는 해녀는 채복녀로 관가에 등록되어 있고 진상품 할당량을 채우고 남으면 팔아서 생활에 보탰다. 그러나 탐욕스런 관원을 만나면 할당량 외에도 갖가지 구실로 해산물을 수탈되기 일쑤였다. 어떤 때는 아전이 미리 나와 잠녀가 뭍으로 올라오기를 기다려 전복이나 문어 등을 가로채가는 경우도 있었다. 그래도 잠녀 일을 할 때는 먹거리는 풍부했었다. 나이가 70에 가까워지면서 등이 꼬부라지고 무릎 관절이 아파서 그만 두었다.

하님의 아버지는 테우(제주의 뗏목 배)를 타고 앞바다에서 멸치나 자리돔을 잡는다. 국자 사둘(커다란 뜰채 같은 그믈)로 고기떼가 지나가면 뜨는 것이다. 지난 해 태풍으로 테우의 한쪽이 부서졌다. 폭우가 오면 평소 건천이었던 내(川)에 급류가 흐른다. 이때 한라산 중턱에서 잘라 놓았던 구상나무를 떠내려 보내어 포구에서 건져 올린다. 그렇게 마련해 둔 목재를 가지고 요새 배를 다시 만드는 중이다. 조선 성종 이후 자연재해, 과다한 특산물 징수, 왜구의 노략질 등의 삼중고를 이기지 못하고 제주도의 주민들이 섬 밖으로 도주하는 일이 속출하면서 도내 인구가 감소하였다. 더하여 출륙하는 주민의 대부분은 남자였으므로 여다(女多)의 섬이 되었다. 이에 인조 2년(1624년) 제주 도민의 출륙 금지령을 내렸고 이후 200년간 이 규제가 지속되었다. 이와 함께 원거리 항해가 가능한 바다배의 건조도 금지하였다. 생계를 위한 어로 작업만 가능한 테우만 사용할 수 있었다. 테우는 4~5미터 길이의 굵은 통나무 7, 8개를 붙여 놓고 옆구리에 구멍을 파낸 다음 '가새'라고 불리는 기다란 나무창을 좌우에서 서로 어긋나게 꿰뚫어 연결시킨 것이다. 뒤에는 노를 달았고 뗏목 위에는 상자리(평상)를 얹었다. 돛대가 있기는 하지만 조그만 돛을 걸어 놓아 순풍이 불 때 노 젓기에 보조적인 역할만 할 수 있었다.

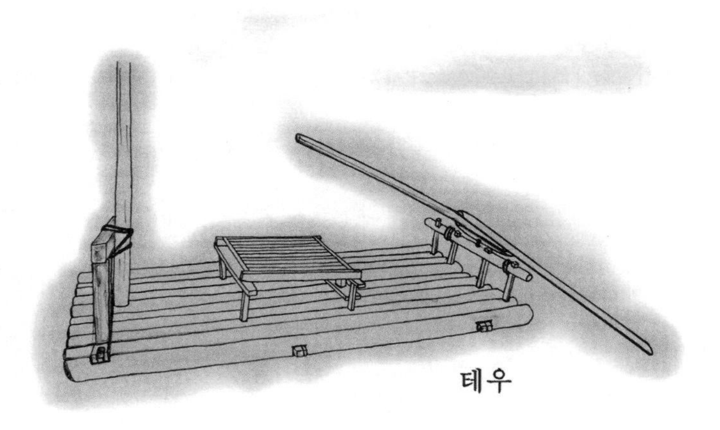
테우

고명용은 손재주가 좋았다. 제주에서는 재래식 화장실을 통시라고 한다. 통시는 돼지 우리인 돼지막과 연결되어 있어 사람이 변을 보면 돼지들이 달려 나와 변을 먹는데 때로는 서로 먹으려다가 변이 떨어지기도 전에 뛰어올라 가로채려는 경우도 있다. 팡돌 위에서 변을 보던 사람이 놀라는 경우가 생기므로 기다란 장대가 옆에 놓여 있기 마련이다. 돼지 쫓는 용도이다. 그는 하님이가 변 보기를 무서워하므로 사람이 팡돌을 밟고 앉으면 나무로 된 차단 울타리가 저절로 내려가서 돼지의 접근을 막아 주는 장치를 만들 정도였다.

테우를 다시 제작하면서 그는 평소에 품었던 생각을 구현해 보기로 하였다. 보통의 바다 배는 노를 갖추고 있기는 하지만 주동력은 돛이다. 그런데 돛은 뒤바람을 받아야만 전진할 수 있다. 완전 순풍은 아니고 비스듬히라도 뒤에서 불어 주어야 한다. 목적지 쪽에서 바람이 불어오면 항해를 중단하고 기다리는 수밖에 없었다.

그런데 고명용은 테우로 조업하다가 특이한 경험을 한 적이 있다. 그날은 좀 멀리 나가 볼 요량으로 테우에 돛을 특별히 길게 달고 중간 군데군데 굵은 대나무로 활대를 붙였다. 활대마다 연결된 아딧줄을 모아 단단히 묶어 두었다. 나갈 때는 순풍이 불어 순식간에 먼 바다에 도달하였다. 북쪽으로 우도가 보였다. 노만으로 갔다면 한나절 더 걸렸을 것이다. 자리돔을 몇 차례 뜨고 갈치도 낚시로 몇 마리 올렸다. 올 때는 완전 역풍이어서 돛은 옆으로 돌려놓고 노를 저었다. 작은 파도가 일면서 테우는 더디게 전진하였다.

그러던 중 갑자기 돌풍이 몰아치면서 돛이 바람을 받으면서 활대들이 활처럼 휘었다. 뗏목의 한쪽이 들리면서 기울어졌다. 놀라서 노의 날을 세워서 물살에 저항하도록 꽉 쥐고 있었다. 그러자 이상한 것은 배가 뒤로 밀리지 않고 전진을 하는 것이었다. 바람 방향은 약간 틀어지기는 했어도 본도 쪽에서 불어오는데 배는 분명 본도 쪽으로 비스듬히 전진하고 있었던 것이다. 이 순간의 상황을 그는 놓치지 않았다. 바람은 앞에서 경사지게 불어왔다. 돛폭이 볼록하게 되면서 바람을 받았다. 배가 바람에 밀리는 듯 기울어졌다. 배는 뒤로 가지 않고 비스듬히 앞으로 갔다.

이런 장면이 그의 뇌리에 각인되었고 두고두고 그 상황을 머릿속에서 재현해 보았다. 확실하지는 않지만 바람을 비껴 받을 때 돛의 곡면에 무엇인가가 있다는 생각이 들었다. 범선의 돛은 평면이다. 평면에서는 떠미는 힘만 생기는데 곡면에서는 또 다른 힘이 생긴다. 그런데 그런 힘을 이용하려면 배가 옆으로 넘어가지 않아야 한다. 그때는 잠깐이어서 괜찮았지만, 계속 그렇게 불었으면 배가 전복되었을 것이다. 그런 결론에 도달한 그는 이후 '전복되지 않는 배, 곡면의 돛'을 되뇌면서 늘 생각에 잠겨 걸었다. 그러던 어느 날 필요한 연장을 구하려고 정의현으로 나갔다가 현성(縣城)문 앞에 걸린 깃발을 보게 되었다. 순간 그의 뇌리에는 번쩍 지나가는 것이 있었다. 저 깃발의 펄럭이는 귀퉁이를 당기고 있으면. 그렇다 바로 곡면의 돛이 된다. 그때 바다에서의 상황을 재현할 수 있다.

그는 돌아와 바로 시험에 착수했다. 돛대 길이만큼 긴 천을 돛대의 한쪽에만 붙이고 펄럭이는 두 귀퉁이에 줄을 연결해서 묶어 놓았다. 이리저리 돌려 가며 바람을 받게 해 보았다. 그렇다. 이것이었다. 곡면의 돛이 바람을 빗겨 받으면 바람과 수직되는 방향의 힘이 생기는 것을 찾은 것이다. 앞바람을 빗겨 받으면 배를 옆으로 미는 힘이 생긴다. 배가 옆으로 밀리지 않게 하면 비스듬히 앞으로 전진한다. 한참을 가다가 돛을 반대쪽으로 넘겨 바람을 받게 하면 반대쪽 전방으로 비스듬히 나아간다. 결국 갈 지(之)이지만 바람이 불어

오는 쪽으로 전진을 한다.

그는 다시 골몰했다. 그때 상황에서 배가 옆으로 밀리지 않게 노를 잡고 있었지만, 사람의 힘으로 그것을 지속적으로 할 수는 없다. 그렇다면 뗏목 밑에 널빤지를 세워 물 아래로 잠기게 해 놓으면 어떨까? 그렇게 하면 직진 방향으로는 저항을 안 받으니 전진에는 지장이 없을 것이다. 그렇다 해도 강풍이 돛을 밀어젖힐 때 배가 옆으로 전복되지 않게 해야 하는 문제가 남아 있다. 결국 목재 널빤지보다 훨씬 무거운 물건으로 판때기를 만들어 뗏목 아래로 매달고 가야 한다. 그러니까 배 밑이 평평한 평저가 아니고 커다란 작두날 같은 것이 나와 있는 구조가 되어야 한다는 말이 되었다. 거기까지 생각이 미친 그는 집에 있는 무쇠솥을 생각하였다. 그것을 녹여 무쇠판을 만들어 붙인다면 두 가지 문제가 단번에 해결될 것 같았다. 작은 솥은 일상 끼니에 사용되지만 큰 가마솥은 원래 겨울에 소여물 끓일 때 썼던 것인데 그의 형님이 변상할 때, 밭떼기와 함께 소를 팔아버렸으므로 지금은 쓰지 않고 있었다.

당시 원거리 항해용 배는 건조가 금지되어 있었으므로 비록 뗏목배를 개조하는 것이라도 은밀히 해야 했다. 그는 정의현 저잣거리에서 불미쟁이(대장장이)에게 찾아갔다. 평소에도 여러 가지 도구를 고안해 부탁해 왔으므로 그와는 친분이 있었다.

"형님 요새 바쁘신 것 같소."

"농사철이니 연장 봐달라는 사람은 더러 있네만."

컴컴한데서 풀무질을 하다가 돌아본다. 벌건 얼굴에 땀방울이 굴러 떨어진다. 머리에 썼던 수건으로 닦으며,

"무슨 일인가?"

"형님도 테우 써 봤지요? 그거 물건이지요?"

짐짓 모른 체하며 능쳐 본다.

"그런가? 자네나 많이 타게. 나는 속 터져 못 해."

"왜요. 한창 때 노 저으면 날아가지 않았어요?"

"이 사람아 그거 날아가게 하려면 선문대 할망이라도 와야겠네. 그게 배인가 떠 있는 살펭상(살평상)이지."

"형님 그 테우를 배가 되게 하는 법 알아냈습니다."

"무어?"

그는 그의 구상을 땅바닥에 그려 가며 설명했다. 그가 설명하는 동안 그 대장장이는 고개를 끄덕거리며 알 듯하다는 표정을 지었다.

요새 과학 용어로 말하면 '양력'을 발견한 셈인데 양력은 일상생활에서 쉽게 경험하는 것이다. 바람이 몰아칠 때 판자가 공중으로 떠오른다든지 기와가 날아간다든지 깃발이 펄럭이는 것 등 모두가 양력이 작용하는 것이다. 그 상황을 주의 깊게 관찰하고 그런 힘을 만드는 요소를 분석해 보지 않았을 뿐, 바다에 살다시피 하는 어부라면 누구나 들으면 감이 오는 그런 것이었다. 그것을 재현시켜 이용을

하고자 했던 그에게는 그런 방면의 비범함이 있었던 것이다. 그는 이제 제작에 들어가기만 하면 되었다.

그는 이웃의 소를 빌려 솥을 잔등에 실었다.

"어머니, 다녀오겠습니다."

"여보 조심해서 다녀오세요."

아내가 근심 어린 표정으로 인사한다. 아내는 남편이 테우를 개조하여 먼 바다로 나가는 것에 대해 마음이 편치 않다. 관가에 알려질 것도 두려웠지만, 멀리까지 갔다가 돌아오지 못 할까 불안한 것이다. 그러나 남편의 재능을 잘 알고 있는 그녀는 한편으로는 어떤 결과가 나올까 궁금하기도 하였다. 멋진 성능을 가진 테우로 멜(멸치)이나 자리돔을 좀 더 많이 잡고 먼 바다에서 갈치까지 잡는다면 살림에 보탬이 될 것이다. 다시 밭을 가졌으면 좋겠다. 그래서 조와 콩, 기장 같은 것들을 많이 심어 식량 걱정 안 하고 살았으면 싶었다. 최근 들어 한 해 걸러 한 번씩 가뭄이나 홍수가 들어 관아에 구휼미 타러 가는 것도 너무나 힘들다. 한참을 기다려 보리 한 됫박 타 오면 온 식구가 며칠씩 그것으로 버텨야 한다. 올 해는 풍년이 들어 주위에 곡식이 넘쳐 났으면 좋겠다. 멜이나 자리돔으로 식량을 여유 있게 바꿔 놓기를 바라고 있었다.

대장간에 내려 주고 닷새 후 찾으러 오기로 했다. 그 대장간의 형님은 테우의 밑바닥을 용골같이 만들고 그 통나무 안에다 무쇠 막

대기를 길게 박으라고 했다. 쇠붙이만은 선저에 결합도 어려울 뿐 아니라 썰물 때 바닥에 얹히면 상하기 쉽고 배도 쓰러지기 쉽다고 했다. 그 말이 맞는 것 같다. 선저에 통나무를 엮어 역삼각형으로 붙이고 그 속에 무쇠 봉을 집어넣는 것이다. 다만 일반 용골보다는 아래로 좀 더 돌출되게 해야 할 것 같다.

드디어 머릿속에만 있던 생각이 실체를 드러냈다. 뒤집어서 제작 후, 소(牛)를 이용해서 다시 뒤집어 물 위에 띄웠다. 돛대를 좀 더 굵고 길게 세웠다. 삼베 천을 두 겹으로 박아 돛을 만들었다. 나무로 용도(도르래)를 깎아 양쪽 현에다 설치한 후 아디채(아딧줄을 모아 꼰 줄; 돛의 방향을 조정한다.)를 한쪽 용도에 돌려 매어 놓았다. 평상을 다시 얹었다.

돛을 내리고 노를 저어 나아갔다. 그전보다 훨씬 배가 무겁고 방향을 틀기가 어렵다. 배 밑으로 돌출된 용골 구조 때문이다. 주어동 포구가 멀리 보일 때 돛을 올렸다. 바람은 지금 본도 쪽에서 불어온다. 뱃머리를 성산 방향으로 틀어 돛에 비스듬히 바람을 받게 하였고 아딧줄을 바싹 당겼다. 그러자 놀라운 일이 발생하였다. 배가 소리 없이 미끄러지기 시작한 것이다. 속도는 느리지만 노를 잡고만 있는데 무엇인가 배를 미는 것만 같았다. 배는 성산 방향인 북쪽으로 간다. 아딧줄을 풀어 반대쪽 현에다 묶고 노를 저어 뱃머리를 이번에는 남쪽인 표선 방향으로 향하게 했다. 역시 아까와는 다른 각도이지만 바람을 향해 간다. 그는 몇 번이나 방향을 바꿔 가며 실험을 했다.

돛을 내리고 평상 위에 앉아 가지고 온 물을 한 모금 마셨다. 배를 흐르는 대로 그냥 두었다. 만감이 교차했다. '바람을 거슬러 갈 수 있다니. 큰 바다 배에도 이것을 적용할 수 있을까? 큰 배에는 용골 구조가 따라서 커지므로 얕은 수심에는 좌초되기 십상이겠지. 거룻배를 따로 싣고 다녀야 하겠구먼. 그보다 관아에 고했다가는 배는 몰수당하고 장형(杖刑)을 받을 게 뻔하겠다. 그렇다면 이 배로 내가 할 수 있는 게 무얼까? 앞바다보다 좀 더 멀리 가서 갈치 낚시는 할 수 있겠다. 멸치가 많은 곳으로 좀 더 쉽게 이동할 수도 있겠구만. 먼 나라로? 그럴 수만 있다면 그러고 싶다. 몇 년 가서 돈을 좀 벌어 오고 싶다. 육지로 못 나가게 하니 그럴 방법이라도 있었으면 좋겠다. 제주를 벗어나고 싶다. 한 해 한 해 연명하는 생활이 아닌 뭔가 계획하고 실행해서 희망이 보이는 삶을 살고 싶다.'

요새 남편이 멸치를 많이 잡았다. 잡은 멸치는 멜고리(멸치를 담는 커다란 대바구니 통)에 담아 주어동 포구 근처 블럭에 두었다. 며칠간은 말려야 한다. 강 씨는 오전에 멸치를 널려고 나간다.

"하님아 다녀올게."

"엄마, 나도 같이 갈까?"

"너는 할머니 일어나시면 아침 좀 차려 드려."

할머니가 밤새 못 주무시다가 새벽에 잠드신 모양이다.

"엄마 조심해요. 안개가 끼었어요."

"그래."

바닷가 쪽으로 갈수록 안개가 짙어진다. 바다는 보이지 않고 해무가 뭉클뭉클 올라온다. 해는 이미 중천인데 다니는 사람도 없다. 바닷가 빌레 위에 멍석을 폈다. 개꽃낭(갯메)이 벌써 피었네. 올해는 꽃들이 예전보다 일찍 피는 것 같다. 날씨가 더워서 그런가? 커다란 멜고리를 기울여 멜을 끌어낸다. 멜고리는 깊어서 손이 닿지 않는다. 멍석에 골고루 편다. 하루만 더 말리면 될 것 같다. 허리를 펴는데 '어, 저쪽 누군가 오고 있다.' 안개 속에 시커먼 물체의 윤곽이 점점 살아나고 있다. 본능적으로,

"예군이다!"

널던 멜을 던져 버리고 주어동 포구 쪽으로 뛴다. 왜군들도 성큼성큼 더 빨라진다. 백 미터 남짓한 포구에 다다랐을 때 왜군이 강 씨의 갈적삼을 확 낚아챘다. 적삼의 팔을 빼어 버리고 건천 아래로 몸을 날렸다.

"악!"

순간 큰 충격이 골반 쪽에 왔다. 강 씨는 정신을 잃었다. 두 놈 다 벌거벗은 채 사타구니만 가리고 있다. 한 놈은 촘마개이고 한 놈은 더벅머리이다. 아래를 내려다보며 뭐라고 소리치더니 돌아서 안개 속으로 사라져 버렸다. 강 씨가 뛰어 내린 곳은 포구로 흘러드는 건천

이었다. 평소에는 물이 흐르지 않고 큰 돌들만 바닥에 드러나 있는데 한 길 깊이는 되는 곳이었다. 죽지 않았어도 큰 부상을 입었을 것이다. 갑자기 마을 쪽에서 소란스러워졌다.

"떴다!"

"예놈이다!"

그제야 연대에 연기가 올라가고 장정들이 집합소로 모이는지 사람들 소리가 났다. 그러고도 한참 후에 수산진에서 군사들이 나왔으나 안개 속에 왜군들은 사라진 뒤였다. 왜선이 수평선에 나타났을 때 연기가 올라가야 하는 상황이 안개 때문에 이렇게 된 것이었다. 강씨는 마을 사람들에 의해 집으로 옮겨졌다.

"엄마."

"아…."

그녀는 왼쪽 고관절 쪽에 깊은 상처가 있었고, 다리를 굽힌 채로 움직이지 못했다. 하님이가 상처 주위 옷을 찢어 내었다. 할머니가 무명천으로 상처를 누르고 하님이가 약초를 찧고 있다.

"어머님…. 그 놈들 어떻게 되었어요?"

"갔어. 아이고 우리 집에도 이런 일이…."

할머니가 눈가의 눈물을 닦아 낸다.

하님이가 들어오면서

"엄마."

하면서 눈물을 흘린다.

하님이 약초 으깬 것을 상처에 붙이고 무명천으로 동여매었다. 강씨가 통증을 참기 힘든지 눈을 꽉 감고 있다가 힘없이 물었다.

"상처가 어때?"

"깊이 패였어요. 다리가 안 움직여요?"

"아파서 그쪽은 꼼짝할 수 없구나."

"이따 아범 오면 의원 모셔 오라 해야겠다."

할머니가 한숨을 길게 쉰다.

"그래도 그만한 걸 천운으로 알아야지, 아이고…."

"엄마, 걱정 마세요. 잘 나을 거예요, 나아서 잘 걸을 수 있을 거예요."

잡은 엄마 손 위로 하님의 눈물이 굴러 떨어진다.

조금 후 자리돔 잡으러 나갔던 고명용이 들어오며

"여보…."

상황을 오면서 들었던 모양이다. 말을 잇지 못하고 아내의 다리를 보고 하님을 본다. 하님이

"떨어지면서 돌에 찍힌 것 같아요. 상처가 깊어 보였어요."

"다리를 못 움직여. 아무래도 의원이 봐야…."

할머니가 아들을 쳐다보며 말했다. 고명용이 어머니를 보고

"의원을 모셔 오겠습니다."

획 하니 나갔다. 강 씨는 신음을 참으며

"하님아 베개를 좀…. 무릎 밑에…."

"예."

하님이 베개를 꺼내어 조심스럽게 엄마의 무릎 밑으로 밀어 넣는다.

"좀 나아 엄마?"

"그래…."

할머니도 무언가 끓이려는지 정지(부엌)로 나가고 하님은 말없이 방 안과 상방(마루)의 흩어진 물건들을 정돈한다.

두 시진(時辰)이 지나서 고명용은 의원과 함께 들어왔다. 자그마한 키에 갓을 쓴 선비 차림의 의원은 진좌수라는 분이었다. 작은 눈에 안색은 온화하였다. 명의로 이미 이름이 알려져 있었으며 원래 정처가 없이 다니는 분인데 마침 정의현에 묵고 있어 모시고 온 것이다. 의원은 강 씨 옆에 앉더니 발을 내어 놓으라고 하였다. 이불 아래로 강 씨가 발을 내미니 발등의 맥을 짚는다. 그 다음 발가락을 움직여보라고 한 뒤, 가지고 온 침으로 발등의 두 곳을 찔렀다. 강 씨가 발을 움찔했다. 그는 고개를 끄덕이더니 상처를 보자고 하였다. 하님이 동여맨 헝겊을 풀자 으깨어 붙인 약초 덩어리가 떨어졌다. 의원은 상처를 유심히 살피더니 다시 싸매라고 하였다. 고명봉에게

"부인 위에 올라 앉아 양쪽 골반을 누르시오."

하더니 강 씨의 무릎을 가슴에 안고는

"꽉 누르시오."

하면서 지그시 잡아당긴다.

"으…."

강 씨가 통증을 참지 못하고 신음 소리를 냈다. 순간

"우두둑."

하는 소리와 함께 오그라져 있던 다리가 펴졌다.

"아…."

강 씨가 신음했다.

"어떻소?"

의원이 물었다.

"편해졌어요."

강 씨가 밝아진 목소리로 답했다. 방금 무슨 일이 일어났는지 어리둥절해 있는 고명용을 보면서 의원이

"고관절이 탈골되었다가 이제 맞춰진 것이오. 그러나 어딘가 골절도 있을 것이오. 훨씬 편해지긴 해도 움직일 때 통증이 한 달은 갈 것이오. 골절된 곳이 잘 붙지 않으면 평생 절 수도 있소. 무엇보다 상처가 뼈까지 간 것 같소. 화농이 될까 염려스럽소."

고명용이 두 손을 모으며

"감사합니다. 이 은혜를 어찌 갚아야 할 지 모르겠습니다."

"감사합니다."

할머니도 하님이도 고개 숙여 인사했다.

“훨씬 덜 아파요. 마침 이곳에 와 계셔서….”

강 씨가 말을 잇지 못한다.

“누가 이 약초를 붙였나?”

의원은 하님이를 보며 물었다. 하님이

“제가 붙였습니다.”

“무슨 약초들을 썼나?”

“예덕나무 껍질 삶은 물로 상처를 씻고 굴거리나무 잎을 으깨어 붙였습니다.”

“그거 누가 일러주었느냐?”

“아버지 관절통 약초를 준비하면서 여러 곳에 물어서 알고 있습니다.

굴거리나무와 예덕나무 껍질은 화농하는 상처에 좋다고 들었습니다.”

“허, 어의녀(御醫女)가 될 아일세.”

헛기침을 한다.

“내가 약방문을 일러 줄 터이니 잘 들었다가 그대로 하거라.”

의원은 ‘우선 무명천으로 골반 주위를 여러 번 감고, 한 달 동안은 대소변도 받아 내고 발과 무릎은 조금씩 움직여야 하며 상처는 처방한 약초 물로 하루 한 번 씩 씻어 낼 것이며 일러 준 약초를 구해다 달여 먹이라.' 하고는 열이 날 때의 약방문을 따로 불러 주었다. 그러고는 사례하려는 고명용의 손을 뿌리치며 사라졌다.

이날로부터 집안은 하님이를 중심으로 움직였다. 고명용은 마음이 급해져 매일 바다로 나갔다. 새로 개조한 테우의 성능에서 재미를 찾을 심정도 아니었다. 자리돔이나 멸치를 조금이라도 더 잡아야 했다. 식량도 준비해야 했지만 아내 약재도 사 와야 했다. 다행히 그 의원은 집 주위에서 구할 수 있는 약초들을 약방문에 대부분 넣었다. 형편을 아는지라 부러 그렇게 한 것 같았다. 몇 가지 필수 약재는 정의현에 나가 구해 와야 했고 약초 중 일부는 하님이가 가까운 산을 다니며 찾아오는 모양이었다.

하님은 의원이 일러 준 것을 하나도 빼지 않고 엄마에게 시행하고 있었다. 골반을 단단하게 감으면 엄마도 좀 편하다고 했다. 무명천은 계속 빨아서 바꾸어 드렸다. 납작한 갈돌을 변기로 해서 용변 때마다 대어 드렸다. 엉덩이를 들어야 하는 그때가 엄마에게나 하님에게 가장 힘든 순간이었다. 의원님의 약방문 중 집 주위에서 구할 수 없는 약초가 있다. 개여기오름(백약이오름)에 가면 쉽게 찾을 수 있는 약초도 근처 오름에서는 온 산을 뒤져야 한다. 엄마 때문에 하루를 비우고 개여기까지 갈 수가 없다. 거린오름(본지오름)까지는 한식경이면 간다. 그곳을 밥 먹듯이 갔다 온다. 엄마의 통증은 조금씩 줄어드는 듯하다. 하지만 돌아눕거나 하지는 못한다. 통증 때문인지, 변을 보는 게 겁나서인지 식사를 잘 안 하시려고 한다. 상처는 쉽게 아물 것 같지 않다. 진물이 나고 있어 약초를 여러 번 갈아 드려야 한다. 엄마와 언제 다시 주먹밥 싸서 약초 뜯으러 갈까? 갈 수 있는 날이 올까? 엄마가 나아도 다리를 전다면…. 하님이는 약초를 갈다가 하늘을 본다. 그 굼부리에서 보던 꽃잎같이 피어오르던 구름…. 이미 옛날 일 같다.

여름이 되었다. 보리 이삭이 올라오기 전, 한 달 이상 가물더니 대궁이가 누르스름하고 이삭이 말라 있다. 추수할 시기가 지났어도 추수할 생각들을 안 한다. 쭉정이만 나올 것이기 때문이다. 지난해에는 태풍이 다 휩쓸어 가더니…. 사람들의 몸과 마음도 쭉정이처럼 말라서 존재하는 것조차 힘들어 한다. 하님이네도 식량 때문에 곤란을 겪고 있다. 말린 멸치를 한 구덕씩 가지고 나가도 바꾸어 올 곡식이 저잣거리에 안 나온다. 어쩌다 나오는 보리 한 됫박을 들고 오면 네 식구가 열흘을 먹는 경우도 있다. 자리돔 같은 생선으로 끼니를 때울 수도 있으니 그나마 다행이다. 하님이는 미음을 끓여 엄마에게만 드릴 때도 많다. 엄마는 이불 같은 것을 등에 고이면 기대앉기는 한다. 그런데 움직이고 나면 더 욱신거린다며 누워 있으려고 한다. 양쪽 다리가 하님이 다리같이 가늘어 졌다. 하님이가 다리를 움직이라고 채근하지만, 힘드신 것 같다. 상처는 막혔다가도 다시 진물이 나기를 되풀이한다. 열도 오르락내리락 하는 것 같다. 열이 날 때

먹는 약재를 아버지가 구해 왔다. 엄마가 지팡이를 짚고라도 일어서면 좋겠다. 다리를 절더라도 걸으면 얼마나 좋을까? 하님은 쉬지 않고 일하는데 가슴엔 불안감이 뭉글뭉글 올라온다.

그해 여름이 채 가기 전에 하님이 엄마는 죽었다. 마지막 며칠은 고열이 나면서 정신이 들다가 혼미해지기를 반복했다. 하님이가 무명천을 물에 적셔 이마와 몸을 연신 닦아 내어 열이 좀 떨어지면 희미하게 의식이 돌아왔다. 정신이 들었을 때 강 씨 부인은

"여보, 나 개여기오름에 묻어 줄 수 있어요?"

"그런 말 마시오. 열만 내리면 좋아질 거요."

"아무래도 안 될 것 같아요…. 하님아 미안해."

"엄마…! 일어나실 거예요."

"힘들지만 거기다 묻어 주세요. 당신 바다에서 일하는 거 지켜볼게요. 하님이도 지켜볼게요."

그러고는 깊은 잠 속으로 들어가 다시 눈을 뜨지 않았다. 그녀의 나이 35세였다. 고명용은 하님을 데리고 친지들과 같이 이십 리 길을 걸어가서 개여기오름 팔부 능선에 그녀를 묻었다. 지관의 조언에 따라 동향(묘좌유향)으로 했다. 성산 일출봉이 훤히 내려다보인다. 동남쪽으로는 하님의 마을도 보인다. 뒤에는 굼부리가 지켜보고 있다. 그 너머 구름이 물결 이랑처럼 펼쳐져 있다. 고통이 지나고 찾아온 고요한 평화가 거기 있었다. 여러 사람이 다시 와서 겹담을 하기가

어려워 주위의 돌을 주워 원형으로 홑담을 만들었다.

"묏자리 좋습니다."

"배산임수 좌청룡 우백호 다 있수다."

친지들이 덕담을 던지며 연장을 챙겨 든다. 하님이 내려오며 돌아본다.

"안 아파 보여서 좋아요. 엄마. 자주 올게요."

고명용은 말없이 걷는다.

엄마가 없다. 멍하다. 할 일이 없다. 슬픔도 흩어진 구름이 되었나? 하님이는 아버지 약초 빻다가 한참씩 정신 놓고 앉아 있는 시간이 늘었다. 볕이 따갑기는 하지만 밖에 앉아 있는 게 좋다. 여름이 물러가고 있다. 저녁이면 벌레 우는 소리가 끊어졌다 이어지기를 반복하고 있다. 이 집안에 일어난 일 또한 사소하다는 듯이 한 해는 무심히 지나가고 있다.

엄마가 돌아가신 후 아버지는 바다에 더 열심히 나가신다. 고기나 멜을 더 많이 잡아오는 것은 아니다. 배에 무슨 작업을 하는 것 같다. 얼굴에는 결기가 엿보인다. 설마 예군들에 대한 복수를 꿈꾸는 건 아니겠지. 사람들은 예놈들의 노략질을 태풍이나 가뭄처럼 여기는 것 같다. 피할 수 있는 데까지 피하다가 당하면 비통해하고 그러다가 다시 마음을 추스르고. 어쩌면 물물이 밀려오는 저 파도를 태어날 때부터 보고 자라듯 밀려오는 재앙을 일상처럼 받아들이고 풍파와 풍파 사이의 작은 평화, 그것에 매달려 살아가고 있는지도 모른다.

하님은 갈적삼과 갈중의를 입고 정당벌립을 썼다. 땋은 머리는 말아 벌립 속으로 넣었다. 망사리에는 물과, 나뭇잎에 싼 주먹밥과 종개호미를 넣었다. 얼핏 보아서는 초립둥이 같다. 혼자 가는 산행이라 일부러 그리 보이도록 한 것이다. 엄마가 돌아가신지 한 달이 넘었다. 아버지 약초가 떨어져 개여기 오름으로 가는 길이다. 엄마도 만나러 가는 길이다. 맑은 가을 하늘이다. 볕은 따갑다. 오르막길 접어들어서는 등에 땀이 흐른다. 봄에 솜털 같던 잎은 간 데 없고 어느새 파란 열매가 식나무에 달렸다. 장딸기들은 익어 물러 떨어진 것도 있다. 이상하다. 엄마와 같이 오던 길이 분명한데 혼자 오니 낯설다. 계절이 바뀌어 그런가? 가을에도 많이 왔는데. 풀과 나무가 더 많아진 것 같다. 새소리도 더 많이 들리고. 호젓한 대나무 밭 사잇길로 올라간다. 무섭지는 않은데 뒤돌아보게 된다. 뒤에 엄마가 오고 있었는데…. 아무도 없다. 가시덤불을 잡아 주던 엄마는 어디로 갔나? 몇 달 사이에 혼자 산길을 걷게 된 하님은 따라가는 자신의 그림자를 본다. 아무렇지 않게 쉽게 바뀌는 자신의 처지가 저 그림자보다 더 확실해 보이지도 않는다. 한 달 후 나는 또 이 길을 걷게 될 것인가? 오름에 왔다. 땀을 흘리며 꼭대기에 서니 바람이 너무 시원하다. 몇 발 아래 새로 만든 엄마 산소가 보인다. 심은 잔디가 아직 파랗다.

"엄마, 하님이 왔어요."

하님은 산소 옆에 다리를 펴고 앉아 조그만 소리로 말했다. 늘 보고 있을 것 같은 바다 쪽으로 엄마와 같은 시선이 되어 본다. 일출봉이 조그맣게 파란 바다에 떠 있다. 벌립을 던져 놓은 것 같다.

"엄마 저도 여기 살고 싶다고 했는데, 엄마만 와 있어요?"

하님의 얼굴로 눈물이 굴러 떨어진다.

"엄마…."

한참을 고개 숙이고 있던 하님이 일어나 굼부리를 내려가 약초를 캔다. 정신없이 캐어 담던 하님이 이슥고 시장기를 느껴 굼부리 위로 올라온다. 주먹밥과 물통을 꺼내 엄마 산소 앞에 가지런히 놓았다. "엄마 드셔 보세요. 엄마같이 만들었어요." 좀 있다가 당겨서 먹는다. 그러고는 산소 옆에 누웠다. 정당벌립으로 얼굴을 가리고 한 식경은 그대로 있다가 다시 내려간다.

개여기(백약이)오름

굼부리 바닥에는 띠풀이 시들어 간다. '파랗던 잎들은 허옇게 누워 있고 그 사이에 엄마는 저기에 누워 계시고…' 익숙하던 이곳이 낯설어지는 느낌이다. 굼부리를 가로질러 서쪽 언덕으로 올라갔다. 그쪽 큰 소나무를 감고 올라가는 방기(防己) 뿌리줄기를 캐기 위해 서였다. 방기는 댕댕이넝쿨와 비슷하지만 잎 모양이 다르다. 타고 올라가는 줄기의 뿌리 쪽을 함께 캐야 한다. 호미로 한참 흙을 파헤친 다음 줄기를 잡고 살살 당겨 뿌리를 캐냈다. 개낭(누리장나무) 열매도 따 모았다. 가을에 익는 산야의 열매는 모두 비슷해서 섞어 놓으면 구분하기 힘들다. 고노락(송악), 광낭(광나무), 개꽝낭(쥐똥나무), 개낭 모두 중이(쥐)똥같이 까맣고 동글동글하다. 하님은 큰 이파리에 열매를 싸서 표시해 둔다. 해가 굼부리 서쪽 바위(테두리)를 넘어간다. 굼부리 안에 어둡사리가 든다. 가야한다. 굼부리를 올라섰다. 반 바퀴를 돌아 엄마 산소 쪽으로 가서 물건을 챙기고 가야겠다. 아, 그런데 그 쪽에 누가 서 있다. 넘어가는 해를 받으며 이쪽을 보고 있다. '그 쪽으로 가야 하나?' 생각하면서 걸음을 멈추었는데 멀리서 두 손을 모아 고개 숙인다. 스님이구나. 가까워지자 스님이 말을 걸었다.

"소승도 약초 캐러 왔습니다. 많이 캐셨습니까?"

"예."

하님이 작은 소리로 대답했다.

"저는 종달리에서 왔습니다만 어디서 오셨습니까?"

"와강리요."

하님이 목소리를 기어 들어가듯 하니 스님은 미소를 지으며

"아기씨인 줄 소승은 알고 있습니다. 산에 혼자 오시면 다들 그렇게 하지요."

하님이 얼굴을 붉히며 그제야 올려다보니 얼굴이 환하게 밝다. 총각 나이는 지난 것 같고(당시 제주에는 결혼하여 가정을 가진 스님도 많았다.) 체격이 엄청 커 보인다. 등에 바랑을 메고 있다.

"집안에 우환이 있는 모양이지요."

"아버지가 관절이 안 좋으셔서요."

"소승은 종달리 청법사에 있습니다. 큰스님도 관절통이 심하십니다."

"예."

하님이 반가운 표정으로 답한다.

"무슨 약초를 캐십니까?"

스님이 망사리를 보며 묻는다.

"개낭, 방기, 냉초, 작상초(쥐꼬리망초) 같은 것을 캤습니다."

"예, 지금은 그런 것을 찾을 때지요. 팔손이 잎도 같이 써 보십시오. 관절이 안 좋으신 분이 빈혈이 있는 경우가 많습니다."

"아, 네."

"저기 거미오름에 가 보셨습니까?"

"아니 안 가봤습니다."

하님이 몸을 움츠리며 대답한다.

"저기에도 약초가 많지요. 종달리에서는 저기가 좀 더 가깝지요. 오늘도 저기서 캤습니다. 여기는 그냥 둘러보려고 왔습니다."

"예."

하님이 거미오름을 슬쩍 쳐다본다. '나는 저 산을 보고 싶지 않은데, 근데 이상하지, 자꾸 가까이 다가와 있는 것 같지?' 이제 내려가야겠다고 생각한다. 이미 숲길은 어두워졌다. 하님은 엄마 묘를 힐끗 보고 속으로 '엄마 또 올게요.' 했다.

"제가 관아 근처까지 동행해 드리지요. 날이 저물었습니다."

"괜찮습니다."

그래도 스님은 하님의 뒤에 거리를 두고 따라 온다. 큰 사람이 뒤에 성큼성큼 오는데 무섭지 않고 안심이 된다. 스님의 인상이 나쁜 사람 같지 않아서일까? 하님이 편안한 느낌을 갖는 것도 오랜만이다. 현청 근처 본지 오름 앞에 오니 큰길이 나타났다.

"소승은 이만 돌아가겠습니다."

하님도 고개 숙여 인사했다.

"저는 보름 후에 산에 옵니다만 그때 오시는지요?"

저만치서 스님이 묻는다.

"잘 모르겠습니다."

"알겠습니다. 살펴 가십시오."

스님은 오던 길로 돌아서 어둠 속으로 사라졌다.

집에 오니 할머니와 아버지가 저녁을 드시고 있다.

"아이구 야가 오는구나."

할머니가 큰 소리로 반가워한다.

"혼자인데 일찍 다녀야지."

아버지가 나무란다.

"예."

하님이 챗방의 함지박에서 조밥을 퍼 와서 같이 식사를 하였다.

하님이 다 치워 놓고 할머니 곁에 자리를 깔고 누우려는데 아버지가 상방(마루)에서 부른다.

"하님아."

하님이 나와 아버지 앞에 앉는다.

"엄마 산소 봤느냐?"

"예, 때가 잘 살았어요, 주먹밥도 드렸어요."

"…너무 자주 가지는 마라."

"예."

하님은 스님 만난 얘기를 할까 하다가 그만 둔다. 그냥 한번 마주친 사람일 텐데.

"근데 아버지는 요새 뭐 만드시는 거예요?"

"응, 테우 좀 손보느라고. 그리고…."

"알았다, 가서 자거라."

무슨 말을 이으려다가 거두신다.

그 후로 한 달 반 동안 아버지는 멸치와 자리돔을 거의 매일 잡아 오고 어떤 날은 갈치까지 낚시로 잡아 왔다. 대부분 저잣거리에 나가 곡식으로 바꾸고 연장이나 철물 같은 것도 한두 가지씩 들고 오셨다.

그해 7월 유구국(오키나와) 배가 표류하여 제주목에 들어왔다. 당시 유구국은 중국과 조선, 일본 간의 교역의 중심에 있었다. 비록 임진왜란 후 일본의 속국이 되었으나 무역업은 여전히 번성하고 있었다. 그전에도 심심치 않게 그들이 표류해 왔는데 주로 여름철이었던 것은 바람의 방향 때문이었다. 나라에서는 그때마다 음식과 옷을 후하게 주어 돌려보냈다. 또 조선의 배가 표류하여 유구국에 일 년 동안 체류하다 온 적도 있었다. 유구국인들은 남방, 중국, 일본 등에서 이주해 온 것으로 알려져 있다. 조선과도 우호적인 관계를 유지했고 조선의 앞선 문물을 배우기를 원했다. 그들은 스스로 평가하기를 [남해에 있는 좋은 땅으로, 삼한(三韓)의 빼어남을 모아 놓았고 대명(大明)과 밀접한 관계에 있으면서 일본과도 떨어질 수 없는 관계에 있다. 유구국은 이 한가운데 솟아난 낙원이다. 선박을 운행하여 만국의 가교가 되고 외국의 산물과 보배는 온 나라에 가득하다.]라고 했다. 이번 제주에 들어온 배는 그들의 왕에게 조공을 바치러 가는 중이었다고 했다. 그들은 곡식과 은, 주석 등을 싣고 있었는데 특히 쌀, 조, 콩, 팥, 보리, 밀, 목면, 파초 등의 다양한 품목들은 해마다 기근을 겪는 제주민들에게는 한없이 부러운 것이었고 그 나라를 지상 낙원으로 동경하는 사람도 생겨났다.

시월도 며칠 안 남았다. 대부분의 잎이 시퍼런데 집 앞의 예덕나무는 누렇게 단풍이 들었다. 가끔 세찬 바람이 불 때마다 커다란 이파리가 공중으로 떠올랐다가 갈 곳을 몰라 돗통(돼지우리)에도 떨어지고 독망(닭집)에도 떨어진다. 밤에는 추워서 판문(板門)을 내린다. 어느 날 저녁, 하님이 정지에서 설거지를 하고 있는데

"하님아 잠깐 들어오너라."

아버지가 찾으신다. 하님이 곁에 앉으니,

"하님아 힘들지?"

"…."

"엄마 하던 일까지 잘해 주어서 고맙구나."

"예, 아버지도 힘드시죠?"

"그래."

"그런데 하님아, 아버지가 먼 데 좀 다녀와야겠다."

"예?"

"그냥 모른 체 하고 있어야 한다. 풍랑을 만나서 표류한 것으로 해야 하니까."

"예? 어디로 가시려고요?"

"유구국으로 가려고 한다."

"아버지! 테우로 그렇게 멀리 갈 수 있어요?"

"준비 다 해 놓았다. 바람으로 갈 수 있다."

"잠은 어떻게 하고요? 물은 또 어떻게?"

"그것도 할 수 있도록 고쳐 놓았다. 한 일 년 그 나라에 가서 돈 벌어 올 테니 힘들지만 조금 더 견디거라. 갔다 와서 우리도 밭을 다시 장만하고 우마도 있어야겠다. 너도 내년이면 열네 살이 아니냐. 식량은 그동안 모아 둔 것으로 하고 떨어지면 궤짝 안에 돈도 몇 냥 두었으니 그것으로 구해라. 그래도 부족하거든 할머니와 의논해서 도세기(돼지)들을 팔아라."

"아버지 큰 배도 풍랑을 만나서 쓰러지는데 그 작은 뗏목을 어떻게 믿어요. 아버지마저 안 계시면…."

하님의 눈에 물기가 고인다.

"얘야 아버지를 믿어라. 그 배는 작아도 전도되지는 않는 구조이다. 할머니에게는 말씀 드렸다."

"언제 가시는데요?"

"내일이다. 내일 자리 뜨러 갔다가 돌아오지 않는 것으로 하자."

"그렇게 급하게 떠나야 해요? 봄에 따뜻해지면 가시면 안 돼요?"

"순풍이 불 때 가야 한다."

"아버지…."

하님이 고개 숙이고 있다.

"가서 자거라 새벽에 가니까 일어나지 말거라."

다음날, 밖은 아직 캄캄한데 아버지가 부산하게 움직이는 것 같다. 하님은 누워서 듣고 있다. 밤에 잠을 거의 못 이루었다. 일어나지 않을 생각이다. 옆에 할머니도 모로 누워 계시는데 숨소리가 깨어 있는 것 같다. '아버지 꼭 돌아오셔야 해요. 안 돌아오시면 하님이도 갈 거예요. 엄마 곁으로.'

고명용은 서둘렀다. 사람 눈에 띄기 전 출항해야 한다. 배에 실을 짐이 너무 많다. 물과 천 종류가 큰 짐이다. 밤에 두 번이나 날랐다. 밧줄과 낚시 도구도 실었다. 식량은 좁쌀이다. 부싯돌은 넣었지만 생식을 할 생각이다. 된장과 소금도 준비했고 아직 덜 익었지만 귤도 좀 얻었다. 원래 멍에(나무 난간 같은 것)는 이물(선수)과 고물(선미)에만 설치하는데 양쪽 현에도 설치하였다. 먼 바다에 나가서 천으로 둘러싸고 천정도 덮을 생각이다. 앞쪽만 열어 놓아 비바람을 피하면서 돛을 조정할 수 있도록 한 것이다. 물건들도 포말에 젖는 것을 막을 수 있다. 돛대도 앞쪽에 있던 것을 이물 멍에와 상자(평상) 사이로 옮겼다. 좀 더 배의 중심 가까이에 놓았으므로 뒤바람을 받을 때 선수가 물에 처박히는 정도가 훨씬 덜할 것이다. 노 외에 키도 고물에 설치해서 양쪽 현에 줄로 묶어 두었다. 줄을 당겨 방향을 달리할 수 있도록 하였다. 물건들은 모두 밧줄로 여러 번 동여매어 양쪽 현의 멍에에 묶었다. 배가 물속에 잠겨도 떨어져 나가지는 않을 것이다. 가는 동안 점점 더워질 것이므로 추위는 걱정 안 해도 될 것 같다. 그러나 파도를 뒤집어쓰고 강풍을 맞을 경우 체열이 많이 손실될 수도 있다. 개가죽으로 만든 외투도 준비해 두었다. 지금은 북서풍이 부는 계절이어서 완전 순풍이다. 앞바람을 받으며 갈지자 항해는 안 해도 될 것 같다. 따라서 배가 옆으로 전도되는 경우는 생기지 않을 것이다. 때때로 돌풍은 예상해야 한다. 물닻(닻을 내릴 수 없는 심해에서 배를 정지시키거나 안정시키기 위해 선미에 매다는 낙하산 모양의 닻)도 준비했다. 수평선에 해가 올라온다. 출항이다. 힘껏 노를 저었다. 고명용은 그렇게 유구국으로 떠났다.

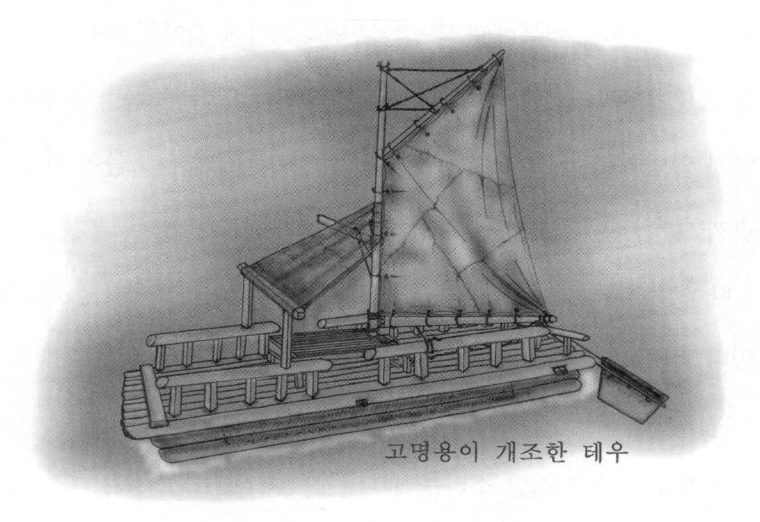
고명용이 개조한 테우

동짓달에 접어들었다. 아버지 떠난 지 한 달이 넘었다. 소식은 물론 없다. 하님은 상방에 걸터앉아 가늘게 오는 겨울비를 보고 있다. 몰아쳐서 빗방울이 마구 흩날리다가 다시 조용히 내린다. 닭들이 날개를 웅크리고 모여 있다. '비 오는데 독집(닭장) 안으로 들어가지?' 하님이 걱정을 한다.

"올해는 지붕에 새(띠)도 덮지 못하겠네. 내년까지 비가 새지 않아야 할 텐데."

할머니가 혼잣말처럼 중얼거린다. 기력이 많이 떨어진 것 같다. 하님은 아버지가 안 계셔도 약초는 캐야 할 거라고 생각한다. 할머니 관절에도 써야 하지만 약초와 산나물을 캐서 식량 구하는데 보태는 것이 그나마 하님이 할 수 있는 일이다. 산나물과 고사리는 봄이 되어야 하지만, 약초는 겨울에도 구할 수 있다. '언제 갈까?' 하다가 하님은 그 스님이 '보름 후에 다시 온다.'는 말을 떠올렸다. 보름마다 온다고는 하지 않았지만 왠지 그럴 것 같다. '내일이 네 번째 보름이구나. 내일 갈까?'

다음날 하님은 산행 준비를 했다. 갈적삼과 갈중이는 겹옷으로 입었다. 바람은 불어도 그렇게 추운 날씨는 아니다.

"일찍 오거라."

할머니가 가래 걸린 소리를 냈다.

"예."

하님은 하늘을 본다. 구름은 끼어 있어도 군데군데 열려 하늘이 보인다. 비 올 날씨는 아니다. 다리 밑 돌 사이에 물이 고여 있다. 쌀쌀한 기운이 옷의 감촉을 차갑게 한다. 걸음을 빨리 한다. 오르막길에 접어들자 여름에 구분이 안 되었던 나무가 서로 보아 달라는 듯 저마다 열매를 달고 나타난다. 틀낭, 식낭, 멜레기낭(청미래넝쿨) 온통 붉은 열매들이다. 하님은 틀낭(산딸나무)의 빨간 열매를 몇 개 딴다. 딸기 같기도 하지만 정월 멩질날(설날) 입는 저고리 단추 같기도 하다. 깨물어 본다. 달콤한 맛이 난다. 씨가 있어 먹을 것은 별로 없다. 오름에 다다랐다. 주위를 둘러본다. 아무도 없다. 싸아하며 마른 띠풀들을 눕히며 바람이 지나간다. 엄마 산소에도 잔디가 말라 간다. 산소 옆에 앉아 물을 한 모금 마시고는

"엄마, 아버지 먼 데 갔어요."

"근데 무사히 가셨겠죠?"

"우리는 괜찮아요, 엄마."

혼자서 계속 중얼거리다가 목이 멘다.

그러다 일출봉 쪽을 본다. 다시 남쪽으로 고개를 돌리면서

"저쪽으로 가셨을 거야."

구름이 수평선의 윤곽을 지우고 있다. 더욱 아득하게 느껴진다. 바다가 아니고 하늘을 건너가신 것 같다. 땀이 마르니 한기가 든다. 이제 움직여야겠다. 굼부리 비탈로 내려간다. 겨울 약초는 뿌리를 캐는 것이 많아 힘이 든다. 의원에서 필요로 하는 것들을 캐야 한다. 용담, 천남성, 천문동, 몰모작풀(쇠무릎)들은 뿌리를 캐고 오미자는 검은 열매를 따 모았다. 그래도 망사리에 반도 안 찼다. 올라와서 주먹밥을 먹는다. 그리고 산소에 누웠다. 그 스님은 오늘 안 오실 모양인가? 벌립으로 얼굴을 가리고 눈을 감고 있다. 저 아래 바다가 있고, 바람이 불고, 구름은 가깝다. 몸이 떠 있는 것 같다. 하님은 그런 기분이 마음에 들었다. 살아가는 곳이 저만큼의 거리에 있다면 좋을 것 같다. 나뭇잎같이 이리저리 날려도 괜찮을 것 같다. 잠든 것 같지는 않은데 잠깐 꿈을 꾼 것 같다. 곁에 인기척이 느껴진다. 일어나니 그 스님이 서 있다.

"주무셨습니까?"

미소를 띄며 스님이 물었다.

"…예."

"소승은 그 때 이후로도 보름마다 왔지요. 나오셨습니까?"

"못 나왔습니다."

"집안에 무슨 일이라도…."

"…."

하님이 잠시 대답을 못하고 있다. 스님은 화제를 돌리려는 듯

"그리고 이것."

하며 걸망을 내리더니 한지로 싼 무언가를 하님에게 준다.

"이게 무엇입니까?"

하님이 두 손으로 받는다.

"홍화 씨 입니다. 어혈에 쓰는 약재이지만 관절, 뼈에도 좋지요. 우리 절에도 우영밭이 있습니다. 해마다 씨를 뿌리지요. 볶아서 가루로 먹거나 우려내서 차로 마십니다."

스님은 웃으며

"이걸 두 달이나 바랑에 넣어 다녔지 뭡니까?"

"아, 예, 감사합니다."

하님도 따라 웃었다. 그러자 스님이 하님이를 보고

"잠깐 앉아 보십시오."

하님이 스님 옆에 나란히 앉자

“근데 아기씨는 나이가 어떻게 되오?”

“열세 살인데요.”

스님이 어이없다는 듯이

“하, 산골 중이라고 사람을 이렇게 못 알아봐서야. 소승은 묘령의 낭자(娘子)로 알았지 뭡니까?”

하님이 키가 큰 편이고 초립둥이 차림에 정당벌립을 쓰고 있어 알아보지 못한 것 같다. 조금 전 벌립을 벗은 얼굴을 보고 비로소 의심이 든 것이다.

“소승은 서른넷이외다. 말을 놓아도 되겠지요. 이름이 뭔가요?”

아버지보다 한 살 적다.

“하님이요.”

“원래 이름이 그런가요?”

“하연인데요. 깊을 연(淵).”

“그럼 이제부터 하님이로 부르겠네.”

“예.”

스님은 다시 하님의 집안에 대해 물었다. 하님은 손가락으로 가리켰다.

“엄마 산소입니다.”

하님은 그간 일어났던 일을 담담하게 얘기했다. 아버지 얘기도 다 했다. 숨기지 않아도 될 것 같았다.

"나무관세음보살."

스님은 합장했다. 가끔 스산한 바람이 굼부리를 돌아 나가고 햇볕이 두 사람의 등을 어루만진다. 침묵이 이어진다. 한참 후 하님이

"근데 스님, 궁금한 거 물어봐도 돼요?"

스님이 눈빛으로 그러라고 말한다.

"사람들은 왜 이렇게 힘들게 살아야 해요? 스님들이 그런 거 공부하시잖아요."

스님의 눈이 약간 커졌다.

"하님이는 그렇게 생각해?"

"예."

"하님이는 지금 힘들지만 잘 지내는 사람들도 있잖아. 재물이 많은 사람, 높은 벼슬자리에 있는 사람…."

"우리가 그런 거 없기 때문에 그렇게 보일 뿐일 거예요. 그 사람들도 힘들 거예요."

"어떻게 알아? 그 사람들도 힘든지."

"귀양 오는 나으리들 많잖아요. 재물은 지켜야 하고. 스님은 그렇게 생각 안 해요?"

"곳간에 산더미 같이 쌓인 재물을 생각하면 하루 종일 즐겁지 않을까?"

"정말 그렇게 생각하세요? 즐거운 시간도 있지만 걱정하는 시간이

더 많을 거예요. 저도 즐거운 시간 있어요. 약초 캐러 올 때 나비나 꽃들 보면 즐거워요. 잠들기 전 엄마하고 지냈던 일 생각하면 즐거워요. 그렇지만 대부분은 힘들어요."

'이 아이에게 무엇을 얘기해야 하나?' 스님은 난감했다.

"하님이 말이 맞아. 아무리 부귀영화를 누려도 대부분의 시간은 괴로운 게 맞아."

"그럼 대답을 해 주셔야지요. 왜 그런지."

"그건 나도 몰라, 아마 부처님도 모르셨던 것 같아."

하님은 의아해하며 다음 말을 기다렸다.

"부처님은 태어났기 때문에 괴로운 거라고 하셨어. 그런데 설명이 충분하지가 않아."

"그럼 괴롭지 않으려면 태어나지 말아야 한다는 말이잖아요."

"그렇지."

"그건 너무 무책임하잖아요? 그리고 너무 재미없잖아요."

"그래, 그런데 부처님은 태어나고도 괴롭지 않은 방법을 일러 주셨어."

이렇게 말해 놓고 '대체 이 아이는 불성이 대단한 건가, 사유가 대단한 건가?' 스님은 속으로 중얼거렸다.

"그게 뭔가요?"

하님이 진지한 표정으로 묻는다.

"어떤 것을 알아야 한다고 말씀하셨어."

"어떤 것?"

스님은 대답하지 않고 주위를 둘러본다. 해는 굼부리 위를 지나 저만치 기울어 있다.

"하님아 안 추워?"

"조금 추워요."

스님은 걸망에서 조끼를 꺼내 하님의 등에 덮어 준다. 스님은 누비옷을 입었다.

"하님이는 지금과 같이 느끼고 말하고 행동하게 하는 무엇이 하님이 속에 있다고 생각해?"

"제 속에 '나'라는 존재가 있냐고 물으신 거죠?"

"그렇지."

하님의 사고는 예상보다 한발 앞서 있구나.

"있지 않을까요? 생각해서 결정하고 하는…."

스님은 하님의 그림자를 손으로 가리킨다.

"저 그림자는 하님이가 없으면 없어지는 거지?"

"예, 해가 없어도요."

"그렇지, 그러면."

이번에는 스님이 바위 위의 조그만 틈새에 자란 풀을 가리킨다.

"저 풀은 처음에 다른 곳에서 풀씨로 달려 있다가 바람에 날려 왔겠지? 그러니까 마침 그때 바람이 불지 않았다면 저 자리에 지금 없겠지?"

"하님이도 마찬가지지. 부모님이 없었으면 하님이도 이 자리에 없을 거고, 태어나서도 공기나 물이 없었으면 역시 하님이는 여기 없을 거야. 하님이 몸 안에서도 마찬가지야. 근육이나 뼈나 피나 피부나 모두 서로 서로 얽혀 있어. 이 세상의 모든 것은 다 서로 얽히고 얽혀 있는 거야. 하님이가 없으면 없어지는 그림자처럼."

"그림자를 따로 존재하는 무엇이라고 할 수 없듯이 하님이 속의 '나'라는 것도 존재하는 무엇이라고 할 수 없다는 거야."

"그래도 저는 그림자와 다르게 스스로 생각하고 느끼고 행동하잖아요? 그것은 무엇일까요?"

"맞아, 그게 뭔가 하는 의문이 들지."

스님은 하늘의 구름을 가리키며,

"저 구름은 뭐 같아?"

"그저 바위 같은데요."

"그래, 저 구름 덩어리들이 서로 얽혀 바위 모양을 만들 듯이 하님이의 몸과 느낌과 지각과 의도와 인식 같은 다섯 개의 덩어리가 얽혀 하님을 만들고 있는 거야."

"그래도 저는 구름같이 쉽게 바뀌지 않잖아요. 어제도 오늘도 하님의 얼굴이잖아요?"

"어제 생각과 하님의 오늘 생각이 같아?"

"아니요, 생각은 계속 바뀌는 것 같아요."

"그렇지, 뿐만 아니라 얼굴도 몸도 바뀌고 있지, 구름보다 천천히 바뀌어서 그렇지. 하님을 만들고 있는 몸과 느낌과 지각과 의도와 인식이라는 다섯 개의 덩어리들도 계속 바뀌고 있어. 바뀌기는 해도 왜 구름처럼 완전히 못 알아볼 정도로 바뀌지는 않는지 의문이 또 들 수도 있어. 그것은 나도 몰라. 부처님도 말씀 안 하셨거든. 나중에 제자들이 뭐라고 했는데 이해할 수 없어."

스님의 목소리는 점점 낮아지며 끝에는 중얼거리듯 하였다. 하님은 이해를 했는지 못했는지 표정의 변화가 없으면서 던지듯이 한마디 한다.

"그런 것들을 알아야 괴로움에서 벗어난다는 거죠?"

"그렇지, 그런데 이렇게 들어서 아는 것과, 스스로 생각하면서 이해하는 것과, 몸으로 깨닫는 것, 이 세 가지를 다 해야 안다고 하는 것이란다."

"어떻게 하면 몸으로 깨달을 수 있어요?"

스님은 순간 '이 아이를 도반으로 삼고 싶다. 평생 같은 곳을 바라보며 걷고 싶다.'는 생각이 머리를 스치고 지나갔다. 하지만 비구니가 되라고 할 수는 없지 않은가?

"어려운 일이지."

"스님이 되면 돼요?"

"스님이 된다고 다 깨달을 수는 없지만 집에서 생활하는 것보다는 낫지."

"저도 스님이 되고 싶어요."

드디어 그 말이. 스님은 잠시 침묵했다.

"하님아 그건 더 생각해 봐야겠지."

"예, 아마도 아버지는 그런 말 들으면 놀라실 거예요. 아버지는 유학을 공부하셨거든요."

하님이 아버지는 결혼 전 과거 시험공부도 하였고, 하님에게도 소학까지는 가르쳤다.

"그래 그 생각은 일단 접어 두거라."

스님은 내친김에 하님의 불성의 깊이가 어느 정도인지 알고 싶은 유혹을 느꼈다. 불성이 아니라도 사유의 한계를 보고 싶어졌다.

"하님이는 윤회라는 말 들어 봤어?"

"예, 사람이 죽으면 한참 후 다시 태어난다는 거 아닌가요?"

"맞아, 그런데 다음에 반드시 사람으로 태어난다는 보장도 없다는 거야."

"그럼요?"

"축생이나 아귀로도 태어날 수가 있다는 거야. 사람으로 태어나도 괴로운데 그보다 더한 몸을 받을 수도 있다는 거야."

"끔찍하기는 한데 와닿지는 않아요."

"그래, 그럴 수도 있지. 그런데 만약 다음에 또 사람으로 태어난다면 하님은 어떨 것 같애?"

"남자? 힘 센 장수로? 그보다 안 태어나는 게 나을 것 같아요."

"그래, 하님이 말대로 그런 사람으로 태어나도 나름대로 괴로움을 겪다가 결국 늙고 죽으니 말이지?"

"예."

"그래서 부처님은 그런 다시 태어남 같은 것을 하지 않고 고요하고 평화로운 상태로 들어가는 방법을 말하신 거지."

"그게 알고 몸으로 깨달아야 한다는 그 무엇이란 말씀인가요?"

"그렇지, 알고 깨닫게 되면 집착하지 않게 되고 집착하지 않으면 이승에서도 평화로운 상태로 지내게 되고 다음 생에서도 윤회하지 않고 고요하고 평화로운 상태로 계속 있게 된다는 거야."

"집착이요?"

"그래, 우리가 소중하게 여기고 움켜쥐려는 마음을 말한단다. 집착을 하지 않게 되면 그 마음을 풀어 주게 되는 거지. 그렇다고 소중하게 여기던 것을 버린다는 뜻은 아니다. 바른 생각과 바른 행동으로 돌보는 것은 여전하지."

하님이 집중해서 듣고 있는 것을 느낀다. 스님은 잠시 생각하다가 말을 이었다.

"소중하게 생각하는 것 중에 가장 먼저 떠오르는 것은 나 자신이잖아?" 이 '나'라는 것조차도 구름 덩어리 같이 실체가 없다면 세상에 움켜쥐어야 할 것이 있을까?"

"깨달아야 한다고 하셨는데 듣기만 해도 마음이 편안해지는 것 같아요."

스님은 미소를 지으며

"하님이 지은 업이 많은가 보구나."

"업이요?"

"깨닫기 전에 하는 모든 생각이나 행동을 업이라고 한단다. 하님이 나이에 비해 챙겨야 하는 것들이 많았다는 말이지."

하님이 정색을 하고 다시 묻는다.

"그런데 '나'가 실체가 없으면 뭐가 윤회하는 거죠?"

스님은 눈을 크게 뜬다.

'허, 거기까지.'

"응 그것은 말이다. 한마디로 말하면 아무도 모른다고 해야 하나. 여러 사람이 여러 가지 설명을 하고 있거든, 부처님은 물론 말씀 안 하셨고. 그러나 짐작을 해 보자면 우선은 자신 속에 '나'라는 존재가 없다고 깨달으면 윤회할 주체가 없어지니까 윤회를 안 하는 것이고, '나'라는 존재가 있다고 움켜쥐고 있으면 그 '나'가 윤회한다는 설명, 말하자면 윤회라는 것도 마음이 지어내는 것이라는 것이지.

또 하나의 설명은…."

스님은 하님을 쳐다본다. 이해하는 표정은 아니다. 그렇지만 이 아이에게 던져 놓자, 그러면 파문은 분명 일 것이다. 스스로 생각할 화두를 하나 던진다고 해 두자.

"또 다른 설명은 '나'라고 하는 것을 구성하는 [몸과 느낌과 지각과 의도와 인식]의 다섯 구름 덩어리 외에 일상 활동이 저장되는 무엇이 있다는 거야. 그것이 윤회로 넘어간다는 것인데 좀 억지 같은 면이 있어. 그러한 것이 있다면 그것을 '나'라는 실체라고 불러야 하지 않을까?"

스님이 일어섰다. 하님도 따라 선다. 굼부리 너머 서쪽 하늘에 붉은 수평선이 만들어지고 있다. 수천 수만의 새 떼 같은 것이 그 수평선 위를 덮고 있다. 붉고 커다란 기억의 세계가 명멸한다. 이런 광경은 처음 본다. 이 시각까지 여기 있어 본 적이 없기 때문이다. 하님은 내려갈 생각이 없는 듯이 서 있다. 하님과 스님의 얼굴에도 붉은 어둠이 내리고 있다.

"하님아 내려갈까?"

"예."

폭우로 패인 길을 지날 때 스님이 손을 내밀었다. 커다랗고 따뜻한 손에 하님은 마음을 얹은 느낌으로 걷는다. 꺼억거리는 노루 울음소리가 가까이서 들린다. 달도 없네. 산길을 다 내려와서 스님은 손을

놓는다. 큰길에 다 와서

"그런데 스님은 결혼하셨어요?"

하님이 느닷없이 묻는다.

"소승은 결혼 안 하기로 약속했습니다."

"누구와요?"

"사미계 받을 때 은사 스님과."

하님이 고개를 끄덕인다.

"살펴 가거라."

"예."

어둠에 서 있던 스님은 순식간에 지워졌다.

"할머니 저녁 드셨어요?"

불도 안 켜고 방에 모로 누워 계시다가

"입맛이 없어 아적 안 먹었다. 늦었구나."

할머니는 내가 산에 간 것도 잊으셨나 보다. 아버지 가신 후 기억력도 떨어진 것 같다.

"할머니 죽 끓여 드릴게요."

아버지 가신 지 일 년이 넘었다. 식량도 거의 떨어졌다. 그래도 도세기는 팔지 않았다. 처음에는 하님이가 캔 약초를 말려 저잣거리 의원에 갖다 주고 메조나 보리로 바꿔 왔다. 그런데 올해부터는 그러지 않아도 되었다. 하님이가 산에 가서 약초를 캐면 스님이 곡식을 가져와 바꿔 주는 것이다. 스님은 하님이가 캔 약초의 절반 정도만 가져 가고 보리, 메조, 기장, 콩 같은 것을 제법 넉넉하게 주었다. 이제 하님이도 열넷이다. 하님이는 지난겨울 눈 쌓였을 때 빼고는 거의 보름마다 산에 간 것 같다. 약속한 날짜에 스님이 안 나온 날은 없었다. 하님이 안 간 적은 몇 번 있다. 할머니가 자주 아프다고 한다. 식사를 안 하시면 혼자 못 일어나시므로 집을 비울 수 없다. 하님의 요즘 정서는 복잡하다. 스님을 만나 대화하면 편안하고 행복한 느낌이 밀려오지만 집에 오면 우울해진다. 나에게 어떤 미래가 있는 것일까? 깨달음을 얻어 마음의 평화를 얻는다는 것은 먼 얘기 같다. 그런 일을 하는 스님 곁에만 있어도 평화로워질 것 같다. 절에는 공양을 맡은 보살님도 있다는데 할 수만 있다면 그런 일이라도 하고 싶다.

하님이 열다섯이 되던 해 4월, 아버지가 돌아왔다. 일 년 반 만이다. 유구국 사람 배를 타고 제주 귀일포(貴日浦)에 닿았다. 관원이 나와 조사하니 말은 통하지 않으나 한문을 써서 '고명용이 표류(漂流)하여 자기들 나라에 왔고 지금 중국으로 가는 길인데 데려다 주는 것'이라 하였다. 이것은 사실은 고명용이 미리 뱃삯을 후하게 지불하고 그리 말해 달라고 부탁했기 때문이었다. 관리가 관아에 고하여 유구국 사람들에게 음식과 옷을 주어 보냈다. 고명용은 스무 닷새 만에 유구국에 도착했다고 한다. 돌풍에 돛과 가림막은 모두 찢겨 나가고 식량도 유실되어 천신만고 끝에 도착했는데 다행히 그 나라 사람들이 우호적으로 대해 주었다고 한다. 한문으로 의사소통하며 무역선들 하역하는 곳에서 일하여 숙식도 해결하고 노임도 받았다. 가지고 간 테우는 수리하여 처분하였다. 모은 돈으로 주석과 도자기, 설탕과 침향 등을 사서 가지고 왔는데 장시에 나가 비싼 값을 받고 팔았다. 그 돈으로 곡식과 천, 가마솥, 농기구 등을 사고 누렁소 한 마리를 사서 질메(길마)를 지워 짐들을 싣고 한라산 능선을 의기양양하게 넘어 집에 도착하였다. 하님이 마당에 있다가 먼저 봤다.

"아버지!"

"오냐."

하님이 반가워 눈물을 흘리다가 얼굴을 보고 웃음이 나오려고 한다.

"우리 아버지 맞아요?"

고명용의 얼굴이 새까맣고 더벅머리에다가 수염까지 길렀기 때문이다.

"이 소는 또 뭐예요?"

고명용이 방으로 들어가 어머니 손을 잡는다.

"어머니 저 왔습니다."

"이게 누긔꽈?"

"접니다. 왔습니다."

"하이고, 살아 왔구나!"

어머니는 눈물을 훔치며 아들의 손을 연신 쓰다듬는다.

"어떵 호꼬(어떻게 하나) 하영 말라서."

"저 건강합니다. 어머니, 그리고 누렁소도 한 마리 데리고 왔습니다. 밭도 한 뙈기 살겁니다."

고명용은 짐을 풀고 식량과 연장들을 내려놓았다. 할머니에게는 관절과 노환에 먹는 약재를, 하님에게는 곱게 물들인 남방 천을 주었다. 그날로부터 집안은 바빠졌다. 밭을 사고 소가 생기니 할 일이 많아졌던 것이다. 하님도 쉬지 않고 아버지를 도왔다. 집안도 어느 정도 정리가 될 즈음 아버지가 하님을 불렀다.

"하님아 네 나이 열다섯이니 이제 혼처를 알아봐야 하지 않겠나?"

하님의 안색을 살핀다.

"…."

하님이 뭐라 대답을 하기가 어려워 아버지의 말을 기다린다.

"우리 집도 이제 먹고 살 걱정은 덜었다. 너만 좋은 사람 만나면 된다. 어머님은 살아계실 동안 내가 모시면 된다."

"…."

"그래서 말인데 올해 안으로 혼사를 치를 생각이다. 총각은 생각해 둔 사람이 있다. 앞으로는 산에도 가지 말고 몸가짐을 조심하거라."

"…."

하님이 묵묵부답이다.

"네 생각은 어떠냐?"

아버지는 하님의 요새 생각이 궁금하다.

"아버지 저 시집 안 가면 안 돼요?"

아버지가 하님을 똑바로 쳐다보다가

"왜 그런 생각을 하느냐, 처녀로 늙어 죽는 법은 없다."

"비구니가 되고 싶어요."

"…."

너무 예상외의 말이라 아버지는 한참 말을 하지 않았다.

"누굴 만났느냐?"

"스님을 만났습니다."

"산에서 만났느냐?"

"예."

"몇 번이나 만났느냐?"

"보름마다 만났습니다."

아버지는 하님의 얼굴을 정면으로 응시한다.

하님의 눈동자에는 흔들림이 없다.

"어느 절이라 하더냐?"

"청법사라 하였습니다."

아버지는 한숨을 내쉰다.

"하님아 우리 고씨 집안은 대대로 유학을 해 왔다. 태조 임금 이래로 과거에 급제한 선조들도 서른 분이 넘고 유학에 일가를 이루신

분도 계시다. 네가 근래에 겪은 일들이 사람들 사는 모양이 괴롭고 두려운 일뿐, 낙(樂)이 없는 것으로 되어 심히 상심하였으리라 짐작이 간다. 거기에 대해서는 이 애비의 생각도 다르지 않다. 그러나 어찌하겠느냐? 가문의 습속을 따라야 하고 아녀자의 길을 가야 하는 것을. 유학에서도 불교의 사상을 무조건 배척하는 것은 아니다. 바른 언행을 하고 자비의 마음으로 대중을 순화하여 좋은 내세를 만나자는 의미는 귀담아 듣는 방편이다. 그러나 근래에 들어 승려들이 미신과 같은 내세를 들먹이며 무지한 사람들에게 겁을 주고 재물을 갈취하니 인식이 나빠져 있는데다가 고씨 집안의 자손이 승려가 된다는 것은 생각할 수 없다. 출가하여 또 다른 가문의 주부가 되어 그쪽 조상을 모시고 살아간다는 것을 숙명으로 알고 따르도록 하여라. 우리에게는 다른 선택이 없다.

"…."

고개 숙인 하님의 얼굴로 눈물이 한 방울 내려온다.

"이제 가서 자거라."

다음 날도 아버지는 밭에 나가셨다. 여느 때와 다름없는 차림으로 나갔는데 한밤중이 되어서야 들어오셨다. 하님이 잠들었다가 깨어,

"아버지 어디 다녀오셨어요?"

"사람 좀 만나고 왔다. 자거라."

"식사 하셨어요?"

"그래 먹었다."

아버지는 밭에 메조를 다 파종 하고 나서 다시 바다로 나가셨다. 다시 테우를 만들 모양이다. 하님이는 날짜를 가늠해 본다. 스님과 약속한 날이 오늘이다. 잠시 생각에 잠기더니 결연한 표정이 되어 산행 차림을 한다. 어버지 염려가 마음에 걸리지만, 어쩔 수 없다. 오늘은 만나서 의논을 해 보고 싶다. 뛰듯이 걸음을 재촉한다. 찔레꽃은 져서 하얗게 떨어져 있다. 길 양쪽의 바뀐 풍경도 눈에 들어오지 않는다. '아버지가 그렇게 말씀하셔도 내 뜻이 완강하면 포기하지 않을까? 일단 떠나서 눈에서 멀어지면 잃어버린 딸로 생각해 주시지 않을까? 스님은 뭐라고 하실까? 스님은 무엇이든지 도와주려고 하실 테니까 내 뜻을 확실하게 말씀드려야겠다.' 어느새 오름에 다다랐네. 해는 중천에 떠 있고 햇살은 따가운데 아직 바람은 쌀쌀하다. 망사리는 메고 왔지만 약초 캘 마음이 나지 않는다. 주먹밥도 가져오지 않았다. 스님만 뵈면 바로 내려갈 생각이다. 엄마 산소 옆에 앉았다. 새(띠풀)의 흰 꽃이 피려고 한다. 바람이 새의 대궁이 사이로 조용히 지나간다. 물속의 수초가 흔들리는 것 같다.

"엄마, 제 생각을 나무라지 말아 주세요."

'엄마, 제가 앞날을 헤쳐 나가기 두려워서 그러는 게 아니에요. 저는 감수할 수 있어요. 제가 또 자식을 낳아 같은 생활을 하도록 하고 싶지 않아요. 자식 대에 가서도 달라질 것 같지 않아요. 이런 괴로움을 겪는 가족의 모습은 정말 보고 싶지 않아요. 그런데 아버지 생각이 바뀔 수 있을까요? 아버지 생각하면 마음이 아파서 어떻게도 할 수 없을 것 같아요. 그래서 스님을 만나서 용기를 얻고 싶어요. 그리고 스님이 너무 보고 싶어요. 엄마 이것은 뭘까요. 연모인가요?'

하님은 벌립으로 얼굴을 가리고 산소 옆에 누웠다. 사는 게 꿈같다. 꿈같이 흘러갔으면 좋겠다. 아니 꿈에서 깨면 엄마같이 저런 침묵 속이었으면 좋겠다. 햇볕을 받고 있는 하님의 봉긋한 갈적삼 위로 잿빛 나비 하나가 앉았다 간다. 하님은 잠깐 잠든 듯하였는데 한기를 느껴 깨어났다. 해는 굼부리 서쪽 바우(테두리)를 지나가고 있다. 주위를 둘러본다. 아무도 없다. 스님이 오실 시간이 지났는데. 하님은 굼부리 비탈로 내려가 약초를 찾는다. 약초를 캐면서 시간을 보낼 생각이다. 한참을 지나서 다시 올라 온다. 굼부리를 한 바퀴 돌아야겠다. 굼부리를 에워싼 바우에는 세 개의 봉우리가 있다. 걸으면서 그곳에 올라서면 좀 더 먼 곳이 보인다. 스님이 멀리서 오시는 게 보일 것만 같다. 하지만 한 바퀴를 다 도는 동안에도 사람의 그림자는 보이지 않았다. 대신 저녁 안개가 산 아래 발치에서 스멀스멀 기어 올라온다. 해는 영주산(한라산)의 오른쪽 구름 사이에 있는데 붉은 기운이 주위에 몰려들기 시작한다. 스님은 오늘 안 나오시는가 보다. '스님은 한 번도 약속을 지키지 않은 적이 없는데….' 하다가 갑자기 그저께 밤에 아버지가 늦게 들어오셨던 생각이 났다.

"혹시?"

그렇다. 아버지가 그 절로 찾아가셨다. 스님에게 무슨 말을 했던 게 틀림없다. 스님은 이제 산에 안 오신다. 다른 곳으로 가 버리실지도 모른다. 하님은 그 자리에 주저앉았다. 한참을 무릎에 고개를 묻고 있었다. 그러다가 일어섰다.

"가 봐야겠다."

하님은 청법사로 가기로 했다. 내 뜻을 스님께 전하고 스님의 뜻을 듣고 싶다. 이 길로 집에 들어가지 않아도 할 수 없다. 오늘 아니면 기회는 없을 것 같다. 오히려 아버지와 다시 대면하는 것 보다 나을 수도 있다. 스님이 오셨다는 길을 상기했다. 거미오름, 무꾸럭오름(문석이오름), 높은오름의 세 오름 사이로 다닌다고 하셨다.

하님이 산을 내려가는데 이미 안개는 계곡을 채우고 산의 팔부능선에 도달해 있다. 거대한 길짐승이 꾸물꾸물 움직이며 모조리 먹어치우는 것 같다. 길이 잠기고 나무들이 잠기고 산마저 운해에 잠겨 봉우리들이 섬같이 드러나 있다. 개여기오름은 다니던 길이라 시커먼 나무의 윤곽을 가늠해 가며 어렵지 않게 내려왔다. 길을 건너 거미오름 쪽으로 향했다. 예군 촘마개 같은 거미오름의 봉우리가 가깝게 보인다. 갈림길이 나타났다. 왼쪽일까 바른쪽일까 하님이 고민하다가 높은 오름이 왼쪽으로 보이므로 그쪽으로 방향을 잡았다. 무꾸럭오름은 이미 보이지 않는다. 길이 갈수록 좁아지더니 가시넝쿨이 옷을 잡아당긴다. 손을 찔려 가며 가시를 뜯어내고 나아간다. 종달리로 가는 길은 가파른 오르막길은 아니어야 방향이 맞는다. 그런데 점점 오르막이 되면서 길이 보이지 않는다. 망사리에서 종개호미를 꺼내어 넝쿨을 쳐내어 보지만 더 이상 나아갈 수가 없다. 날은 이미 어두워져 시커먼 숲들의 윤곽만 짐승들처럼 둘러서고 있다. 오던 길로 되돌아 나왔다. 이 길이 아니고 바닷가를 따라가면 하루 종일 걸린다던데. 집으로 가야 하나? 그러고 싶지 않다. 적막하고 무서운 이 상황이 사람 사는 세상보다 오히려 친밀감이 든다. 가만히 보고만 있지 않은가? 나보고 헤쳐 나가 보라는 듯이. 하님은 봉우리에 올라가서 방향을 확인해야겠다고 마음먹는다. 종달리는 영주산(한라산)의 반대쪽 바닷가이니 봉우리에 올라가면 영주산이 보일 수도 있다. 보이지 않더라도 바닷가 쪽이 좀 더 밝으니까 방향은 찾을 수 있을 것이다.

거미오름

하님은 내키지 않지만 곁에 있는 거미오름으로 올라가기로 했다. 가파른 오름길이 나타났다. 갑자기 길이 일어선 느낌이다. 나뭇가지든지 가시넝쿨이든지 잡히는 대로 의지하고 올라간다. 시커먼 숲 가운데 나무가 없는 공터가 보이니 꼭대기에 다 온 것 같다. 그런데 다 왔는데도 더 가팔라진다. 꼭대기가 아니었던 것이다. 촘마개 형상의 머리카락이 없는 부분이었던 것이다. 갑자기 엄마를 쫓던 그 왜군들이 떠오른다. 소스라쳐 주위를 둘러본다. 시커먼 나무의 윤곽이 무서워지기 시작한다. 하님은 걸음을 빨리 하여 작은 봉우리를 지나 정상으로 향한다. 길은 칼날같이 좁아지고 한쪽은 깎은 듯 절벽이다. 식은땀이 나면서 현기증을 일으킨다.

"악!"

하님이 발을 헛디디며 굴렀다. 이쪽은 큰 나무들이 없다. 걸리는 데 없이 굴러떨어진다. 계곡의 밑바닥까지 가서 '탁' 둔탁한 소리를 내며 멈춘다.

고명용이 집에 오니 하님이가 없다.

"어머니 하님이 어디 갔어요?"

"몰라. 얘기 안하고 나갔는데 아직 안 왔나?"

망사리와 종개호미가 없다. '산에 가지 마라 했는데, 이것이….' 아버지는 화가 치밀어 오른다. '산에 갔어도 근데 왜 아직?' 생각이 여기에 미치자 갑자기 불안과 함께 머리가 혼란스러워진다. '혹시

절에?' '아닐 것이야' '그럼, 산에서?' 그는 마른 새(띠)풀을 뭉쳐 횃불을 만들고 피만주(아주까리) 기름과 부싯돌을 망사리에 넣고 부리나케 집을 나섰다. 걸음이 허둥거려지며 머리도 몹시 복잡해졌다. '산에 왜놈은 없을 테지만 혹시 약초 캐러 온 사람이?' '아니면 어디서 떨어져 다쳤나? 개여기오름은 낭떠러지 같은 곳은 없는데…' 그는 더러물내 다리를 건너가면서 개천 아래쪽도 살폈다. 시커먼 바위 윤곽만 보일 뿐 다른 형체는 없다. 안개가 자욱한 오름 밑에 도달한 그는 홰에다가 불을 붙였다. 하님이가 평소에 얘기했던 곳을 차례로 누비고 다녔다. 안개 때문에 불을 들고 다녀도 코앞만 확인할 수 있었다. 부인의 무덤 주위도 몇 바퀴 돌았다. '하님이를 믿고 기다려 보시지 스님은 왜 만났어요?' 부인이 책망하는 듯하다. 그는 가슴이 쓰렸다. '속 깊은 아이인데 내버려두었어야 했어.' 굼부리도 한 바퀴 돌고 굼부리 아래에도 내려가 보았으나 어떤 형체도 발견되지 않았다. 밤이 이슥하도록 산을 헤매다가 그도 지쳤다. 생각 없이 털썩 주저앉았다.

'틀림없어, 그 스님을 만나러 간 거야. 내가 늦게 들어온 날 알아차린 거야.' 하는데 생각이 미쳤다. '그렇다면 내일 가 봐야겠다.' 오늘은 지쳐 더 이상 어찌 할 수도 없다. 힘없이 집으로 돌아왔다. 그는 다음날 새벽에 출발해서 점심때가 한참 지난 시간에 청법사에 도착했다. 한 번 찾아간 적이 있어서 고명용을 보자 행자승이 어디론가 달려간다. 잠시 후 그 스님이 나와 합장을 한다. 하님이 돌아오지 않았다는 말을 듣자 안색이 변한다.

"여기 오지 않았습니다."

"허 이런 변고가."

고명용은 가슴이 철렁한다. 스님은 잠시 생각에 잠기더니 행자승에게

"내 약초 캐는 바랑을 가져오너라."

그러고는 고명용에게

"같이 가 보시지요."

스님이 앞장을 서서 나는 듯이 산길로 접어든다. 은다리오름 지나서 용눈이오름에 도착하는데 한 시진 밖에 안 걸렸다. 멀리 앞쪽에 거미오름이 보인다. 스님은 짚이는 것이 있는 듯 곧장 거미오름과 높은 오름 사잇길로 들어간다. 가시넝쿨을 헤치며 거미오름에 접근한 그는 잠시 주위를 둘러본다. 밑에서는 아무 것도 보이지 않는다. 위에 올라가서 의심 가는 곳을 찾아야 한다. 그는 '하님이 어떤 생각을 했을까?' 하며 어제의 상황을 떠올려 본다. 기다렸을 것이다. 그러다가 나타나지 않자 고민을 하다가 나를 만나러 출발했을 것이고 평소 들은 대로 내가 다니던 길로 들어섰다가 길을 잃었을 것이다. 그대로 돌아갔어야 했는데 하님의 성격으로 봐서는 쉽게 포기하지 않았을 것이고 길을 찾기 위해 높은 지대로 올라갔을 가능성이 있다. 실족했다면 그곳 밖에 없다. 거미오름의 봉우리와 봉우리 사이이다. 그

는 가파른 오르막을 뛰듯이 올라간다. 고명용도 뒤를 따른다. 작은 산봉우리에 도착해서 정상 쪽으로 가면서 주위를 살핀다. 길은 칼날 같은데 우측으로만 절벽이다. 몇 걸음 더 가다가 스님이 멈춰 선다. 돌아본다.

"여기 같습니다."

손으로 가리키는 곳을 보니 작은 나뭇가지가 쓸려 있는 것 같다. 아래는 수풀에 덮여 보이지 않는다. 고명용은 탄식을 한다.

"내려가 봅시다."

스님이 작은 나뭇가지를 잡고 조심스럽게 절벽을 타고 내려간다. 고명용도 미끄러지지 않으려고 안간힘을 쓰며 한 발씩 내려간다. 이쪽은 표면이 분석 알갱이들로 덮여 있고 바위나 큰 나무들도 없다. 풀뿌리나 작은 나뭇가지에 의지해야 한다.

"하님아!"

스님이 소리친다.

계곡 바닥에 사람이 누워 있다. 하님이다. 계곡 바닥은 큰 돌들로 덮여 있는데 그 위에 누워 있다.

"하님아!"

고명용이 울부짖는다. 스님이 두 손으로 받쳐 안는다. 눈을 감고 있다. 하님의 코에 얼굴을 갖다 댄다. 약한 숨을 쉬고 있다. 몸이 싸늘하다. 고명용이 얼굴을 만지며 거듭 불러 보지만 반응이 없고 팔다리의 움직임도 없다. 옷에 흙과 마른 풀잎 같은 것은 묻어 있어도 큰 상처는 없는데 뒷머리가 부어 있고 찰과상이 있다. 스님은 걸망에서 조끼를 꺼내 하님을 감쌌다.

"살아 있습니다. 소승이 업고 가겠습니다."

"예, 이 일을 어찌할꼬."

고명용은 황망하여 어찌할 바를 모르고 있다. 개여기오름을 지나칠 때 날은 이미 어두워졌다. 하님은 미동도 없이 커다란 스님의 등에 업혀 있다. 스님은 등으로 미세한 하님의 심장 박동을 느끼며 뛰듯이 걷는다. 정의현 고을 안으로 들어서 의원을 찾았다. 두거리집의 밖거리는 이미 판문이 내려져 있어 정낭이 있는 쪽으로 돌아 들어가 '계십니까?'를 거푸 외치니 안거리에서 사람이 나온다. 식사를 하던 중이었던지 입 주위 수염을 연신 훔친다. 전후 사정을 말하니 상방에 내려놓아 보라고 한다. 진맥을 하고 눈꺼풀을 뒤집어 보더니 두피를 여기저기 만져 본다. 그 의원은 탄식을 하며

"허, 늦었소이다. 뇌출혈이 있는데다 오장육부에 냉증이 들었소."

"의원님, 방도가 없겠습니까? 침이라도 안 될는지요?"

고명용이 애원을 하자 의원은

"지금은 침약이 오히려 명을 재촉할 뿐이오. 집에 가서도 어떤 음식도 떠 넣지 마시오. 따뜻하게 몸을 덥혀 주시오."

숨을 몰아쉬는 하님을 다시 업고 집에 도착했다. 구들(안방)에 뉘

이고 이불을 덮어 주었다. 스님과 고명용, 그리고 놀라서 말문을 열지 못하는 할머니가 지켜보는 가운데 하님은 한 시진을 넘기지 못하고 호흡이 멈추었다. 열다섯 짧은 생애를 마감하고 하님은 떠났다. 할머니는 숨죽여 가며 '아이고, 아이고' 소리를 멈추지 않는다. 고명용은 입을 꽉 다물고 화가 난 표정으로 서성거리다가 집을 나갔다. 스님은 옆에 무릎을 꿇고 끊임없이 독경을 한다.

"나무서방대교주 무량수여래불, 나무아미타불 나무아미타불
관자재보살 행심반야바라밀다시 조견 오온개공 도일체고액
사리자 색불이공 공불이색 색즉시공 공즉시색 수상행식 역부여시
사리자 시제법공상 불생불멸 불구부정 불증불멸
시고 공중 무색 무수상행식 무안이비설신의 무색성향미촉법
…아제아제 바라아제 바라승아제 모지사바하."

스님은 독경을 하며 명랑한 하님의 목소리를 듣는다.

'아버지 죄송해요, 할머니 죄송해요, 저는 괜찮아요.
스님 고마워요. 사랑해요.
스님 이게 갈애이고 집착이겠죠?
마지막까지 버리지 못했으니 다시 한 번 태어나야죠.
괜찮아요. 다음 생을 한 번 더 살죠 뭐.
다음 생은 스님 같은 남자로 태어나고 싶어요.
스님 기도해 주세요. 그렇게 되도록,

다음 생에는 갈애를 버리고 깨달음을 얻을게요.

그래서 윤회의 강을 건너 저 언덕으로 갈게요.

스님이 계실 평화로운 그곳으로 갈게요.'

고명용은 다음날 점심때가 되어서야 들어왔다. 나무 관을 메고 왔다. 스님은 그동안 경을 외다가 눈감고 있다가 하면서 하님의 곁을 지켰다.

"소승은 이제 가 보겠습니다."

스님이 합장을 한다. 장례까지 도와주고 싶었으나 고명용이 혼자 할 태세를 취했고 또 다비가 아닌 속가의 일에서 자신이 할 일이 독경 외에는 별로 없을 것 같아서 그만 떠나기로 한 것이다.

"예, 고마웠습니다."

고명용도 손을 모으고 고개를 숙인다. 그는 마을에 알려서 장례를 치르고 싶지 않았다. 미혼인 여자아이가 산에서 실족한 경위를 설명하기가 난처하기 때문이기도 했지만 무엇보다도 경솔했던 자신의 행동에 대한 비통한 심정을 혼자 삭이고 싶었고 다른 사람으로부터 이런저런 위로의 말들을 듣고 싶지 않았기 때문이었다. 새 갈옷을 갈아입힌 하님을 조용히 입관시켰다. 다음날 아침 도구와 제물을 간단히 준비하여 관과 함께 지게에다 얹었다. 지고 일어서다 말고 고명용은 평소 하님이 쓰던 약초 갈판과 공이를 짐에 넣는다. 집을 나서며 생각한다. 엄마 묘가 거기 있고 평소 하님이가 좋아했던 것은 알고 있지만 개여기오름에 매장을 할 수 없다. 혼자서 짐을 지고 가기도 힘들지만, 그곳은 성읍 마을의 동내 갓이라서 묘를 쓰려면 마을 어른께 알려야 한다. 고명봉은 집에서도 가깝고 백약이오름이 멀리 보이는 곳에 묘를 쓰기로 한다. 식나무 밭을 지나 본지오름 앞에서 개여기오름 방향으로 세 마장만 가면 된다. 이곳은 돌보지 않은 땅이어서 진입하기가 수월찮다. 가시넝쿨을 헤치고 들어가니 넓은 구릉지대가 나온다. 대나무 밭이 둘러싸고 있고 앞쪽으로는 억새밭이 펼쳐져 있다. 고명용은 언덕진 곳에 지게를 내려놓았다.

한줄기 바람이 지나간다. 뺨을 치며 누군가 나무라는 것 같다. '하님이까지 묻으러 오다니.' '그 어린 것의 생각이 나보다 깊은 것이었는데.' 비통하다 못해 어이가 없다. 그는 잡풀을 걷어 내고 괭이로 땅을 판다. 분석 알맹이를 걷어 내니 돌이 나온다. 곡괭이로 돌을 하나씩 들어낸다. 다행히 큰 돌은 아니다. 땀이 비 오듯 쏟아진다. 곁에 있는 후박나무 아래에서 잠시 쉰다. 쉬다가 생각난 듯이 그는 갈판과 공이를 가져온다. 그것을 물끄러미 바라본다. '이제 누가 내 약을 해 줄까?' 평소 하님이 늘 가까이 했던 물건을 같이 묻어 주고 싶다. 다시 파기 시작해서 허리가 잠길 정도가 되었다. 그는 혼자 안간힘을 써 가며 하관을 했다. 명정을 덮었다. 명정에는 재동녀제주고씨지구(材童女濟州高氏之柩)라 적었다. 관습대로라면 초상례를 치르지 않았으므로 명정은 없는데 하님에게 맞는 호칭을 마지막으로 한번 붙여 보고 싶었다. 정말로 명석한 아이였는데…. 가슴이 다시 아렸다. 마지막으로 갈판과 공이를 묻으려다가 잠시 멈춘다. 종개호미와 망치를 가져다 갈판 뒷면에 글자를 새긴다. 여자는 이름을 지석이나 비석에 잘 쓰지 않는다는 데 생각이 미치자 갈판에 어울리는 '草'를 새기고 그 다음 '兒'를 새겼다. 문중 묘는 따로 있는데 엉뚱한 곳에서 고씨 묘가 발견되는 것을 꺼렸음 일까? 성과 이름이 모두 배제되었다. 다시 태어나면 전에 의원이 말한 것처럼 어의녀가 되길 바랐는지도 모른다. 갈판과 공이를 관의 발치에 가만히 놓고 흙을 덮었다. 땅을 파면서 나온 것과 주위 돌을 모아 '전방후원형'의 산담을 만들었다. 산담이라고는 하지만 경계를 지은 것에 불과했고 봉분도 만들지 않았다. 원래 아이의 묘는 관도 쓰지 않고 봉분도 없이 매장하는 것이 관례였다. 하님이 비록 십오 세가 되었기는 하지만 미혼이라 어중간하게 그렇게 하였던 것이다.

하님이 죽은 지 사십구 일째 스님이 묘를 물어 독경을 하고 돌아갔다고 한다.

다섯

결

전방후원형 ,그곳

긴 시간을 건너왔다. 그는 후박나무 그늘에 앉아서 파다가 멈춘 그곳을 바라본다. 남가지몽(南柯之夢)을 꾼 것인가.

이곳이 맞을까? 하님이 묻힌 곳이. 220년 전의 일이다. 이 근처라고 했으니 맞을 거라고 믿고 싶다. 하님의 아버지가 '초아'라고 새긴 갈판을 묻었는지는 확실치 않다. 하님이라는 아이, 아니 우리의 오래된 할머니, 저렇게 흙의 빛깔만 변하게 하고 영원히 침묵 속으로 들어갔을까? 다음 생을 기다리며. 바람 소리로 사랑의 말을 들려 줄 것만 같다. 후박나무의 새 순은 붉고 꽃송이처럼 봉긋봉긋 솟아 올라온다. 풍차에 베인 오월의 바람이 한 자락씩 그 위로 떨어진다. 장딸기가 이미 익어 물렀구나. 뻐꾸기 소리는 왜 늘 아득히 들리는 걸까?

하님이 묻고 스님이 답했던 것들, 현대 과학의 지식으로 답을 한다면 어떻게 될까? 싯다르타는 철저히 과학적 사유를 하셨다. 당시 자연 과학 수준이 미미하였으니 사유를 전개하는 과정에서 분명 어떤 한계에 부딪쳤을 것이다. 그런 부분은 설명하지 않으셨다. 그것에 훗날 구구한 해석이 붙었으나 결론이 있을 수가 없을 것이다.

아인슈타인의 상대성 이론이나 양자 역학을 우리가 굳이 알 필요가 없다고 하는 것은 지구가 둥글다는 것을 알 필요가 없다는 거와 같다. 항해사나 항공기 조종사가 아닌 이상 지구가 둥근지 평평한지 몰라도 생활에 지장은 없다.

시간이 속도와 중력에 따라 달라진다는 상대성 이론을 적용하지 않는다면 하루 종일 네비게이션을 켜고 자동차 운전을 하고 나면 목적지에서 수 km 이상 다른 곳에 가 있다고 한다. 또한 양자 역학을 적용하지 않는다면 현재의 스마트폰은 나오지 않았을 것이다. 그렇다고 그런 이론을 알아야 하는 것은 아니다. 일반인은 그냥 사용하면 된다.

그런데 지구가 완전한 구형인지 약간 납작한지 지름은 얼마인지 이런 것까지는 몰라도 평평하지 않고 둥글다는 정도는 알아야 한다고 생각하는 사람이라면 양자 역학도 개념은 이해해야 한다. 그는 미국의 데스밸리 국립공원을 가 본 적이 있다. 그런 가혹한 자연환경이 어떻게 만들어졌는지에는 관심이 없이 그냥 아름답고 특이한 풍경을 감상만 하는 사람도 있겠지만, 그는 그렇게 하지 못한다. 단층 작용으로 해수면보다 낮아졌고 양쪽에 높은 산맥이 있어 복사열이 빠져나가지 못해 세계에서 가장 더운 곳이 되었다는 정도는 알고서 보고 싶다. 지적 호기심 이런 것을 떠나서 그저 맛있는 음식을 먹을 때 무슨 재료를 썼는지 알고 싶어 하는 심정과 같다.

양자역학은 최첨단 생활 기기에 적용되기도 하지만 그 개념은 존재의 본질에 대한 기존의 우리 생각을 흔들어 놓는다. 양자는 알맹이를 말한다. 이 알맹이는 측정되기 전까지는 물결과 같은 상태로 우주에 퍼져 있다. 아니 아무 곳에도 존재하지 않는다. 단지 어느 정도의 확률로 있다는 것 밖에 모른다. 측정되기 전까지는 몇 분의 몇 이라는 숫자가 그 알맹이의 정체인 것이다. 그러다가 측정되는 순간 알맹이 상태로 결정된다는 것이다.

측정이라는 것은 보는 것, 사진 찍는 것, 계수기로 검출하는 것들뿐만 아니라 그 알맹이에 영향을 미치는 모든 상호 작용을 말하고 측정자는 사람뿐만 아니라 우주의, 그 알맹이만 뺀 모든 것을 말한다. '어떤 존재가 있어 내가 그를 바라본다.' 이런 말은 양자 세계에서는 있을 수 없다. 측정 주체와 대상을 분리해서 생각할 수 없는 것이다.

양자는 물질을 이루는 기본 입자이다. 미시 세계에서는 이런 현상이 분자 수준까지 실험으로 입증되었다고 한다. 사람이나 물건 같은 거시 세계에서는 아직 이런 현상을 확인할 수 없다. 하지만 별개로 생각할 수는 없다. 이는 마치 시계의 분침은 움직이는 것이 보이는데 아무리 들여다보아도 시침의 움직임은 보이지 않는다고 하여 시침이 고정되어 있다고 주장하는 것과 같다. 과학이 더 발달하면 거시 세계에서도 그런 현상이 실험으로 입증될 것이라고 봐야 한다.

싯다르타는 만물은 서로 연관하여서만 존재하므로 실체가 없다고 했다. 연관이라는 것은, 예를 들면 꽃이 물과 흙과 햇빛에 의존한다는 것뿐 아니라 꽃 외의 무언가 영향을 주는 모든 것에 의존한다는 것이다. 영향을 주는 그런 것이 없으면 꽃도 존재하지 않는다. 사람이 존재한다는 것도 그 사람 외의 무언가가 그 사람을 보거나 느끼거나 생각하거나 등의 영향력을 행사할 때만 존재하는 것이지 그런 것이 없으면 존재하지 않는 것이라는 뜻이다.

그가 초등학교(국민학교) 다닐 때 도덕책에 '석가모니가 보리수 밑에서 수행을 하던 중 아침에 깨달음을 얻으면 저녁에 죽어도 좋다는 생각을 하게 되었다. 이에 나찰이 나타나 그 방법을 알려 주고 부처님의 목숨을 내놓으라고 한다. 부처님이 보리수나무 위에서 나찰의 시뻘건 입속으로 떨어지는 순간, 천상에서 음악이 들리면서 천사들이 나타나 부처님을 사뿐히 받아 내려놓고 경배했다.' 이런 내용이 있었다. 그 깨달음이 어떤 것인지는 쓰여 있지 않았다. 그는 이후 계속 '뭐를 깨달았다는 것일까?' 궁금했으나 어디에도 찾을 수 없었다. '아침에 도를 들으면 저녁에 죽어도 좋다.'는 공자가 한 말이다. 깨달음을 얻으려고 하는 절박한 상황이 유사하다고 생각해서 글을 쓴 이가 차용을 했는지는 모르겠다. 부처님이 마지막으로 깨달은 것이 무엇인지에 대해서는 인터넷 상에서는 주장이 다양하게 나와 있다. '사성제와 팔정도', '내려놓음', '무아', '연기', '중도', '무아가 아니고 유아이다.'

싯다르타는 철저히 과학적 사유에 의해 깨달음을 얻었다. 그러한 사유는 그 당시는 물론이고 지금도 일반인의 사고 구조와는 반대되는 곳에서 출발하고 있다. 그러다 보니 그 이치를 설명하기 위해 다양한 사상 체계가 등장하고 억지스러운 개념들이 도입되었다. 과학적 사유에 의해 도달한 결론은 과학의 지식을 이용하여 이해하여야 추가 개념들의 도입이 필요하지 않다. 싯다르타의 사유는 현대의 양자 물리학을 지나쳐 가 있다. 양자 물리학이 어렵다고는 하지만 일반인은 그 개념만 이해하면 된다. 이편이 싯다르타의 깨달음을 직접 이해하는 것 보다 쉽다.

'있지 않으면 없는 것이다.' 이것이 일반적인 사고이다. 1등 당첨금이 10억 원인 복권 한 장을 사면 이것의 가치는 얼마일까? 이것을 10억 원이라 해도 안 되고 0원이라 해도 안 되며 평균값인 5억 원이라 해도 안 된다. 그저 '10억 원일 수도 있고 0원일 수도 있다.' 아니면 '10억 원도 아니고, 0원도 아니다.'라고 해야 한다.

양자는 원래 물결과 같은 '결'의 상태로 모든 공간에 퍼져 있다가 무언가의 영향을 받으면 알맹이 상태로 나타난다. 이것을 '결'이라고 해도 안 되고 '알맹이'라고 해도 안 된다. 그저 '결일 수도 있고 알맹이일 수도 있다.' 아니면 '결도 아니고 알맹이도 아니다.'라고 해야 한다. '결'은 존재할 확률이므로 숫자이다. 모든 물질은 양자가 모여서 된 것이다. 따라서 모든 물질은 '결'도 아니고 '물질'도 아니다. '존재할 확률, 즉 숫자'도 아니고 '존재하는 물질'도 아니다.

눈에 보이는 모든 것은 무언가에 의해 연관되어서 생긴다. 연관이 없으면 만들어지지 않는다. 만들어져 있는 물질도 연관이 끊어지면 소멸한다. 따라서 '있다고 할 수도 없고 없다고 할 수도 없다.' 이것이 싯다르타 사고의 출발이다. 이것이 도덕책에 나오는 그 깨달음이라고 그는 믿는다.

싯다르타의 '연관되어서 생긴다[연기(緣起)]'는 양자 역학의 '측정', '간섭', '영향'을 받으면 알맹이(양자)화 한다는 말과 정확히 일치한다. 영향을 받기 전에는 확률이라는 무형의 수치로 존재하다가 영향을 받으면 알맹이라는 물질로 나타난다는 것과, 간섭의 주체가 사람 뿐 아니라 우주의 삼라만상이라는 것, 어떤 대상이 있어서 그것을 측정하는 것이 아니라 측정하면서 대상이 생기므로 측정자와 대상을 분리할 수 없다는 개념들이 모두 연기설의 개념 그대로다.

투명 인간이 있다. 소설처럼 경찰견이 냄새를 맡아 뒤쫓을 수 있는 그런 투명 인간이 아닌, 오감으로부터 모두 투명해진 인간이 있다면 주위의 어떤 것에도 영향이나 측정을 당하지 않을 것이다. 이러한 인간은 그 인간의 형상대로 공간을 차지하지 않고 결처럼 모든 공간에 퍼져 있는 상태가 된다는 것이다. 이 지점에 존재할 확률은 몇 분의 몇, 저 지점에는 몇 분의 몇 등으로 확률로만 그 사람의 존재를 표현할 수 있을 뿐이라는 것이다. 어느 누구도 그 인간에 대하여 보지도 못하고, 듣지도 못하고, 냄새도 없고, 맛볼 수도 없고, 만지지도 못한다면 그 인간이 어떤 형상을 하고 있지 않다고 보는 것이 더 자연스럽지 않은가?

'연관 되어 생긴다.'를 '조건에 의해 형성된다.' 라고도 표현한다. 싯다르타는 '조건에 의해 형성된 모든 것은 실체가 없다.'라고 말한다. 여기서 '실체가 없다.'라고 하는 것은 위에서 말한 대로 있는 것도 아니고 없는 것도 아니기 때문에 그렇게 표현하는 것이다.

따라서 자아라는 것도 실체가 없다. 그렇다면 남과 다르게 말하고 행동하는 이 '나'는 무엇인가? 싯다르타는 그것은 몸, 느낌, 지각, 의도, 인식이라는 다섯 개의 덩어리들이 이리저리 뭉쳐 만드는 형상이라는 것이다. 마치 구름이 대기의 조건에 의해 뭉쳐서 토끼 모양도 만들고 바위 모양도 만들 듯이. 또한 조건에 의해 형성된 구름이 금방 다른 모양으로 바뀌듯이 '나'라는 것도 조건이 바뀜에 따라 끊임없이 변한다는 것이다.

그런데 싯다르타는 '나'라는 실체가 없다고 하면서 윤회를 말한다. 끊임없이 변하며, 있는 것도 아니고 없는 것도 아니어서 실체를 인정할 수 없는 것이, 윤회는 어떻게 하는가? 싯다르타는 이에 대한 명확한 설명을 하지 않았다. 다만 어떤 설명에서 '이 덩어리[온(蘊)]가 소멸하면 다른 덩어리가 상속한다.'고 한 표현만 있다.

후세에 이것을 근거로 '오온의 상속'이라는 개념을 세웠다. 다섯 덩어리 중 몸에 해당하는 색온을 제외하고 정신에 해당하는 4개의 덩어리가 상속되어 다음 생에서 몸을 받아 다시 태어난다는 것이다. 이렇게 말하면 무엇이 윤회를 하는가에 대한 답변은 될지 모른다. 그러나 4개의 덩어리가 이승이 끝나고 몇 겁의 시간을 관통해서 다음 생까지 가서 다시 몸을 받을 정도라면 실체를 인정해야 하지 않을까? 실체가 없다고 결론 내린 근거가 조건에 의해 생긴 덩어리들이었기 때문인데 그 정도 긴 시간을 견디며 소멸도 변화도 없이 있을 수 있다면 앞의 근거가 무색해진다. 아니면 실체가 없는 작용의 덩어리 같은 것이라면서, 그 성질을 유지하면서 어떻게 상속이 가능한가라는 질문을 받을 수도 있다.

실체가 없어도 윤회가 가능하다고 하는 또 다른 개념은, 이 다섯 개의 덩어리들 외에 또 다른 의식을 설정하는 것이다. 이 의식은 다섯 덩어리들에게서 발생되는 모든 생각과 행위들을 저장하는 곳이라고 한다. 저장 공간이 무제한인 이 컴퓨터의 하드웨어 같은 부분이 윤회의 주체가 된다고 한다. 그런 하드웨어 같은 부분이 있다면 그것이 실체가 아니고 무엇이겠는가? 궁여지책으로 도입한 개념들이 이해를 더 어렵게 만들고 그것들을 설명하기 위해 또 다른 개념들이 덧쌓이는 지경이 되었다.

싯다르타는 자연 과학의 도움 없이 과학적으로 사고하였다. 우리는 자연 과학의 도움을 받아 해석할 수 있다. 우리의 정신과 육체는 끊임없이 변한다. 어제의 나와 오늘의 나는 다르다. 우리 몸의 세포는 1초에 500만 개 교체된다고 한다. 부위별로 다르긴 하지만 양적으로 보면 일 년 안에 100조 개의 세포가 모두 교체된다. 생각도 어제와 오늘은 다르다. 그런데 바뀌지 않는 것이 하나 있다. 그것은 DNA의 염기 서열이다. DNA는 유전 물질인데 당, 염기, 인산으로 구성되어 있다. 이 중 당과 인산은 동일하지만 염기는 네 가지(A, G, C, T)이다.

[인산 + 당 + 염기(A, G, C, T 중 하나)] 이것이 30억 쌍 연결되어 있다.

어떤 사람은 AGGACTATCGCCTTAGAT…이고,

어떤 사람은 CTTACCCGAATTGGGCAT…이고,

어떤 사람은 GTATATTCCCCGAAAATTA…이다.

일생 바뀌지 않는 것은 이 염기의 순서이다. 순서가 달라지면 다른 사람이 된다. 일란성 쌍둥이도 완전히 같지는 않다.

몇 년 전에 그는 무아에 대해 저술한 책을 읽고 저자에게 메일을 보낸 적이 있다. “우리 몸에서 변하지 않는 것은 없다고 하셨는데 변하지 않는 것이 있습니다. 그것은 염기 서열입니다….” 그 분은 이렇게 답변을 보내왔다. “그 염기라는 것도 변성이 온다든가 하지 않겠습니까?” 그분은 이해를 못했다고 그는 생각한다.

여기의 염기는 질소 화합물이다. 이 화합물은 당연히 변성도 오며 수명을 다하면 교체된다. 그러나 그 자리에 붙는 염기는 A, G, C, T 중 항상 그 염기이다. 염기가 아니라 염기의 ‘순서’를 말하는 것이다. AGGACTATCGCCTTAGAT…를 122134143233441214…라고 해도 상관없고 아라비아 숫자가 발명되기 이전이라면 다른 부호로 표시될 수도 있다. 순서만 표시할 수 있으면 된다. 우리가 죽으면 육체와 정신 모두 사라지지만, 이 코드는 남는다. 남는다기보다 이 순서는 원래부터 존재했다.

이 코드는 생성되지도 소멸되지도 않는다. 윤회한다는 것은 이 코드가 윤회하는 것이다. 한 사람이 죽고 그 염기 코드가 버려져 있다. 다시 태어나는 사람이 이 코드를 받을 확률은 얼마나 될까? 수학적으로는 4의 30억 제곱 분의 1이다. 일반 컴퓨터에는 기록조차 불가능한 숫자인데 싯다르타는 이렇게 표현한다. “이 세상이 모두 큰 바다가 될 때 어떤 눈 먼 거북이가 있고 그의 수명은 무한 겁이다. 그 거북이는 일백 년에 한 번씩 머리를 바다 밖으로 내미는데 바다 가운데는 구멍이 하나 난 나무토막이 있어 파도에 떠밀려 이리저리 떠다닌다고 하자. 이 거북이가 일백 년에 한 번씩 머리를 내밀 때 바로 이 구멍에 집어넣을 가능성이 있겠느냐? 어리석은 범부가 다섯 갈래의 윤회 세계에서 떠다니면서 잠깐이라도 사람 몸을 얻을 가능성은 이보다 어렵다."

자연 과학적 토대가 없는 시대였으므로 싯다르타에게 마지막까지 해소가 될 수 없었던 의문은, 첫째는 삼라만상은 실체가 없고 끊임없이 변화하는데 사람으로 말하자면 처음부터 끝까지 '그 사람'으로 알아보게 하는 것은 무엇인가? 두 번째는 실체가 없는 것은 분명한데 윤회하는 것은 무엇인가? 였을 것으로 짐작해 본다.

이에 대해 "모두가 마음이 지어내는 것이다."라고 하면 간단하다. 첫 번째 의문은 '그 사람을 그 사람으로 일관되게 알아보게 하는 것은 그 사람이 몰라보게 변하지 않아서가 아니라 알아보는 사람의 마음속에 지어 놓은 그 사람의 형상 때문이다.'라고 하고, 두 번째 의문은 '자아가 없다고 알아보는 사람은 깨달은 사람으로서, 자아가 없으므로 윤회도 없다. 자아가 있다고 집착하는 사람은 그 자아가 윤회하는 것이다.'라고 하면 될 것이다.

싯다르타는 과학적 사고를 하신 분이므로 결론은 이렇게 내고 만족하지는 않았을 것이다. '오온의 끈을 다음 생까지 이어 주는 무언가가 분명 있다.'는 생각에서 온의 상속이라는 용어를 사용했을 것이다. 그러나 오온 중 사온이 어떻게 상속되는지 그런 설명은 하지 않았다. 뭔가 설명할 수 없는 부분을 감지하셨을 것이라는 느낌이 든다. 변하지 않는 염기 순서, 그것이 위의 두 가지 의문에 명확하게 답하고 있다.

양자 역학에서 양자는 측정되기 전까지는 확률로 모든 공간에 퍼져 있으므로 실체의 존재를 확인하지 못한다고 했고, 싯다르타도 '연관에 의해서만 생기고 연관이 없으면 소멸하므로 실체가 없다, 있는 것도 아니고 없는 것도 아니다.'라고 했다. 물질이 존재하는 것도, 특징을 만드는 것도, 영속하는 것도 확률이나 수치로 표시된다. 이 수치를 자아나 실체라고 할 수 있을까? 그는 그의 모친의 휴대폰 번호 010-77**-14**를 '모'라는 이름으로 등록해 두었다. 모친 사후 얼마 전부터 카톡의 '모'라는 이름 아래 소녀의 프로필이 뜬다. 그 번호가 새로운 휴대폰 몸체를 받은 것이다. 휴대폰에는 번호가 실체일까. 칩셋이나 모듈이 실체일까?

숫자나 확률은 자아도 아니고 존재도 아니며 실체도 아니다. '사과가 여기서 1미터 떨어진 지점에 3개가 있다.' 할 때 1이나 3은 사과의 본질도 아니고 존재도 아니며 실체도 아니다. 위치나 상태를 표현하는 부호일 뿐이다. 숫자가 존재가 될 수 없기 때문에 자아도 없다.

자아가 없으므로 윤회도 없다.

그러나 염기 순서는 끊임없이 윤회할 것이다. 나의 염기 순서를 4의 30억 제곱 년 후에 다른 몸이 받아 세상에 나올 수도 있고 내일 태어난 아이가 그 순서를 가지고 있을 수도 있다. 환경의 영향에 의한 차이와 유전자 발현 과정에서의 차이는 생기겠지만 같은 염기 순서를 가진 사람은 유사하게 사고하며 행동하고 유사하게 늙고 죽을 것이다. 그러나 나의 염기 순서를 가지고 다음에 태어나는 사람이 나의 행적을 기억하지는 못할 것이다. 염기 순서는 순서일 뿐, 무엇이 저장되면서 코드가 바뀌거나 하는 게 아니기 때문이다. 그는 이것을 스스로 '과학적 윤회'라고 한다.

싯다르타는 자아가 없음을 알면 갈애가 없고 갈애가 없으면 집착을 하지 않고 집착이 없으면 태어남이 없어 괴로움에서 벗어나고 윤회의 고리에서 벗어난다고 말한다. 이것을 고쳐 말하면 자아가 없음을 알면 윤회할 주체가 없음을 알기 때문에 윤회하지 않음을 알고 자아가 없음을 알면 갈애가 없고 갈애가 없으면 집착을 하지 않고 집착이 없으면 괴로움에서 벗어난다는 것이다.

그런데 자아가 있다고 생각하면 왜 집착하게 되는가? 자아가 있다고 생각하면 자아의 삶이 유한하다는 절망감에 사로잡혀 괴롭다고 한다. 또 자아가 있으면 끊임없이 구하는 것이 생기고 구하는 것을 가질 수 없는 괴로움이 생긴다고 한다. 그런데 자아가 있어도 자신의 삶이 무한하기를 바라지 않고 끊임없이 구하지 않을 수는 없는가?

생명 탄생 이전의 지구에는 물, 이산화탄소, 메탄, 암모니아 등의 단순한 화합물이 있었다. 과학자들은 이러한 물질을 플라스크에 넣고 원시 시대 번개를 모방한 전기 방전이나 자외선 등을 가하여 몇 주 후에 아미노산이 생성되는 것을 관찰했다. 최근에는 이런 실험에서 DNA의 구성 물질인 퓨린이나 피리미딘 같은 유기물도 생성되었다. 이러한 유기물들은 태양으로부터 에너지를 받아 점점 더 큰 분자가 되었다. 그런 큰 분자는 자기를 구성하고 있는 성분들이 많이 있는 원시 수프 속을 떠다닌다. 그러면 흩어져 있는 구성 성분들은 큰 분자가 지나갈 때 자기와 친화성이 있는 부분에 달라붙게 되고 달라붙은 성분들도 결국 큰 분자의 그것과 같은 배열로 늘어서게 될 것이다. 자기 복제물을 만드는 분자가 생겨난 것이다. 자기 복제자가 생겨나자마자 기하급수적으로 빠르게 퍼진다. 수억 년 이러한 과정이 되풀이 되는 동안 100퍼센트 복제가 정확하게 이루어진다고는 생각할 수 없다. 필연적으로 복제의 오류가 생긴다. 결국 같은 조상으로부터 유래한 몇 가지 변종이 생겨난다. 어떤 변종은 더 안정하여 수명이 길 것이고 어떤 변종은 불안정하여 빨리 분해

되었을 것이다. 수명이 긴 변종은 수명이 긴 때문이기도 하지만 자기 복제자를 더 오랫동안 만들 수 있기 때문에 수가 늘어날 것이다. 불안정하여 수명이 짧은 쪽은 결국 도태되고 수명이 긴 쪽으로 점점 진화할 것이다.

자기 복제자가 점점 많아지면서 구성 요소 즉 재료는 점점 줄어들어 귀한 자원이 되어 갈 것이다. 그 자원을 차지하기 위한 경쟁이 시작되는 것이다. 복제의 오류로 인하여 만들어지는 변종 중에 자신의 안정성을 증가시키고 상대의 안정성을 감소시키는 것들이 선택되고 그렇지 못한 변종은 도태될 것이다. 때로는 자기와 경쟁하는 종류의 분자를 화학적으로 파괴할 수 있는 변종이 등장할 수도 있고 이러한 변종 역시 자연의 선택을 받을 것이다. 이에 대하여 자신 둘레에 단백질 벽을 만들어 이에 대항하는 변종도 생겨날 것이며 이는 최초의 세포가 되어 살아남을 것이다.

이것은 리처드 도킨스가 쓴 '이기적 유전자'에 있는 내용이지만 모두 실험적으로 입증된 사실이다. 수많은 변종들이 생겨날 때 자연의 선택은 다른 유전자의 번식을 방해하고 자기 유전자는 살아남아 자손을 많이 퍼뜨릴 수 있는 유전자를 선택한다는 것이다. 이는 동어반복이나 다름없다. 자연이란 주체가 있어 선택한 것이 아니고 살아

남았으니까 선택되었다고 말할 수 있는 것이다. 이기적 유전자만 살아남는다. 이타적 유전자는 도태된다. 이타적이라는 말에 이미 자신은 도태될 것이라는 의미가 포함되어 있다. 유한한 자원에서 다 같이 이익이 되는 경우는 없다. 겉으로 이타적으로 보이는 행동도 결과적으로 그 유전자에게 이익이 되는 경우에만 그렇게 한다. 우리의 몸(정신을 포함한)은 이기적 유전자를 운반하는 운반체이고 유전자가 조종하는 대로 움직인다.

이것이 태어나면 괴로움이 생기는 근본 원인이다. 태어난다는 것은 이기적 유전자가 성공적으로 운반체에 올라탔다는 것이다. 이 유전자는 다음 세대에 역시 성공적으로 자신과 같은 유전자를 퍼뜨리기 위해 운반체를 조종하여 자아를 설정하게 하고 그 자아를 위해 많은 것을 얻으라 한다.

유전자가 운반체를 조종한다고 표현은 하지만 유전자가 우리의 행동을 일일이 간섭하는 것은 아니다. 유전자는 의도가 없는 코드일 뿐이다. 그 코드는 미리 프로그래밍 되어 있고 생명체는 이 프로그램에 따라 행동한다.(프로그램이 표현되는 과정에서 나타나는 변이 즉 후성 유전은 여기서는 지나치기로 한다.) 그런데 컴퓨터가 복잡해지면 컴퓨터를 만든 사람이 전혀 예측하지 못한 동작이 나오는 것처럼 생명체에서도 그런 현상이 일어난다. 특히 인간은 상상력을 통해 장래의 일을 모의 실험하는 능력, 즉 의식적인 선견지명이 있다. 유전자들의 맹목적인 이기심을 거스르고 반항할 수도 있고 자연계에서는 존재할 수 없는 순수한 이타주의라는 것도 의식적으로 육성하고 가르칠 수도 있다.

싯다르타의 가르침은 결국 이 이기적 유전자의 지시를 따르지 말라는 것이다. 그런데 이기적 유전자의 지시를 따르지 않으면 결국 자연계에서 사라진다는 것은 너무나 확실한 논리적 귀결이다. 결국 인간의 멸종을 바라는 것인가? 싯다르타는 이 이기적 유전자가 설정한 것들의 실체를 바로 알고 나서 할 일에 대해서도 많은 말씀을 하셨다. 과연 그대로 따르면 인류가 멸종하지도 않고 공생하면서 번영할 수 있을까? 이후는 공통적인 종교적 문제로 보아야 할 것 같다.

종교가 없는 그는 여기서 생각을 멈춘다. 다만 싯다르타의 가르침(다른 종교도 마찬가지이지만)을 전 인류가 모두 따르지 않으면 어떻게 될까? 같이 공생하기로 약속해 놓고 약속을 지키지 않는 '먹튀류'의 인류가 더 번성하게 될까?

그는 주위 흙을 떠서 무덤을 좀 더 단단하게 덮는다. 전방후원형의 돌들도 다시 맞춰 놓았다. 뒤쪽으로 지나가는 돌담도 다시 쌓아 놓았다. 다시 또 바람이 날아오는 분석가루들이 덮이고 잡풀이 자라겠지. 당분간은 누가 찾아오지 않을 것이다. 아직 몸을 받지 않았다면 하님아 좀 더 자거라. 벚나무를 한 그루 심어 놓아야겠다. 화사하게 피었다 진 그녀의 삶처럼 피고 질 것이다.

육지에 나간 김에 옥천 이원 묘목 시장에 갔다. 목련, 왕벚나무, 넝쿨장미, 개나리들을 10~30주씩 주문하였다. 이런 나무 들은 제주에서는 미리 주문도 해야 되지만 육지보다 3~4배 비쌌다. 포트째로 보내는 것도 아니어서 제주까지 괜찮을지 물어보니 큰 묘목 농원을 하는 영농 조합 대표라는 분은 3일 정도면 도착하고 그 정도는 괜찮다고 한다. 며칠 후 1톤 트럭으로 현장에 도착했는데 항공기 화물 중량을 줄이기 위해서였겠지만 흙이 모두 털리고 뿌리가 말라 있다. 미리 파논 구덩이에 한꺼번에 묻고 물을 주었다. 그 후 며칠에 걸쳐 조금씩 여기저기 심었다. 산갈이 보이는 곳에는 개나리를, 돌담을 따라서는 넝쿨장미를, 오솔길 양쪽으로는 목련과 벚나무를 심었다. 하님이 곁에도 벚나무를 한 그루 심었다. 편백나무가 하늘을 찌를 듯이 성벽을 이루고 모두 꽃을 피운다면 어릴 때 읽은 '비밀의 화원' 그대로 될 것 같았다. 요절한 시인의 시 한 구절이 떠오른다.

"성벽은 울창한 숲으로 된 것이어서
누구나 사원을 통과하는 구름 혹은
조용한 공기들이 되지 않으면
한걸음도 들어갈 수 없는 아름답고
신비로운 그 성."

여섯

백화등

가을이 되자 임대한 건물의 인테리어가 시작되었다. 인테리어라고는 하지만 가정집과 민박으로 쓰던 건물이어서 거의 리모델링 수준이었다. 인테리어 업체에 알아보니 2억 가까이 견적을 낸다. 아내가 직접 재료를 사서 하겠다고 한다. 제주에서, 그것도 오지에 속하는 성산에서 업종별 인부를 제때에 조달하기가 쉽지 않을 텐데. 주위에서 모두 말렸다. 그러나 아내는 시간이 있으니 해 보려고 한다. 그는 아내의 부지런함을 믿었다. 남원 숙소에서 성산까지 매일 아내는 출퇴근하였다. 곁에 있는 것이 별 도움이 되지 않는다고 하여 그는 걷거나 나무를 돌보거나 하다가 시간이 맞으면 점심을 같이 먹었다. 작업은 철거부터 시작되었다. 철거하는 업체의 소개로 다음 작업 업체를 소개 받고, 그 업체가 요구하는 재료를 구입하면서 재료상에 물어 다른 업체들을 섭외하였다. 차츰 아는 사람이 생기자

평판이 좋은 업체를 고를 수도 있게 되었다. 문제는 그 업체들이 대개 사장 혼자거나 심부름하는 고용인 한 사람 정도 데리고 하는 영세업자였기 때문에 작업 인부들은 그때그때 구해야 했다. 그러다 보니 예정된 기간을 지키지 못하는 일이 많았다. 다음 작업 업체와 약속한 날짜가 있는데 그때에 맞추지 못하면 그 업체는 기다리지 못하고 다른 공사를 시작하게 된다. 그땐 그 공사가 끝날 때까지 기다리던지 다른 업자를 또 알아봐야 한다. 아내는 저녁에 들어오면

"하, 그 바닥 하는 사람 빨리빨리 좀 하지. 중간에 일 있다고 갔다가 오지도 않고…."

하는 류의 푸념을 자주 하였다. 철거가 끝나면 바닥 작업하고 그 다음은 배관 작업하고 이어서 변기나 욕실 같은 도기 작업, 전기, 미장, 도배, 목수 이런 순서였던 것 같다. 설계도는 그가 대충 그려 준 것을 아내가 각 구획의 실측 길이를 기입하여 업자에게 주었다. 저녁에 얘기를 들어 보면 아내가 먼지 나는데 마스크 쓰고 옆에서 이것저것 해 달라고 하면 업자들은 대개 빙긋빙긋 웃으며 농담으로 받거나 들은 척 안하거나 하는 것 같았다.

사람을 잘 다루는 방법에는 두 부류가 있는 것 같다. 하나는 그의 친구인 한 변호사가 쓰는 방법인데, 그 친구는 전원주택을 지을 때 현장 소장을 불러 저녁 식사를 하고 술자리를 같이 하였다. 그날 이후부터 그 현장 소장은 그 친구를 형님이라 불렀다. 형님으로 부

르기만 한 것이 아니라 친형보다 더 신뢰하는 것으로 보였다. 그 친구가 술자리에서 감언이설을 하는 것도 아니고 무슨 대가를 약속한 것도 아니다. 단지 마음을 열고 여유 있는 농담을 하는 것뿐이었다. 무슨 의도를 가지고 만나면 언행에 여유가 생길 수 없다. 그 친구는 힘이 들어가지 않고 자유분방하게 신뢰의 마음을 유머로 전달하는 것이다. 상대방은 이렇게 터놓고 대화할 수 있는 상대가 자기에게 과연 몇이나 있는가? 하는 생각이 술자리 끝날 때쯤 든다. 그러면 공사 내내 자기 집을 짓 듯이 한다는 것이 그 친구의 믿음이다. 그 이후 현장에 가지도 않는다. 모든 것이 잘 된 것인지는 확신할 수는 없지만 그렇게 된 것으로 믿는다. 다른 한 부류는 그의 아내가 하는 형태이다. 아내는 이전에도 두 번 인테리어나 리모델링 공사를 해 봤는데 현장에 매일 출퇴근하고 집에 올 때는 설계도를 들고 온다. 현장에 있어 보면 자재를 바꾸어야 한다거나, 설계도와 다르게 해 달라거나, 추가로 해야 할 것이 있다거나, 다음 작업을 위해 며칠까지 끝내 달라거나 하는 요구 사항이 많이 생긴다. 아내는 늘 같은 톤으로 조용하게 얘기하기 때문에 처음에는 안 들어주어도 그냥 넘어가지 않을까? 생각하고 농담으로 얼버무리거나 곤란한 여러 이유를 대면서 거절한다. 그러면 한참 후 같은 얘기를 똑같은 어조로 또 한다. 그러면 현장 소장이나 작업자들은 대개 짜증을 낸다. 아내는 조용히 듣고 있다가 다음에 같은 부탁을 또 한다. 그때부터는 그들의 생각이 달라진다. '안 해 주고는 못 넘어가겠구나.' 생각하는 것이다. 아내는 집에 설계도를 가지고 와서 몇 번씩 보고 생각해 둔 것은, 아무래도 해야 할 것 같으니까 계속 요구 하는 것이고, 성격이 유순하니까 그런 태도가 나오는 것이다. 사람을 다루는 것이 아니라, 다루어지면서 상대방이 베풀어 주어야겠다는 생각을 가지게 만드는 것이다. 매번 처음에 뻣뻣하던 작업자들이 며칠 후에 보면 협조적이었던 것을 그는 기억한다.

딸이 미국에 살고 있어 아내는 일 년에 한 번은 가서 김치도 담가 주고 여러 가지 챙겨 주고 온다. 문장만 맞지 남이 알아듣지 못하는 자신만의 영어인데 아내가 미국에서 활동하는 것 보면 현지인처럼 제약이 없어 보인다. 어느 땐가 시카고 오헤어 공항에 내려 딸의 집을 찾아 가는데 일러 준대로 블루 라인 지하철을 타야했다. 아내는 항상 뭔가 많이 가져간다. 딸이 먹고 싶다 했다고 순대를 넣어 가다가 투시기에 걸려 공항에서 꺼낸 적이 있는데 모두 터져 버렸다고 한다. 직원이 뭐냐고 물으니 "noodle"이라고 해서 통과했다는 일화도 있다. 그런 가방을 끌고 이리저리 돌아다니는데 뭔가 작업하는 한 무리의 인부들이 보였다. 다가가 "Where is the blue line?" 하였다. 그들은 잠시 쳐다보더니 서로의 작업복을 가리키며, "here, here!" 또 한 사람은 바닥을 가리키며 "here, too." 하며 낄낄거렸다. 보니 그들은 모두 청색 줄이 있는 작업복을 입고 있었고 바닥에도 굵게

청색 줄이 그어져 있었다. 그들은 모두 블루 라인 지하철 소속이었고 바닥에는 블루 라인 타는 방향이 표시되어 있었던 것이다. 미안했던지 그들 중 한 사람이 아내를 승차하는 곳까지 안내해 주었다고 한다.

배관 작업을 할 때였다. 다음 작업이 며칠 전부터 기다리고 있는데 맡은 사람이 하루 작업하고 다음 날은 못 나온다고 하였다. 이유는 친목 모임 때문이었다. 마을의 비슷한 연배끼리 모여 축구도 하고 술자리도 갖는 모양이었다. 우리 생각에는 '한번쯤 빠지면 어때?' 하겠지만, 제주 현지인 생각은 그렇지 않다. 제일 우선시 하는 것이 조상에 대한 제사, 다음이 이런 친목 모임이다. 가게도 그런 날은 문을 닫는다. 그런 관습에 비하여 비즈니스에 대한 개념은 약하다. 젊은 사람들 생각은 그렇지 않은데 오십대 이상에서는 아직도 그러한 의식들이 많이 남아 있다.

선거철이면 제주에서 흔히 '이당, 저당 아닌 궨당'이라는 말이 나온다. 주민들 보다는 정치인들 입에서 더 오르내린다. '궨당 문화'라고까지 한다. 그 원인으로 과거 수탈의 역사와 가혹한 자연환경을 말하지만 편리한 생각이다. '팔이 안으로 굽는다.'는 말을 비유적이 아닌 액면 그대로 받아들인다면 팔은 안으로 굽을 수밖에 없다. 해부학적으로 그렇게 만들어져 있기 때문이다. 제주 사람들이 궨당을 더 챙기는 것도 이와 같다. 친족, 혈족과 상의하고 그들과 서로 돕는 것은 그것이 편하기 때문이다. 그것을 문화라고 할 필요까지는 없어 보인다. 육지에서 이주하여 수년이 지났는데도 차별한다고 말하는 사람이 있다. 수십 년 살아온 주민과 차이가 있기 때문에 차별하는 것이지 가슴속에 응어리가 있거나 집단 무의식 같은 게 있어서 차별하는 것이 아니다. 바닷가에 나가서 모자반 같은 반찬거리 하나 거두어 올 때도 물 때, 위치, 도구, 계절 등 알아야 할 것이 많다. 육지에서 온 지 몇 년 되었다고 이런 것을 다 알고 있기는 힘들다. 자연스럽게, 상의는 친족 혈족과 하게 되고 서로 도움을 주고받는 사이이므로 모임을 만들고 그 모임을 중요시하는 것이다. 몇 년 안 된 이주민이라도 원주민같이 생활하는 사람이 있다. 그런 사람은 차별을 못 느낀다. 수시로 육지로 내왕하면서 육지에서의 생활 방식을 유지하는 이주민은 원주민과 삶이 다르기 때문에 차별을 받는 것이다. 과거 수탈의 역사, 가혹한 자연환경, 거기다 4·3 사건까지 거론하는 사람도 있다. 역사 속에서 뭔가 찾으려 한다면 왜구의 침탈도 넣어야 할 것이다. 그러나 그것은 역사적 얘기 거리일 뿐이지 일상생활을 지배하지는 않는다. 현재 제주 주민들에게서 육지인에 대한 불편한 감정을 굳이 찾자면 관광이든 사업이든 육지인의 편의를 위한 것임에도 '제주에도 도움이 많이 되지 않느냐?'와 같은, 뭔가 베푸는 듯한 태도 정도일 것이다.

원래 계획보다 3, 4일 더 지나서 배관이 마무리 되고 다음 공사가 시작되었다. 전기 작업은 부천 거주 기술자가 했는데 하다가 집에 일이 있다고 올라가 버렸다. 다른 업체를 통해 연락이 된 부산의 전기공이 왔는데 이 사람도 도배가 늦어지니까 마지막 마무리를 하지 않고 가 버려서 애를 먹었다. 마지막에 온 목수가 만능 기술자여서 모두 마무리를 해 주었다고 한다. 어느 날은 천정 그라인더 작업하던 사람이 손가락이 잘렸다고 전화가 왔었다. 피부만 붙어 있다는 것이었다. 거즈로 두껍게 싸고 주위를 얼음으로 차갑게 하고 부목을 대서 종합 병원으로 보내라고 하였다. 그 사람은 서울까지 가서 접합수술을 받았다. 문제는 다친 사람의 산재 처리 문제였다. 보통 단기간 작업에는 산재 가입을 하지 않는 경우가 대부분이어서 우리도 가입을 하지 않았던 것이다. 산재 관련 규정을 알아보니 며칠까지는 소급해서 가입이 되었다. 최초 자재 들어온 날을 기준으로 하는 것이어서 종류별로 들어온 자재 영수증을 모두 모으고 해당 서류를 만들어 아내가 근로 복지 공단에 찾아갔다. 거기서 심문을 받듯이 모든 서류에 대해 확인을 받아 통과되고 그 다친 사람은 산재 혜택을 받게 되었다. 이런 경우 장애가 남는 것이 뻔한데, 산재 처리가 안 되면 사업자와 근로자 사이에 갈등이 장기화 되어 엄청난 스트레스를 서로 받게 된다.

겨우 연말까지 공사를 마무리 하고 1월 1일부터 진료를 시작하였다. 인테리어 비용을 계산해 보니 1억 2천 정도 들었다고 한다. 절약이 상당히 되었다. 직원은 간호사(간호조무사) 2명, 물리 치료사 2명, 방사선사 1명인데 최소한이었다. 원래 계획대로 주 5일제로 하였다. 아침에 여유를 가지고 출근해야겠다고 생각한 그는 9시에 시작을 하려고 했는데 간호사를 포함하여 모두 말리는 것이었다. 다른 곳은 7시에 시작하는데 주민들이 욕을 한다고 했다. 그래서 8시로 했는데 삼 일째 아침, 7시경에 병원 이웃에 사는 분이 전화를 했다. 할머니들이 계단에 많이 앉아 있다는 것이었다. 날씨도 추운데 문이라도 열어 드려야 하지 않겠냐고 했다. 병원 바로 뒤 원룸이 숙소였기 때문에 서둘러 가서 문을 열고 난방을 틀어 놓고 와서 아침밥을 먹었다. 그 뒤로 매일 그렇게 해야 했다. 아내는 한 달에 두 번 정도 와서 보험 청구 업무를 하고 올라갔다. 아들이 아직 재학 중이었기 때문이었다. 일반 보험은 컴퓨터 프로그램으로 대충하지만 이것도 오류가 많아 월말에 다시 돌려 확인해야 하는 것이었고, 제주에만 있는 해녀 환자 청구는 일일이 수기로 해서 해당 지자체에 우편으로 보내야 했다. 제주에는 해녀들은 진료비 본인 부담금을 지자체에서 내준다. 청구는 행정구역에 따라, 서귀포와 제주시 따로 해야 하고, 해녀가 본인인 경우와, 부모 자식인 경우와, 며느리인 경우 청구 방법이 달랐다. 퇴역한 할머니들도 해녀증이 있으면 무료인데 대개 팔십이 넘었다. 이 할머니들은 병원 다니는 게 하루 일과인 듯하다. 문제는 하루에 여러 병원을 다니는 것인데 꼭 주사를 놓아달라고 한다.

"할머니 오늘은 주사 안 맞아도 되죠?"

"아냐 맞아야 돼."

"다른 데서 맞았잖아요."

"안 맞았어."

대화가 이렇게 오간다. 증세 표현도 거의 같다. 처음에는 어디 아프냐고 물으면,

"아프지 않고 뽀사."

하며 손으로 가리키는데 '뽀사'를 어떻게 해석해야 할지 난감했다. 그냥 부서지듯이 아프다는 말로 해석한다. 척추 협착증이 있어 다리가 많이 저리는 분은 척추 깊은 곳에 주사를 놓는다. 골다공증이 심하고 고령이라서 수술도 못하는 상황이면 그런 주사밖에 방법이 없다. 보통은 주사를 맞으면 몇 개월 또는 일 년까지도 효과가 지속되는데 병원을 쇼핑하는 할머니들은 2주도 안 간다. 처음에는 3주 간격으로 두세 번 놓다가 그다음은 3~4개월씩 띄어야 하는데, 한 달도 안돼서 또 놓아 달라고 한다. 그는 단호하게 거절을 한다. 그래도 다른 곳에 가서 또 맞기는 하겠지만. 좀 더 젊은 해녀들은 주사를 맞고 증세가 완화되면 더 무리하는 경향이 있었다. 그런 해녀들도 주사를 보채는 부류에 속한다. 주말에 바닷가를 걷다 보면

"주사 안 놔 주는 원장."

하고 소리치는 해녀를 만나는 경우도 있다. 어떤 날은 광치기 해변

을 걷는데 등에 엄청난 짐을 지고 물속에서 걸어 나오는 해녀를 보았다. 주위에 배나 다른 장비도 없는데 뿔소라를 한 짐 지고 얕은 물을 저벅저벅 걸어 나오는 모습은 너무나 비현실적이었다. 용궁에서 나오는 검은 인어같이 보였다. 얼굴을 보니 주사 안 놔 준다고 소리치는 그 해녀였다. 인사를 하니 '아이구, 뭐라 뭐라….' 하면서 해녀들 불턱으로 들어가 버렸다. 나중에 병원에 와서는 그때 소라 준다고 했는데 왜 갔냐고 하였다. 개원하고 몇 달 뒤 낯익은 할머니가 왔다. 하님이 얘기 들려준 할머니였다. 혈압약 처방 받으러 왔는데 영양제를 무료로 놓아 드렸다. 며칠 후 진료 중인데, 물이 뚝뚝 떨어지는 검정 비닐 봉투를 책상 밑으로 놓으며 눈을 껌벅껌벅하고 나간다. 나중에 보니 돌미역이었는데 양이 많았다. 돌미역이 바다 냄새나면서 신선하기는 했는데 오래 씹어야 했던 기억이 있다.

행정 구역은 제주시에 속하지만 우도 주민들도 그가 있는 곳으로 온다. 한 달이면 보름은 풍랑주의보 때문에 발이 묶인다. 그러다가 기상 특보가 해제되는 날이면 한꺼번에 나온다. 우도 주민들이 도착하면 진료실 안에서도 금방 알게 된다. 밀린 이야기들을 하느라 시끄럽기 때문이다. 나온 김에 머리도 손보고 시장도 봐야 하니까 머리에 보자기를 쓴 아주머니, 시장 본 물건이나 농사용 철물을 든 사람들로 부산스러운데 병원 분위기도 덩달아 들뜨는 기분이었다. 우도에는 또 땅콩이 특산물인데 알이 작고 더 고소하다. 이 땅콩은 남들에게 거저로 잘 안 준다. 땅콩의 껍질을 까는데 인력이 많이 들기 때문이라고 한다.

지금은 거의 없지만 당시는 중국인들이 많이 왔다. 관광객뿐 아니라 장기간 체류하는 중국인도 많았다. 대개 통역인이 있으므로 진료에는 별 무리가 없었다. 가끔 통역 없이 올 때는 손짓으로 하는 수밖에 없다. 그는 중국말은 텅(아파)과 무텅(안 아파요.) 밖에 모른다. '텅' 하면서 주사 놓는 시늉을 한다. 중국인은 의료 보험이 안 되기 때문에 일반 숫가로 받는데 상처가 있어 엑스레이 찍고 소독하고 부목하고 주사와 약 처방을 하면 보험으로는 3만 원 정도인데 비보험으로는 20~30만 원 정도 된다. 그런데 치료비 낼 때 한결같이 놀랍다는 반응이다. 너무 싸서 놀라는 것이다. 단위가 틀리다고 생각하는 건지 모르겠다.

11월 말 귤 철이 되면 말 그대로 길에 귤이 굴러다닌다. 이때가 되면 귤 농사 안 짓는 집이 짓는 집보다 귤을 더 많이 먹는다는 말을 듣는다. 여기저기서 가져다주기 때문이다. 병원에도 가져다 놓은 귤을 접수대에 올려놓는다. 환자들이 귤을 까먹으면서 기다리는데 대기실의 귤 향은 인심의 향기라고 해야 할까? 이 때 산길을 걷다 보면 귤나무에 귤이 흐드러지게 달려 있다. 목마르면 하나씩 따서 먹으며 걷는다.

4~6월은 우뭇가사리 채취 철이다. 이때 해안가를 지나가다 보면 1톤 트럭이나 경운기들이 갯바위에 모여 있고 남자들이 옆에서 잡담하

면서 기다리는 광경을 볼 수 있다. 해녀들의 몇 차례 채취가 끝나면 차에 싣고 가서 도로에 펴서 말린다. 우뭇가사리는 부피가 크기 때문에 차로 싣고 가야 한다. 그는 해안가를 걸을 때 우뭇가사리가 인도를 덮고 있는 것을 보고 '사람 하나 다닐 정도는 비워 줘야지.'라고 불평한 적이 있다. 나중에 봤더니 그냥 밟고 지나가도 되는 것이었다. 잠수 외에도 해녀들의 수입원은 다양하다. 미역과 비슷하지만 뻣뻣해서 식용으로는 사용하지 않는 감태는 가을 겨울철에 많이 채취한다. 파도가 심한 날은 갯바위 쪽으로 엄청나게 밀려 나와 있는데 걷어서 말린다. 이것은 여러 용도로 쓰이지만 정형외과적으로 뼈에 인공물을 고정시키는 뼈시멘트의 재료가 된다고 한다. 이것도 도로에 널어 말리는데 미끄러워 밟으면 넘어져 다칠 수 있다. 이런 것 널 때는 보행 통로는 비워 놓아야 할 것 같다. 그는 걷기를 많이 하니 보행자 통행에 민감해져 있다. 제주도 남자들은 해녀들이 수확한 것을 운반만 하고 빈둥빈둥 논다는 말을 많이 듣는다. 과거에는 그랬을지 몰라도 요새는 많이 바뀌었다. 밭에서 농사일을 하다가 해녀가 뭍으로 나올 때쯤 와서 기다리는 것인데 억울한 말을 듣는다고 생각할 것이다.

일을 많이 하는 만큼 경제권은 압도적으로 여자에게 치우쳐 있는 것 같다. 병원에 부부가 같이 오면 영양 수액제를 비싼 거 맞을 지 싼 거 맞을 지는 꼭 부인에게 물어본다. 그런데 예상과 다르게 싼 거 맞으라고 하는 부인이 많았다. 나이 든 간호사의 말로는 남자들이 딴 짓할까 봐 그런다는 것이었다. 영양 수액이 정력제도 아닌데 그래서 그렇지는 않을 것 같고 여러 병원에 다니며 자주 맞아서 그렇지 않을까? 하는 생각이 들었다. 그런데 이곳에 단란주점이나 옛날식 다방이 지나치게 많기는 하다. 아마 갈치잡이 어선들이 많이 들어오는 항구여서 거기에 종사하는 외지인들 때문이 아닌가? 하는 생각이 들었다. 간호사는 '할아방들 일하다가 자주 사라진다.'고 한다. 그런 곳에 간다고 보는 모양이다. 간호사나 방사선사 모두 제주에 수십 년 살았거나 부씨, 고씨 등의 제주 토박이다. 나이 든 간호사의 남편도 어선을 가지고 있고 갈치를 잡는다. 갈치잡이를 하다가 다른 생선이 올라오면 가끔 그에게 가져다주었다. 또 다른 간호사는 21살인데 4살 된 아들이 있었다. 장손을 일찍 보아서 그런지 시아버지가 무척 챙기는 모양이었다. 직원이 현지인이면 좋은 점이 더 많지만, 환자와 수다 떠는 일이 잦은 것은 단점이었다.

어디에나 꼭 있는 술주정뱅이가 이 동네에도 두어 분 있었다. 사흘이 멀다 하고 얼굴이나 코, 귀가 찢어져 실려 들어온다. 고주망태가 되어 길에 쓰러져 있다가 구급차로 들어오는데 이런 분들의 상처는 다발성으로 흙에 오염되어 있고 대개 너덜너덜하여 봉합하는데 시간이 많이 걸린다. 시간이 아무리 많이 걸려도 진료비를 비례해서 청구할 수도 없고 외래 환자들을 못 보게 되므로 경영의 관점에서는 달갑지 않은데 거기다가 전혀 협조를 하지 않는다. 손을 마구 내

저어 차려 놓은 수술기구들을 뒤엎기 일쑤이다. 직원 모두 혀를 차며 술이 깰 때까지 내버려두자고 한다. 그런데 연락하여 달려온 보호자– 대개 아내가 –조용한 것이 신기했다. 그가 도시에 있을 때는 보호자가 도착하자마자 환자에게 마구 욕을 퍼붓거나 '내가 못 살아, 저 인간 누가 안 데려가고 뭐 하나.'하는 부류의 푸념은 했지만, 이곳에서는 그런 불평을 듣지 못했다. 가부장적 전통이 남아있는 시골이라 원래 그런가 하는 생각도 들지만 그런 관습 중에서도 밖에서 하는 음주나 유흥에 대해서 유난히 이곳에서는 관대한 것 같았다.

다른 의원은 모두 토요일 오전 진료를 했다. 그는 주말 빈 병원에 조용히 있는 것이 좋았다. 블라인더를 내려놓으면 햇살이 조그맣게 들어온다. 시간의 작은 조각이 지나가는 것을 보고 있으면 닷새간 떠올랐던 몸이 수면 아래로 가라앉는 느낌이 들었다. 그런 때면 예외 없이 문 두드리는 소리가 났다. 틈으로 보면 할머니 환자다. 밖에 아무리 크게 써 붙여도 효과가 없다. 두드려도 보고, 몇 번 흔들어 보기도 하다가 돌아간다. 몇 차례 그런 일이 되풀이된다. 개원 후 일년이 지나도 그런 일은 없어지지 않았다.

아침에 일찍 오는 대신 저녁에는 5시만 되면 단골 환자는 끊겼다. 오후 6시까지 문을 열었는데 그 시간에는 주로 외상 환자가 온다. 외상 환자가 많이 생기는 곳이 우도이다. 빌려 주는 스쿠터가 주범이다. 평소에 오토바이를 타지 않던 젊은이들이 그런 것을 빌려 타다가 미끄러져 다치는데 골절 같은 큰 부상은 아니지만 속도가 더해져 아스팔트와의 마찰로 생긴 상처는 단순한 찰과상이 아니었다. 피부가 달아나고 이물질이 많이 박힌 다루기 힘든 다발성 상처들이었다. 이물질을 모두 제거해야 하기 때문에 처음 처치는 몹시 아프다. 두 명이 같이 들어오는 일이 보통인데 병원 안에는 비명 소리가 가득하다. 그는 친지들에게 '공항에서 보이는 부목은 모두 우리 병원 것이다.'고 농담을 한다. 어떤 날은 문 닫을 시간이 되서 우도 보건지소에서 전화가 온다. 응급 처치를 해서 보내니 좀 기다려 달라고. 그런 날은 직원들의 퇴근이 한참씩 늦어졌다.

이 읍에서 외과적 처치를 하는 병원은 그의 의원 밖에 없다. 다른 곳에서는 못 해서가 아니라 외과적 수술, 처치의 숫가가 너무 낮기 때문이다. 간단한 봉합술이라도 하려면 갖추어야 할 장비가 많고 시간이 많이 걸리는데, 그 시간에 물리 치료 환자 여러 명 보는 것이 편하기 때문이다. 그가 오기 전에는 가정 의학과 원장이 했는데 정형외과가 오니 얼른 넘겨 버린 것이다. 그는 전공이 외과 계통이니 당연히 맡아야 했다. 외과적 환자 중에 많은 부분은 역시 돌과 관계가 있었다. 돌 작업을 하다 손가락을 찧고, 밭담 넘다가 발목 삐고, 돌 위에서 미끄러져 발목이나 손목의 골절을 입는 것, 바닷가에서 돌이나 조개에 발이 베이는 것들이었다.

또한 당시에 건축 붐이 일어서 펜션이나 원룸들이 많이 지어지고 있었다. 그 공사장의 근로자들 역시 부상이 많았는데 힘줄 근육 등의 봉합도 가능한 모두 처리하려고 노력했다. 어떤 날은 손의 다발성 건 봉합 수술을 하고 나니 마칠 시간이 되어 오후에 방문하여 기다리던 환자들 중 대부분은 돌아가고 끝까지 진료를 보겠다는 두어 분만 남아 있었던 적도 있다. 또 다른 외상은 개에게 물려서 오는 경우였다. 그 읍에는 거의 다 흰 진돗개 종류였는데 당시에는 풀어 놓고 기르는 집이 많았다. 바닷가를 어슬렁거리거나 방파제 같은 곳에서 바닷바람을 쐬는 개들도 흔히 본다. 관광객이 물리는 사고가 빈번해지니 지자체에서 목줄을 의무화 시켰다. 스트레스를 받아서였는지 그 다음부터는 개가 주인을 자주 물었다. 그가 개원하고 제일 처음 수술한 것도 집에서 기르던 개에게 다리가 물린 초등학교 여아의 상처였다. 뼈가 드러날 정도로 깊은 상처였는데 씻어 내면서 며칠 두었다가 근육을 봉합하고 피부를 정성 들여 봉합해 주었다. 후에 중학교 들어가서 손가락을 다쳐서 왔을 때 다리에 먼저 눈이 갔다. 그때 봉합한 곳에 보기 싫은 흉터는 남지 않았는가? 해서였다. 흰 자국만 남아서 다행이었는데 상처의 흉터가 얼마나 남을 지는 다칠 때 거의 결정된다. 상처가 난 부위에 따라 차이가 크고 깊은 상처라도 피부 주름과 나란히 찢어지면 상처가 덜 남는다. 간혹 자신의 흉터를 다른 사람과 비교하거나 자신의 다른 부위 상처 반흔과 비교하여 병원에 와서 불평하는 경우도 본다.

외과적 처치 중에 또 하나 골치 아픈 것이 있었다. 제주도 성게 철은 5~7월인데 대개 보리가 익는 시기와 일치한다. 성게를 잡아와서 해녀의 집에서 둘러앉아 껍질을 까는데 가시가 잘 박힌다. 원래 찔리면 통증이 있는데 그에게 찾아오는 해녀들은 대개 몇 달씩 지난 후에 왔다. 성게 가시라고 하지도 않고 손가락 마디가 많이 쓰면 붓고 아프다고 한다. 초음파를 해 보면 가시가 보인다. 그런 경우 대개 힘줄에 쌓여 있거나 더 깊이 들어가 있다. 영상 증폭기로 비춰 가면서 뽑아내는데, 어떤 환자는 무릎 주위에서 동시에 3개를 뽑은 적도 있다. 큰 병원에 가면 입원하라고 하는 것이 보통이며 가려고 하지도 않아서 끝까지 찾아내야 했다. 하님이 얘기 들려준 그 할머니는 그 몇 달 뒤 성게알을 플라스틱 반찬통에 가득 담아 가져다주었다.

눈이 많이 쌓인 적이 몇 번 있었다. 제주도에서 '펄펄 눈이 옵니다 하늘에서 내려옵니다.'라는 표현은 생뚱맞게 들릴지 모르겠다. 어디선가 오는 눈이 수평으로 또는 밑에서 위로 날린다. 나뭇가지 옆에 쌓인 경우는 봤어도 밑에 쌓인 경우는 여기 와서 처음 본 것 같다. 눈이 많이 왔어도 해가 나면 한나절이면 없어지는데 하루 종일 온 날이 있었다. 언덕에 차가 못 올라간다고 나이 든 간호사가 전화를 했다. 나중에 차를 버리고 걸어왔다. 그런 날은 환자도 없다. 그래도 그와 직원들이 교대로 나가서 빗자루로 계단을 쓴다. 계단에서 넘어지면 할머니들은 대개 큰 뼈가 부러지기 때문이다. 골절이 생긴

고령의 환자는 골절로 끝나는 것이 아니다. 수술을 하더라도 장기간 보행을 못하면 그길로 못 일어나는 경우가 생긴다. 골다공증이 대개 심하기 때문에 뼈도 늦게 붙는다. 환자 한 사람만의 문제가 아니라 전 가족의 문제가 되는 것이다. 그러나 해안 가까운 곳에 하루 종일 눈이 쌓여 있는 경우는 아주 드물다. 해가 나면 금세 말라 버려 땅이 질척거리지도 않는다.

제주의 바람은 알려진 대로 강하다. 강풍주의보가 내려졌을 때 그가 본 바람은 목적이 있는 것이 아닌가? 의심이 들 정도였다. 심은 동백나무가 파상적 공격으로 단 한 장의 잎도 남지 않은 적도 있다. 방풍림이 없는 곳에 귤나무를 심어 봤더니 잎은 반 정도 떨어졌는데 꽃이 하나도 남지 않는 것이었다. 어느 때는 강풍이 불고 난 다음날, 산부인과 원장이 땅바닥을 보며 어슬렁거리는 것이 창밖으로 보였다. 그가 뭐하느냐고 물으니 간판 찾으러 다닌다는 것이었다. 큰 사각형 간판은 괜찮은데 원형 병원마크 간판이 사라졌다는 것이었다. 그의 병원과는 50m 정도 떨어져 있는데 어디까지 가봐야 하는지 난감해 했다.

"사람 안 다친 거는 다행입니다."

상투적인 인사를 건넸지만 실없는 말이었다. 여기 주민들은 평소에 주의보 자체를 두려워하는 것 같았다. 주의보가 틀려도 해제될 때까지 다니지 않는다.

강풍도 태풍급으로 부는 경우가 있다. 그런 때 해안 도로를 걷다가 위험하다고 느낀 순간도 있었다. 전진이 안 되는 것은 물론이고 몸을 일으키면 떠밀려 바다로 떨어질 것 같은 상황이 있었다. 네발로 기다시피 땅을 짚고 피신하였다. 제주도에는 말을 대부분 방목한다. 비나 눈이 와도 그대로 서 있다. 말은 왜 앉지 않는지 모르겠지만 강풍이 부는 날 말들을 보면 안쓰럽고 우스꽝스럽다. 여기저기 흩어져 있는데 궁둥이는 모두 바람이 불어오는 방향으로 서 있다. 마치 묘박하는 요트들 같다. 요트들은 정확히 바람이 불어오는 쪽을 선수로 해서 닻을 중심으로 선회한다. 비바람이 치는 날 해안가를 걷다 보면 특이한 현상도 목격된다. 해일도 아니고 큰 파도가 치는 것도 아닌데 물이 그릇으로 떠올리듯이 도로 쪽으로 올라오는 것이다. 가만히 보니 도로에서 바다로 폭포수 같이 떨어지는 빗물을 바람이 원위치 시키는 중이었던 것이다. 어떤 때는 인도 위에 갯자갈들이 누가 쏟아 부은 듯 흩어져 있는 경우도 있었다. 주위에 산이나 언덕도 없는 트인 해안 도로였는데 역시 바람이 한 일이었다. 파도가 많이 친 직후에는 감태뿐만 아니라 바닷속 깊은 곳에 있는 미역 다시마들도 뽑혀 밀려와 있어 사람들이 주우러 다니기도 한다. 그런 날은 낚시꾼도 많이 보인다.

그는 장손이어서 모시는 제사가 많은데 주말과 겹치지 않으면 서울에 갈 수가 없어 아내와 같이 원룸에서 간단히 지낸다. 제사에 쓰고 남은 닭고기를 어떻게 할까 하다가 통발을 해 보기로 했다. 원래 통발에는 고등어를 잘라 넣는데 닭고기도 되지 않을까 생각했다. 간조 때를 기다려 방파제 테트라포드 앞 깊은 곳에 던져두었다. 하루 지나서 줄을 당기니 무겁게 끌려 나왔다. 속에는 엄청난 양의 물고기가 들어 있었는데 모두 똑같은 종류였다. 동자개, 그가 금강에서 투망해서 잡은 그것과 흡사했다. 바다 동자개라고 하였다. 가끔 바다 동자개에 찔려 구급차로 실려 오는 환자가 있다. 그 생선의 옆 지느러미에 가시가 있는데 찔리면 그 고통이 상상 이상이다. 주위가 붓는 것은 물론이고 팔이 떨어져 나가는 것 같다고 한다. 심약한 사람은 거의 실신할 정도가 되어 온다. 해독 주사를 맞아도 20~30분 지나야 가라앉는데 그 사이에 빨리 안 가라앉혀 주고 뭐 하느냐고 소리를 지르는 이도 있었다. 근처 낚시하는 사람에게 주었더니 매운탕으로 하면 딱 좋다며 고맙다고 한다. 그 다음 파도치는 날 기다렸다가 마트에서 산, 삶은 닭을 넣어 던져두었다. 하루 지나서 당겨 보니 이번에는 문어가 두 마리나 들어 있었다. 돌문어 다 큰 놈이었다. 집에 가져와서 큰 냄비에 넣으니 꽉 찼다. 그런데 그 눈망울이 문제였다. 생선과 달리 눈을 이리저리 굴리면서 빠져나가려고 하는데 머리가 꼭 사람 대머리 같다. 갇힌 것을 알고부터 통발 속에서 절망했던 긴 시간을 생각하니 다시는 잡고 싶은 생각이 없어졌다. 갑자기 죽는 것은 감수할 수 있는데 자유가 박탈 된 상태로 죽음을 기다리는 것이

최악인 것은 사람이나 동물이나 마찬가지 아니겠는가? 다시 할 짓이 못 된다는 생각이 들었다.

그는 주말에는 많은 시간을 걷는다. 그의 병원에서 세화까지 갔다 오면 7시간, 종달리까지면 4시간 걸렸다. 갈 때는 중산간을 돌아서 가고 올 때는 해안 도로로 온다. 그는 허리 디스크 수술 → 협착증 수술 → 디스크 수술 → 협착증 시술을 차례로 받았다. 허리가 좋지 않으면 하체 근육이 약해지기 쉽다. 하체 근육이 약하면 허리에도 무리가 더 올 뿐 아니라 다른 곳이 나빠진다. 나이가 들어서 오는 거의 대부분의 질환은 근육량의 감소와 관련이 있고 근육량이 많아지면 이런 질환들에 대한 예방이 되는 것이다. 여러 가지 원인으로 정적인 근육 운동은 잘 하지 못한다. 그런데 걷기를 하면 기본적인 근육량의 유지는 되지만, 일정 수준 이상은 늘지 않는다. 그래서 그가 하는 것은 뒤로 걷기인데 그냥 뒤로 걷기만 해도 앞으로 걷는 것의 1.5배 정도 운동량은 되고 노년에 필요한 균형 감각 고유 수용기 운동 등에도 좋다. 하지만 하체 근육량을 늘리기에는 부족하다. 스쿼트를 응용해서, 뒤로 걸을 때 무릎을 완전히 펴지 않은 상태로 걷는 방법이 있다. 그가 해 본 결과 앞으로 빠르게 걷기보다 운동량은 2배, 하체 근육, 특히 엉덩이와 대퇴 근육이 스쿼트를 할 때와 비슷하게 발달한다. 또한 뒤로 걸으면 발목, 무릎, 고관절의 통증이 완화된다. 여름날은 미리 얼려 놓은 이온

음료를 가방에 메고 가는데 한 시간 못 가서 물이 된다. 가다가 점심시간이 되면 편의점에서 삼각 김밥과 음료수를 사서 나무 그늘을 찾는다. 폭염주의보가 매일 내려지는 염천에는 다니는 사람도 없다. 옷은 땀으로 젖었다가 마르기를 되풀이한다. 얼굴도 거의 다 가리고 눈은 반쯤 감은 상태로 인적이 드문 안전한 길에서는 뒤로 걷는다. 그런 때의 의식은 명료하지 않았고 주위는 몽환적이었다. 꿈을 꾸는 건지 졸리는 건지 더위 먹은 건지 분간이 안 가는 그런 기분이 좋았다. 대개 4시간 정도 걸으면 발에 물집이 잡히는 걸 느끼지만, 아프다기보다 뿌듯한 느낌마저 든다. 세화 방파제에 가면 깨끗한 화장실이 있다. 땀을 많이 흘리니까 소변도 잘 안 나오지만 한번쯤 들러야 한다. 그가 갈 때쯤 방파제 위에 누워 졸다가 어슬렁거리다가 하는 흰 개 한 마리가 있었다. 조심스럽게 다가가 한번 쓰다듬어 주고 귀갓길을 시작한다.

언젠가는 아침을 일찍 먹고 길을 나섰다. 김녕까지 가 볼 생각이었다. 갈 때는 일주동로로 갔고 돌아올 때는 해안 도로로 오다가 너무 늦을 것 같아 다시 일주동로로 들어섰다. 점심 먹는 30분을 제외하고 11시간이 걸렸다. 장시간 걸을 때 그는 쉬지 않는다. 다리가 뻣뻣해져 그냥 관성으로 계속 움직이는 것이 편하기 때문이다. 걸으면서 하는 생각들, 처음엔 나는 대로 내버려둔다. 발붙일 곳 없이 날아다니다가 생각이 어딘가 내려앉는 때가 있다. 그때부터 그 생각의 끝을 잡고 걷는다. 끝없이 딸려 들어가는 듯 하고 시간이 다르게 흐르는 느낌이 든다. 축지법을 쓰는 듯 거리는 짧아진다. 그렇게 걷다가 표지판에 이마를 강하게 박은 적도 있었고, 뒤로 걷다가는 인도에 세워 둔 차의 보닛 위로 올라앉은 때도 있었다.

김녕에는 성세기해변이 있다. 파스텔 톤의 바다와 하얀 모래가 아름다운 해변인데 왜 성세기일까? 찾아보니 근처에 작은 성(城)같은 것이 있어 '성새끼해변'으로 불렸다고 한다. 그것을 아름답게 들리도록 슬쩍 바꾼 것이다. '새끼 성'이라고만 해도 덜 상스러운데 '성새끼'라니 거의 욕에 가깝지 않은가? 누군가 제주를 배려하는 마음으로 바꿨을 것이다. 그러나 밭에서 일하는 아낙의 얼굴에 분칠한 듯이 불편하다. 당시 삶이 척박하고 여유가 없어 그냥 내뱉듯이 지은 것인데 구태여 미화시켜 분장할 필요가 있을까? 왜구의 침입이 많아서 곳곳에 성을 쌓아야 했고 자연재해와 탐관오리들의 수탈로 고달팠던 삶을 드러내는 명칭을 살려 두는 것이 낫지 않을까? 다랑쉬오름의 다랑쉬는 그저 '달 같네'라는 뜻인데 '달낭자(월낭)'로 은다리오름의 '은다리'는 원래 민다리(민대가리)에서 온 것인데 숨어 있는 '달(은월)'로 바꿔 놓았다. 이런 막 지은 명칭은 제주뿐 아니라 일반적으로 시골에는 많다. 유독 제주에서만 과민하게 반응한 것이 아닐까?

근래에는 걸으면서 수행을 시도해 본 적도 있다. 그가 알고 있는 수행은 정신을 집중해서 세상 만물의 실체가 없음을 몸으로 체득하는 것이다. 포토샵을 해 본 사람은 알지만 이 프로그램으로 가져가면 어떤 사진이든지 화소라는 작은 색의 조각들로 해체된다. 미스코리아의 얼굴과 추녀의 얼굴이 색의 조각일 때는 구분이 있을 수 없다. 몸 전체를 해체하여 다른 사람과 자유자재로 바꿀 수도 있다. 수행을 할 때 몸의 움직임과 마음의 움직임을 알아채야 한다고 말한다. 걸으면서 왼발이 나가고 오른발이 들리고 엉덩이가 틀어지고 배가 나오는 것을 알아채고, 장기의 움직임도 심장이 뛰는 것도 알아채고, 들숨과 날숨을 알아채고, 이것을 관찰하는 마음을 알아채야 한다. 성기가 어떤 상태인지, 장에 똥이 차 있는 것도 알아챈다. 이것은 포토샵에서 화소로 해체하는 것과 흡사하고 양자 수준으로 내려가서 양자 역학적으로 관찰하는 것에도 근접한다. 이를 통해서 존재의 실체가 없음을 몸으로 아는 것이다.

또는 논리적으로 답을 찾을 수 없는 화두를 가지고 끊임없이 의심을 일으키는 방법을 쓰기도 한다. 그는 '아득한 옛날, 참 나는 누구였던가?'라는 화두를 사용해 본 적이 있다. 걸으면서 계속 되뇌었다. 처음에는 잡념이 스며들면서 화두에 대한 의심이 이어지지 못했는데 보름 정도 지나니 4시간 걷는 내내 유지할 수 있었다. 화두가 나를 이끈다는 느낌이 들었다. 그러던 어느 날 주위의 분위기가 몹시 감미로운 느낌이 든 때가 있었다. 감미로우니까 희열이라고 할 수 있을 것이다. 수행에 관한 서적을 보면 희열이나 주위가 갑자기 밝아지는 광

명 같은 것은 수행의 초기 단계에 일어나는 현상으로 경계해야 할 것 중의 하나라고 한다. '참 나는 누구였던가?' 이 화두를 끊임없이 되뇌다 보니 어떤 날은 형체가 떠오르는 때가 있었다. 5, 6기 정도의 소규모 비행단의 단장 모습으로 그가 나타났다. 배경은 현대보다 훨씬 문명이 앞선 시대로 보였고 전투가 없는 평화 시여서 우주 기지를 돌며 점검하는 임무를 수행하고 있는 것으로 보였다. 상황은 그의 대원 중 하나가 집안 사정으로 무단이탈했고 그가 그 대원을 징계하고 기지로 돌아와 '그냥 넘어 갔어야 하는데.' 하며 자책하는 장면이었다. 그는 균형이 잘 잡힌 건장한 체격을 가지고 있었고 용모는 현재의 그와 흡사하였으나 원칙주의자 같은 인상을 하고 있었다. 그 한 컷의 장면만 머릿속에 떠올랐다가는 다시 나타나지 않았다. 일종의 최면 작용으로 무의식중에 있던 이미지가 떠올랐다고 본다. 사람의 DNA 코드(염기 서열)에는 그 사람의 행적이 기록될 수 없다. 그냥 순서에 불과하기 때문이다. 현재의 3차원적인 사고로는 그렇다. 그러나 인식할 수 없는 다른 차원이 그 코드와 함께 한다면 그 차원으로 행적이 남을 수도 있을 것이다. 그렇다고 한다면 어떤 특별한 정신 상태가 될 때 전생을 기억해 낼 수도 있지 않을까? 현재의 과학 수준이 거기까지 미치지 못하였을 뿐. 그는 싯다르타의 사유의 경계가 현대 과학을 넘어섰다고 믿는다. 싯다르타는 전생을 기억하고 그에 대한 얘기를 남겼다. 'DNA 순서' 외에 동반되어 윤회하는 무언가가 있을 여지를 남겨 두어야 한다고 생각한다.

그는 6시에 진료를 마치고 원룸에서 저녁을 먹는다. 주로 마트에서 사 온 인스턴트 찌개나 국을 끓이고 김치와 김을 반찬으로 해서 햇반을 먹는다. 그러고는 아령 2kg짜리를 들고 근처에 있는 초등학교 운동장으로 간다. 운동장은 인조 잔디가 깔려 있고 우레탄 트랙으로 되어 있다. 한 시간 동안 아령을 흔들며 뒤로 걷기를 한다. 무릎을 펴지 않고 엉거주춤하게 빨리 걷는다. 그 모습이 우스꽝스러워 모자와 마스크를 한다. 가끔 동네 사람들이 운동하러 오기 때문이다. 한번은 컴컴한 운동장을 그러한 자세로 돌고 있는데 트랙 저쪽에서

"엄마, 저거 뭐야?"

"사람 같은데?"

가까워지자,

"거봐, 사람 맞지?"

하는 대화 소리가 들렸다. 어두운 데서 보면 큰 개 같은 짐승이 걸어가는 것으로 보였을 법하다. 검붉은 하늘을 배경으로 세 개의 깃발이 식별될 때쯤 운동이 시작되어 중앙탑의 시계만 희게 빛나고 주위 나무들이 검은 괴물같이 보일 때쯤 끝난다. 학교에서 개방은 해주지만 조명까지는 할 필요를 못 느끼는 모양이었다. 학교는 도로보다 움푹 내려가 있어 어둠은 서서히 바닥부터 차오르고 산굼부리 주위의 안개처럼 나무들 사이로 상가의 불빛이 번져 들어온다. 달이 뜨

는 날은 체육관 지붕 위의 달을 보며 걷는다. 중천 어느 지점에 달이 오면 시간이 다 되었는지 알 수 있다. 어떤 날 그는 하늘을 보고 걷다가 깜짝 놀랐다. 하얀 종이 조각 같은 한 무리가 하늘을 선회하고 있는 것이었다. 삐라 같은 것이 뿌려졌나 했는데 가만히 보고 있으니 새떼였다. 도시의 조명을 받아 희게 빛났던 것인데 무슨 메시지가 있을 것 같은 형태로 돌고 있었다. 제주에서는 어디나 다운타운을 벗어나면 칠흑같이 어둡다. 주거지가 아니면 가로등 찾기가 힘들다. 가로등이 있어도 백여 미터씩 떨어져 있는 곳도 있다. 도로를 비추기 위한 것이 아니라 가로등이 있는 위치를 알리기 위한 불빛 같다.

운동하는 사람들 외에 이 학교의 단골 방문자가 또 있다. 인근 중학교 학생들인데 다운타운을 벗어난 곳에 그들의 학교가 있어 밤에 놀기 적당하지 않은 모양이었다. 남자 아이들은 축구 골대 옆에 스마트폰의 손전등을 켜 놓고 골 넣기를 하거나 잔디에서 뒹굴면서 장난을 쳤고 여자 아이들은 거의 스마트폰을 들여다보면서 깔깔거리며 놀고 있었다. 어떤 날 그가 뒤로 걸으면서 트랙을 지나가는데 '안녕하세요.' 하고 한 여학생이 인사를 하였다. 운동장에 매일 나오니 인사성 밝은 학생이 하는 의례적인 것으로 생각하고 '안녕' 하고 지나쳤다. 이삼 일 후 걷기를 하는데 다시

"안녕하세요."

하는 여학생이 있었다. 며칠 전과 같은 목소리였다.

"안녕, 누구지?"

트랙을 돌면서 가까워졌을 때 물었다.

"채원인데요."

아, 그 상완골 골절 학생, 두 명씩 철봉 오래 매달리기를 했는데 옆의 친구가 손이 미끄러워 떨어지면서 자기를 잡고 같이 떨어졌다고 했다. 그냥 착지하면 될 텐데 철봉이 그 친구의 키에 비해 과도하게 높았거나 겁이 무척 많은 친구였던가 보다. 엑스레이를 찍어보니 상완골 근위부의 골절이 있었다. 골절이라고 해도 부러진 형태가 아니고 파란 대나무가 꺾일 때와 같은 융기 골절이었다. 자라나는 아이들의 뼈는 무르기 때문에 이런 골절이 잘 일어나고 특별한 처치를 하지 않아도 뼈가 붙는 데는 문제가 없다. 그러나 눌리거나 움직일 때 통증이 있으므로 부목을 4주 정도 대어 준다. 그런데 어깨 부분을 보호하는 부목이어서 몸에 잘 붙어 있지 않는다. 부목을 설탕 집게같이 만들어 팔꿈치에서 어깨까지 감싼 다음 붕대를 감는데, 이 감는 방법이 복잡하다. 붕대가 어깨에서 반대쪽 겨드랑이를 지나와야 하고 등 뒤로 돌아서 부목을 감은 다음 다시 복부를 지나야 한다. 이렇게 하지 않으면 금방 흘러내린다. 원래는 맨 몸에 감는다. 그렇지 않으면 속옷을 갈아입을 수가 없다. 그렇지만 가슴이 막 나오기 시작하는 사춘기 소녀임을 생각하여 속옷 위에 감아 주었다. 갈아입을 옷을 병원으로 가지고 오라고 해서, 간호사와 같이 가서 갈아입고 나오면 그가 붕대를 감아 주었다. 일주일에 두 번 정도 왔었고 부목은 3주 하였다. '정채원' 아빠와 같이 왔는데 단정한 모습으로 차분하게 대답하여 인상에 남았던 아이였다. 아빠는 말없이 옆에서 옅은 미소만 짓고 서 있었던 기억이 난다. 그런데 모자에 마스크까지 쓰고 있는데 알아본 걸까? 궁금해졌다.

"그런데, 나 누군지 알아?"

"정형외과 의사 선생님."

진료할 때도 보면 학생들은 꼭 의사 선생님이라고 부른다. 그냥 '선생님'은 오직 학교 선생님뿐인 것 같았다. 어두워서 얼굴도 잘 안 보이는데 눈만 보고 알아보다니,

"팔은 괜찮아?"

"네, 다 나았어요. 그래도 철봉은 못 해요. 무서워서요."

"그래, 철봉은 더 있다 해."

그러고는 트랙을 돌았다.

어느 날은 걷고 있는 그에게 가까이 와서는

"이거 한번 들어 봐도 돼요?"

손에 있는 아령을 만지며 물었다.

"그래 들어 볼래?"

그녀는 양 손으로 몇 번 운동을 해 본다. 보기만큼 무겁지는 않다는 표정이다. 이 여학생에 대해 궁금해졌다.

"채원이는 나중에 뭐 하고 싶어?"

"간호사 한대요."

옆에 있던 친구가 앞질러 대답한다.

"간호사?, 간호사도 공부 잘해야 될 텐데, 채원이 공부 잘해?"

"우리 반에서 제일 잘해요."

옆의 친구가 또 가로챈다.

"응 그래? 그러면 되겠구나. 의사를 해도 되겠네."

"나중에 의사 선생님 병원에 취직할까요?"

채원이 표정 없이 묻는다.

"그러면 좋겠지만, 그게 될 수 있겠나."

"의사 선생님 나이가 많아서요?"

"그것도 있지만 이런 데서 근무하기가…."

그보다는…. 잠시 생각하다가

"채원이는 다른 나라에 가서 하는 봉사 활동 같은 거 관심 없지?"

"예?"

"그 국제기구 같은데서 하는 의료 봉사 같은 거."

"하고 싶어요 저도, 그런 거 하려면 외국에서 대학 나와야 하지 않아요?"

어쩌면 그런 꿈, 한번쯤 생각해 봤는지 바로 대답한다.

"그러면 좀 더 쉽긴 하겠지만, 우리나라에서도 할 수 있는 것 같던데.”

“그래요?”

그 뒤로도 채원이는 어둠 속에서 가끔 인사를 하였다. 어느 땐가, 불타는 듯 특별한 노을이 지던 날이 있었다. 검붉은 구름들이 서쪽 하늘 전체를 화염으로 뒤덮은 듯하였다. 트랙을 돌며 스탠드에 앉아 있던 여학생 한 무리에 가까워지자 그중 한 학생이

“저거 좀 보세요, 예쁘죠?”

채원이었다. 그가 걷기를 멈추고

“산불 난 것 같구나.”

“산불이요?”

채원이는 감탄의 어조로 반문하며 그 하늘을 다시 본다. 그가 다시 걷기 시작하고, 서서 노을을 보고 있는 채원의 실루엣이 점점 어둠 속에 묻혀 갔다. 겨울이 오면서 운동장에 나오는 아이들도 드물어졌다.

토요일이었다. 빈 진료실에 히터를 켜 놓고 앉아 있다. 겨울 햇살이 블라인더에 잘려져 들어오고 있다. 예외 없이 오늘도 어떤 할머니가 문을 두드리다가 간다. 그는 아무것도 하지 않고 가만히 있다. 이렇게 있으면 시간의 흐름이 보이는가? 시간은 새롭게 만들어진다는 글을 읽은 적이 있다. 공간의 팽창과 함께 시간도 생성되고 있고 미래란 아직 없는 것이라고. 과거란 기억일 뿐이고 미래는 아직 오지 않았다. ‘지금’만 있다. 그것은 무에서 생성되는 새로운 시간의

모서리이자 유일한 '있음'이다. 새로 생성되는 미래를 예측은 할 수 있지만, 늘 그대로 되지는 않는다. 점심때가 되었다. 마트에 가서 햇반과 반찬거리를 사야겠다. 그는 가까운 하나로 마트로 갔다. 주차장에 차를 세우고 나오는데,

"원장님."

누군가 불렀다. 돌아보니 채원이었다. 천으로 된 가방을 메고 있다.

"어, 웬일이야?"

"영어 학원 갔다 오는 길이예요."

"이 동네도 학원이 있어?"

"네, 문방구 이 층이 학원이에요. 원장님은 쇼핑하려고요?"

오늘은 원장님이라고 부르네. 어른들에게 배운 모양이다.

"응, 채원이는 뭐, 사러 왔어?"

"버스 기다리는 동안 롯데리아에서 햄버거 먹으려고요."

"그래? 그럼 내가 사줄게."

"정말이요?"

"응 나도 한 끼 해결해야 하니까."

채원이는 새우버거를, 그는 데리버거를 주문했다. 그에게는 데리버거에 대한 추억이 있다. 충주에 있을 때 주말에 수영을 했다. 수영 끝나고 곁에 있는 롯데리아에서 먹는 데리버거가 너무 맛있었다. 여기 와서 먹어보니 그 맛은 아니었지만, 추억으로 먹는 맛이라고 할

까? 늘 같은 것을 고르게 된다. 밝은 낮에 마주 앉아 보니 채원이는 참한 보통의 여학생이었다.

"원장님은 매일 혼자 식사하세요?"

"아니 집에서 내려올 땐 같이 먹고…."

"네."

그녀는 다른 화제를 꺼낸다.

"원장님이 그때 말씀하신 거 생각해 봤는데요…."

"응, 뭐?"

"외국 나가서 봉사 활동 하는 거요."

"아, 그래 내가 얘기했지?"

"그거 저도 평소에 생각했어요, 해 보고 싶다고."

역시 그랬구나. 그런 걸 생각하고 있었다니.

"그래?"

"그래서 아빠와 의논했어요."

"그래서 요번 학기 끝나고 캐나다 가요."

"아, 캐나다?"

"네, 미국과 캐나다는 대학 지원이 자유롭대요. 중·고등학교는 더 안전하다고, 캐나다에서 다니기로 했어요."

"잘했다. 많이 알아봤네."

"네, 아빠가 연구원이었을 때 미국에 연수 간 적이 있어 좀 아신

대요."

"음 그렇구나 잘 됐다."

"아빠가 과학자 자격으로 영주권도 신청해 놓았어요. 아빠는 의대를 바라는 것 같은데 저는 간호대도 괜찮다고 생각해요."

일반적으로 부모가 영주권을 얻으면 미성년 자녀도 같이 얻게 된다. 의대는 영주권자라도 아시아계가 들어가기는 몹시 어렵다고들 한다.

"아빠가 지금도 연구원 하시니?"

"아니요, 명예퇴직하고 여기로 오셨어요."

순간 얼굴에 그늘이 스치는 듯하다.

"지금은 제주시 회사에 다녀요. 박사 학위와 논문 쓴 것으로 신청하는 영주권이 있는가 봐요."

"음 그런 게 있구나, 같이 가시지는 않지?"

"네, 저 혼자 있어야 돼요. 홈스테이 알아보고 있어요."

홈스테이, 주로 교포 가정집에 하숙생으로 들어가는 것을 말한다.

"걱정되지는 않아?"

"좀 불안해요. 영어도 아직 잘 안 돼서요."

미소를 짓는다.

"가면 어학연수 할 걸?"

"네, 한 학기는 어학만 하고 학교 수업은 내년 가을 학기부터 한대요."

"그렇지, 그러면 금방 따라갈 거야."

부모님이 신뢰를 하고 있는 아이로구나 하는 생각을 한다.

"원장님은 해외 봉사 안 가 보셨어요?"

감자튀김을 케첩에 하나씩 찍어 먹으면서 채원이 물었다.

"아니 못 가 봤어."

"가 보고 싶지 않으세요?"

"가 보고 싶었는데 못 했어."

"왜요? 지금이라도 가면 되잖아요."

"…."

더 이상 묻지 않는다.

"저는 나중에 국경 없는 의사회 이런 거 해 보고 싶어요."

"그것도 좋지, 하지만 위험한 곳에 갈 수도 있어."

"네"

그는 잠시 침묵하다가

"나는 남극에나 한번 지원해 볼까 해."

"남극이요?"

"응 매년 세종 기지나 장보고 기지 파견 의사를 뽑고 있어. 일 년간 근무하지."

"와 재밌겠다. 엄청 춥겠죠?"

"그렇단다. 추운 것도 있지만 갇혀 지내는 것이 더 문제라더구나."

"네, 사람들 스트레스가 꽉 차겠네요."

"맞아, 그것 때문에 여러 문제가 생긴다고 해."

"언제 가실 건데요?"

"2, 3년 후, 여기 자리 잡은 다음."

"신기한 사진 저한테도 보내 주실 거죠?"

"그래, 가게 되면."

채원이 가방에서 메모지를 꺼내 뭔가 적어 준다. 이메일과 인스타그램 이름이다.

"버스 시간 다 되지 않았어?"

"다음 거 타죠 뭐, 20분마다 와요."

'채원의 집은 시흥리였던가.'

"저 나중에는 이 동네로 다시 올 거예요. 원장님도 그때까지 계셔야 해요."

"그래 살아있으면…. 허허."

"살아 계시겠죠. 육지로 가지 마세요."

"채원이는 이 동네가 좋은 모양이지?"

"네, 두산봉도 좋고요 종달리 앞바다도 너무 좋아요. 강아지 데리고 자주 나갔어요."

"그래, 나도 그쪽이 좋더구나. 이제 그만 일어날까?"

그는 태워 줄까 하려다 그만두었다. 자신의 의지로 새로운 세계와 맞서려고 하는 아이에게 더 이상의 조언의 시간은 사족이 될 것이 분명했다.

"잘 가, 건강해."

"원장님도 건강하세요. 제 인스타그램 꼭 찾아보세요."

"그래 알았다."

그 아이는 손을 흔들고 버스 정류장 쪽으로 사라졌다. 그는 마트에서 몇 가지를 구입하다가 갑자기 허둥댔다. 의미가 분명하지 않는 말을 몇 마디 중얼거리더니 서둘러 버스 정류장 앞으로 간다.

"원장님."

차의 윈도우를 내리니 채원이 놀라서 일어섰다.

"데려다 줄게."

베이지 색 원피스에 옅은 보랏빛 재킷을 입은 채원이가 앉으니 갑자기 차 안이 밝아졌다. 갯무 꽃 한 묶음을 조수석에 놓은 것 같다. 그런 향기도 나는 듯하다.

고성리 다운타운은 제법 복잡한데 흐린 날씨에 붉은 신호등은 장딸기처럼 익었다. 시흥리 갈림길로 들어서자 돌아다니다 가면 안돼요 그녀가 쳐다본다. 집에서 기다리잖아 아무도 없을걸요 동생은 놀러 갔을 테고 아빠는 일찍 나가셨어요 엄마는. 엄마는 삼 년 전에 돌아가셨어요 핸들을 우측으로 꺾었다.

밭둑의 구럼비나무가 자주빛 열매를 달고 서 있다. 잎은 여전히 시퍼렇다. 전원주택 마당가 화분과 돌이 흐트러져 있네 오래 손을 안

본 모양이야 '무명화가의 집' 장승들이 늘어서서 웃는지 우는지. 까치 한 마리가 보리수나무의 마른 줄기 위에서 깃털을 고르고 있어 '시흥해녀의 집' '오션파크', 관광객들도 썰물처럼 돌아가고 바다도 썰물이네 엄마 있을 때 왔어요 강아지 데리고. 엄마는 병으로 돌아가셨니 네 암으로요.

종달리 모래 해변이 멀리 드러나 우도에 닿을 것 같네 해변 정자곁에 가드레일이 부서져 있다. 여기로 내려 갔어요 지금은 강아지도 없어요 마른 풀과 명아주 대궁이가 많이 흔들리네 내려가 보고 싶지는 않은 모양이야 우도 위에만 하늘이 훤하다.

느리게 움직이는 도항선, 차를 움직였다. 지미봉에서 한줄기 용암이 일출봉을 향해 흘러간 곳 '카이트 서핑 스쿨'이라 써 있다. 지난 여름 메밀잠자리같이 어지럽더니 다 철수했네 생개남돈짓당을 지나네 이쪽으로는 안 와 봤어요 해맞이 해안로 몰라 수국길. 해마다 현충일이면 피지.

하도 해수욕장에 누군가 갯바위를 거닐고 있어 토끼섬엔 문주란이 많지 저 섬엔 어떻게 가요 물 빠지면 무릎까지밖에 안 와. 한 번 가 봐요 늦었어 물때 놓치면 못 나와 청법사엔 역시 인기척이 없고 길가엔 공부방 선생님 구한다는 광고 천이 꼬여 있어 세화 포구에 물이 들어 오는가 보다 일렁이네.

여기가 어디 쯤일까 '넙덕빌레'라고 녹슨 철제 팻말이 꽂혀 있는 곳 내려가 볼까 오후의 물빛은 날선 칼날, 바다가 조용하면 세상이 다 조용한 것 같아요 그렇구나 차도 사람도 그대로 움직이는데. 물결 없이 물이 들어오고 있어 갯쑥부쟁이가 바람에 목이 젖혀진다 저 쪽으로 가면 어디가 나와요 부산 아니면 일본 계속 가면 미국도 나오지 그녀가 가만히 머리를 기댄다 바람이 갈팡질팡해. 그녀의 어깨를 감싸 안아준다. 머리칼이 물결처럼 닿는구나 동생이 불쌍해요 저 가고나면 아빠 재혼할 것 같아요 동생은 초5예요. 남자니 예. 유학을 좀 일찍 보내주면 좋겠네 그 땐 누군가 반대할지 몰라요 아빠는 요새 나무도 돌보지 않아요 우리 식물원 있거든요 분홍나팔나무 아세요. 사진에서는 봤는데. 외국에서 들어온 나무래요 엄마 수목장 그 나무에 했어요 풀이 많이 자랐어요 엄마가 마음 아파할까 봐 내가 조금 뽑았어요 '네 영혼에 외투 하나라도 걸쳐 줄 새로운 사랑을 찾아 떠나거라 이곳의 기억은 모두 거두어 가거라 소용 없게 될지도 모른다.' 어디선가 거품이 떠내려오고 있다. 답답하다 찰랑거리는 물결을 밟고 수평선 쪽으로 걸어가고 싶다.

어둡사리가 벌써 드나 우도 쪽에 그늘이 지네 그만 갈까 해안도로를 벗어나 일주도로로 들어섰다. 여기가 평대리구나 밭에 당근이 보이네. 조수석으로 지는 햇빛이 들어온다. 채원의 무릎 가방의 보풀들이 모두 빛의 새싹처럼 일어선다. 그녀의 집 흰 목책 앞에 세워주었다.

아내는 왔다가 3, 4일이면 올라간다. 공항에 데려다 주고 시내를 벗어나면 주위에 불빛이 사라진다. 한라산 산록을 넘을 때는 늘 쓸쓸하다. 음악을 크게 틀어 놓아도 가슴에 허기가 진다. 검은오름 주위는 더 칠흑이다. 미끄럼 방지 바닥을 긁는 차바퀴 소리만 크게 울린다. 숲길과 산길을 한참 달리다 보면 멀리 바다의 불빛과 일출봉이 먼저 보인다. 그나마 반갑다. 비 가릴 처마 밑이라도 발견한 기분이 든다. 아내는 더 있고 싶어도 그의 눈치를 본다. 그도 붙잡지 않는다. 보내고 나면 허전해도 혼자 있어야 할 것 같다.

친구들이 찾아오는 경우도 거의 없다. 제주에 왔다가 일행이 있어 올라간다는 전화는 가끔 온다. 그런데 어느 날은 고등학교 모임 친구들이 단체 카톡을 했다. 같은 반 뒷자리에 앉은 5, 6명이 '자이언트'라고 작명하고 등산 한 번 갔다 온 것이 전부인 모임이었는데 제주도에서 모이기로 의논이 되었다. 금요일 근무 마칠 시간에 맞춰 왔는데 같이 저녁도 먹고 노래방에도 갔다. 다음 날은 일출봉에 올라갔다 온 뒤 커피를 마시러 가는데 근처에 스타벅스도 있고 빽다방도 있었다. 빽다방이 싸고 양도 많으니 그리로 가자고 하는데 그가 우겨 스타벅스로 가게 되었다. 의협심이 강하다고 하는 한 친구는 자기는 점심시간에 젊은이들이 스타벅스 같은 브랜드 커피를 들고 다니는 꼴이 제일 보기 싫다며 마구 화를 내는 것이었다. 그는 '아직 그런 혈기가 남아 있다니 부럽다.'고 하였다. 사실 그는 자판기 커피 매니아이다. 병원에서도 주위의 할머니들이 커피 안 드신다고 하면 율무차라도 빼 드린 다음 자기 커피를 빼 와서 진료실에서 마신다. 빽다방 커피는 뭔지 몰랐고, 스타벅스도 제주 내려와서는 안 마신 것 같았다. 평소 광치기해변을 걸어 일출봉 주차장을 지날 때, 가을날 따스한 햇빛을 받으며 친구끼리 커피 잔을 앞에 놓고 대화하는 모습이 부러웠는데 친구들이 온 김에 그런 것을 한번 해 보고 싶었을 뿐이었다. 상투적인 오해를 받았던 것이다. 그는 자기만의 생각을 설명하는 것에 익숙하지 않다. 적절한 말이 빨리 생각나지 않는데 다른 사람들을 기다리게 하면서까지 변명을 하고 싶지는 않는 것이다. 다양한 종류의 오해가 있다가 세월이 지나면서 희미해지곤 하는 것을 그는 잘 안다. 친구들과 만나는 일이 드물어지면서 오해들도 더 이상 쌓이지 않게 되었다.

여름이면 한번씩 초롱처럼 켜지는 꽃

비옷을 입고 자전거 타는 여자. 드러난 흰 다리에 빗줄기가 튕긴다. 광치기해변, 소읍의 건물들은 비안개에 지워져 세상은 조그맣게 축소되었다. 홑왕원추리 다섯 대궁이가 검은 용암바위를 배경으로 솟구쳐 있다. 그는 비옷 입은 채 서서 본다. 비만 추적추적 오는 때가 드문데 오늘은 바람 한 점 없어 안개 입자들도 제자리에서 맴돈다. 그의 고향집 사랑 마당가에는 원추리가 밭을 이루었다. 봄에 새순이 올라오면 칼로 베어서 무쳐 먹었다. 몹시 보드라운 나물이었다. 흔초라고 했다. 훤초(萱草)가 잘못 구전된 것으로 생각한다. 원추리꽃의 개화 시기는 거의 장마철과 일치한다. 노랑 바탕에 주홍빛이 덧칠된 꽃잎과 솟아오른 초록 대궁이에 듣는 빗방울은 늘 처연했다. 그가 태어나고 5년 뒤 남자 동생이 하나 더 태어났다. 그의 할머니는 동생을 업어 키웠다. 그는 할머니의 치맛자락을 붙잡고 다녔다. 사랑 마당가에서 동생을 재우느라 흔들고 있었던 한 장면, 원추리가 피면 그 장면에 불이 켜진다. 그의 지난 시간은 많이 어두워졌다. 가끔 슬라이드처럼 불이 들어왔다 나간다.

원추리꽃이 환한 사랑 마당가,
할매는 막내를 업고 그는 곁에 서 있다.
녹음을 배경으로 흔초 앞에서 할매는 아기를 흔들고만 있었다.
손자들이 자꾸 태어나면 근심보다 기쁨이 더 컸을까,

시간은 흘러 지나온 길은 어두워졌지만,

여름이면 한 번씩 초롱처럼 켜지는 꽃.

철길을 따라 철교를 건너

원추리꽃은 늘 그곳으로 인도한다.

조상 묘를 이장한 뒤 상석과 비석을 주문하니 기존의 제작된 것은 모두 무궁화 문양이 있었다. 국가 유공자 묘도 아닌데 무궁화는 어울리지 않는 것 같았다. 집안에 맞는 문양을 찾다가 원추리 도안을 직접 그렸다. 원추리는 망우초(忘憂草)라고 하지 않던가, 상석의 앞면과 비석의 지붕에 모두 원추리 문양을 넣었다. 원추리의 꽃말은 기다림이다. 조상님들 모두 근심을 잊고 다음 생을 기다리시기를 바랐다.

원추리 문양

일곱

분홍나팔나무

제주에 개업한 지도 4년이 되었다. 첫 해보다 환자는 20% 줄어든 상태이다. 그것은 물리 치료를 중단했기 때문이다. 물리 치료사가 두 번 바뀌었는데 둘 다 제주시에서 다니기 힘들다고 그만두었다. 후임에게 인계를 해 주고 나가면 계속 운영하겠지만, 퇴사 통보한 날짜에는 후임이 없어도 나가 버리니 물리 치료 받으러 오는 환자가 되돌아가는 일이 거듭되었다. 성산은 오지라고 해서 직원이 잘 구해지지 않았다. 환자가 헛걸음하는 일은 반복되면 안 되었기에 물리 치료실을 폐쇄하였던 것이다. 물리 치료가 없으면 교통사고 환자나 산업 재해 환자가 오지 않는다. 그들은 치료도 중요하지만 치료 받은 기록이 필요하다. 보상과 관련이 있기 때문이다. 환자가 줄어들면 수입도 줄어들지만 물리 치료사 월급도 상당하므로 운영에 큰 지장은 없었다.

간호사도 몇 번 바뀌었다. 처음의 나이 어린 간호사는 수술 때문에 늦어지는 경우가 자주 생기니, 시아버지가 걱정을 많이 하여 그만둔 것으로 보였다. 그 이후에 온 간호사는 친구 따라 왔다가 친구 따라 가 버린 경우였다. 그녀의 친구는 토끼섬 근처 임대한 건물에서 펜션업을 했는데 힘만 들고 수입은 별로여서 그만두었다고 한다. 주말이면 친구와 스노클링을 하면서 재미있게 지내는 것 같더니 아쉬워하며 고향으로 돌아갔다. 또 그 다음 온 간호사는 아버지 치킨 가게가 너무 바빠서 도와주러 가야 한다며 육지로 나갔다. 지금은 모두 읍내에 거주하고 나이도 좀 든 간호사들이다.

병원이 그냥 유지는 할 정도로 운영이 되고 있다. 그는 다시 평소 생각했던 일을 해야겠다고 마음먹는다. 남극 가는 일이다. 매년 세종 기지와 장보고 기지에 의사 한 명씩을 파견한다. 지원 자격은, 장보고 기지는 전문의, 세종 기지는 일반의도 가능하지만, 간단한 수술이 가능한 외과 계통을 선호한다. 전해에는 지원자가 미달이어서 추가 모집을 하였다. 그는 수년간 응급실 근무 경험이 있고 정형외과 영역이 아닌 충양돌기염 정도의 수술도 가능하고 하반신 수술 시 척추 마취는 직접 해 왔다. 과거 남극 파견 러시아 의사가 국소 마취하에 자신의 충양돌기염 수술을 직접 했다는 기사가 났었다. 그 정도까지는 아니라도 그는 응급 상황에 누구보다 잘 대처할 수 있다고 자부하고 있었다. 그러나 문제는 인간관계였다. 어찌 보면 그에게는 가장 어울리지 않는 공간일지 모른다. 수십 명의 젊은이들이 어디에도 갈 곳 없이 한곳에 모여 있다 보면 갖가지 원초적인 면이 노출되고 갈등을 일으킬 것이다. 실제로 폭력 사건이 종종 일어난다고 알려져 있다. 그러한 곳에 친화력이라고는 거의 없는 그가 어떻게 버텨낼 수 있을까? 문을 열면 눈 뜰 수 없는 눈보라가 몰아치거나, 눈물도 얼어 버릴 혹한이 기다리고 있을 것이다. 날씨가 좋더라도 밖에서 혼자 시간을 보낼 만한 자연 상태는 아닐 것이다. 사람과 사람 사이에만 숨 쉴 공간이 있는 곳이다. 그러나 바로 그런 점 때문에 지원한다고 스스로에게 설득하고 있었다. 말하자면 삶의 배수진을 한번 쳐보자는 생각이었다. 맏형처럼 모두의 고민을 들어주고 어떤 일에도 화내지 않고…. 마치 불가의 팔정도를 실천하는 자세로 일 년을 보내리라고 다짐하고 있었다. 결심은 했으니까 가는 것이다. 자기소개서에 쓴 경력을 본다면 면접관이 누가 되든 그를 뽑지 않을 이유가 없을 것이라고 자신하고 있었다. 그보다 그는 척추 수술 병력 때문에 떨어질까 염려 되었다. 남극 근무 기간이 13개월이고 그전에 교육도 있다. 병원을 맡기려면 2년으로 계약해야 한다. 명의를 변경하는 일이어서 서류가 복잡하다. 보건소, 지자체, 건강 보험 공단, 심사 평가원, 국세청, 근로 복지 공단에 들락거려야 하고 약품이나 물품 공급하는 거래처와도 인수인계가 이루어져야 한다. 그의 아내가 새로 맡을 젊은 원장과 같이 다니며 처리했고 직원들과 마지막 저녁 식사를 하고 그는 다시 진료에서 놓여났다.

남극 지원에 필요한 서류를 제출하고 면접날이 되었다. 그런데 대기실에서 기다리는 의사 선생님들을 보니 올해는 웬일인가 싶었다. 6명이 지원했는데 한 분만 내과 전문의이고 모두 외과 계열이었다. 일반 외과 두 명, 응급 의학과 한 명, 정형외과가 두 명이었다. 나이도 모두 그보다 젊어 보였다. 차례가 되어 들어가니 대학 병원 교수 한 분과 남극 과학 기지 파견 대장으로 가실 분이 앉아 있다. 그냥 편하게 대화 나누는 것같이 하자며

"설거지 할 자신 있어요?"

파견 대장이 물었다. 소문대로 역시 그런 것을 질문하는구나.

"제주도에서 혼자 생활을 해서 자신 있습니다."

"그거는 좋아서 하는 거잖아요? 주방장 밑에서 매일 해야 되는데."

그는 속으로 흠칫했다. 좀 심한데. 그래도 내친걸음인데,

"군대에서도 고참 식기 많이 닦아 봤습니다."

그의 경력 중에 군대를 병(兵)으로 다녀온 것을 알고 있을 것이다.

"주방장이 좀 젊어요. 나이 차이가 많이 나는데 기분 나쁘지 않겠어요?"

"오히려 나이 차이가 많이 나면 갈등이 덜할 거라고 생각합니다."

그러자 옆에 앉아 있던 교수가 고개를 끄덕이며 한마디 거든다.

"대원들이 모두 젊고 건강한 사람들이라 메디컬적인 것은 오히려

사소한 문제가 되는 곳이거든요."

그래, 어차피 같은 공간에 생활할 대장의 마음에 들어야 하는 것이지, 저분은 젊고 만만하고 친화력이 있는 그런 사람을 찾는 모양이야. 올해는 골라서 뽑을 수 있으니 될 리가 없겠다고 생각하며 물러났다. 며칠 후 불합격 메일이 왔다. 그 몇 개월 뒤에 그의 허리가 고장 나서 다시 수술을 받았다. 선발되어 갔더라면 아마 그가 유일한 환자가 되지 않았을까?

그해 여름 하도포구에서 30대 여성 실종 사건이 일어났다. 남편이 먼저 제주에 내려와서 포구 공터에서 캠핑을 하고 있었고, 일주일 후 그 여성이 아이 둘을 데리고 왔다. 캠핑카에서 지내던 중, 부부 사이에 다툼이 있었는지 실종된 날 밤 혼자 편의점에서 소주와 김밥을 사서 자정이 다 된 시각에 방파제로 나간 뒤 사라졌다. 남편은 스스로 찾다가 서울의 가족에게 연락하였고 다음날 오후 그 여성의 언니가 경찰에 신고했다. 포구에서 1km 떨어진 곳에서 슬리퍼가 발견되었고, 휴대폰은 방파제에서 발견되었다. 실종 직전 한 낚시꾼이 몰던 SUV 차량이 캠핑카에 가볍게 접촉 사고를 낸 사건이 있었다. 대대적인 수색에도 실종자를 찾지 못하다가 일주일 후 반대쪽 먼 바다에서 발견되었다. 외상은 없었고 익사 가능성이 있다고 부검 결과가 발표되었다. 그러나 각종 언론 매체에서는 해양학자의 말을 인용하여 방향이 반대로 흐르는 해류를 거슬러서 100km를 떠내려

가는 것은 절대로 불가능하다며 타살 가능성에 무게를 두고 보도하고 있었다. 네티즌들은 남편이 열세 시간이나 신고를 지연시킨 점, 실종 직전 접촉 사고를 낸 낚시꾼의 존재, 편의점에서 산 종이컵의 위치 등 갖가지 정황들을 들어 타살의 의심을 증폭시키고 있었다. 보도 내용 중 눈길이 가는 것이 하나 있었는데 '어떤 해녀가 샛바람이 불고 있어서 그쪽으로 떠내려 갈 수도 있다고 했다.'는 것이었다. 그는 그 말에 답이 있다고 보았다. 해양학자들의 말대로 시신이 연안을 따라서 곡선을 그리며 반대쪽으로 갈 수는 없었을 것이다. 방파제에서 실족된 후 썰물에 의해 일단 먼 바다로 나간 다음, 동풍(샛바람)에 의해 해류를 거슬러 반대쪽으로 떠밀려 간 것이라고 보았다. 시신이 물에 잠겨 해류를 따라 이동한다고 본 해양학자들의 고착된 사고가 문제였던 것이다. 시신은 물에 뜬 통나무와 같이 움직인다. 물에 부풀면 통나무보다도 고무 튜브 쪽에 더 가깝다. 그리고 제주의 바람을 얕잡아 보았다. 나무의 잎이 단 한 장도 남지 않을 때까지 그치지 않는 바람, 간판이 떨어질 때까지 집중하는 바람을 목격했다. 그래서 몰아칠 때는 바람이 목적을 가진 것 같다고 하지 않았던가? 그런 바람이 풍선처럼 떠 있는 시신을 자신의 방향으로 밀고 가는 것은 해류가 어떻게 흐르든 어렵지 않았을 것이다.

양도한 병원의 계약 기간은 아직 일 년 반이 남았다. 그가 하고 싶던 일도 하나가 남아 있다. 농막을 짓는 일이었다. 전원주택을 지으면 좋겠지만, 그럴만한 땅도 금전적인 여유도 없었다. 농막은 농지에 짓는 간이 쉼터이다. 따라서 농지가 있어야 하고 소유주가 농업인임을 증명하는 서류가 필요하다. 그가 개원하고 일 년쯤 지났을 때 허리를 치료 받으러 다니던 70대 환자 분이 전화를 했다. 종달리 바다에서 가깝고, 맹지이지만 차량 다닐 수 있는 진입로가 있는 땅을 동네 사람이 팔려 한다는 것이었다. 그분도 그쪽에 땅이 있다. 평소에 그가 부럽다 한 적이 있었는데 그 말을 염두에 두고 있다가 전화를 한 것이다. 800평 정도 되는데 평당 10만 원이라고 했다. 위성사진을 보니까 주말마다 걷는 해안 도로에서 100미터 정도 떨어져 있었다. 해안이 용암절벽으로 되어 있고 6월이면 수국이 만개하는 곳이다. 걸으면서 이런 곳에 집을 지으면 좋겠다는 생각을 했던 곳이다. 인접 토지를 가로지르지 않고 가장자리를 돌아서 진입로가 있는 것도 좋아 보였다. 그분은 토지 소유자가 한량이라고 했다. 부모로부터 여러 필지의 토지를 물려받았는데 유흥비가 떨어지면 하나씩 처분한다는 것이었다. 경제적인 여유는 없지만 사야겠다고 마음먹었다. 그날 저녁 바로 그 동네 이장의 집에 모여 계약서를 작성하고 계약금을 건넸다. 평당 10만 원이라더니 급하게 서두르는 것으로 보였던지 매도자는 11만 원이라고 한다. 그냥 그렇게 하자고 했다. 소개한 동네 분들에게도 약간의 수고비를 주었다. 그 밭은 매도자가 조상 대대로 무 농사를 지어 오던 곳이었다. 국유지의 조그만 산이 토지와 접해 있었다. 그런 산은 대개 화산이 폭발할 때 쇄설물들이 쌓여 만들어진 것이다. 가까이 있는 지미봉에서 날아왔을 것으로 보였다. 매도자는 전문 영농인에게 위탁하여 무를 재배하고 있었다. 그는 매입 후 주말에 직접 농사를 지으려고 계획하였다. 농지 원부나 농업 경영체 같은 것도 등록해 두었다.

가설 건축물 축조 신고를 하고 농막을 지을 건축업자를 물색했다. 경량 철골 구조로 평당 350만 원이 든다고 하였다. 평면은 6평이지만 다락방과 난간을 설치하니 3,000만 원쯤 든 것 같다. 정화조 설치가 가능하여 화장실과 간이 샤워실도 생겼다. 난로도 설치했다. 방 하나에 잠도 잘만 했다. 기초 공사가 없으니까 걸으면 바닥이 울린다. 잔디는 주문하여 직접 깔고 둘레에 동백나무도 심었다. 이 땅은 표주박 모양으로 생겼다. 표주박의 자루 부분을 잘라서 농막을 설치한 것인데 북쪽으로는 작은 산이 바람을 어느 정도 막아준다. 동쪽 창을 열면 바다가 초승달만큼 보인다. 농업용수가 들어와 있으니 씻는 것은 문제가 없다. 식수는 생수를 사와야 했다. 전기와 통신선도 직접 매설했다. 밭에는 채소와 비파나무를 심었다. 귤도 몇 그루 심었는데 꽃이 바람에 견디지 못하니 열매가 없다. 완공되자마자 태풍이 왔다. 그날 밤은 밤새도록 머리 위로 헬기가 지나가는 듯했다. 농막이 통째로 날아가지 않을까 불안했다. 그가 만들어 세운 태양광등이 밤새도록 껌벅거리고 자루가 활처럼 휘어지더니 아침에는

90도로 꺾여 있었다. 주위에 심은 동백나무 중 바람받이에 서 있는 것은 잎이 단 한 개도 남지 않았다. 날려 온 푸른 솔잎과 솔가지가 잔디 위에 어지럽게 널려 있다. 갈퀴로 긁어모아 나무 밑동에 덮어 주었다. 마른 솔잎 '갈비'라고 했던 것, 어릴 때 얼마나 귀한 땔감이었던가? 농막이 무사했던 것은 뒷산 때문이었을 것이다. 이 일이 끝나자 그의 허리가 다시 고장났다. 협착증을 수술한 윗마디에 디스크가 또 생겼다. 서울에 가서 수술하고 한 달은 인근 대학 캠퍼스를 걷거나 근처 공원에서 허리 보조기를 착용하고 걸었다. 아직 앉았다 일어나기가 불편하였지만, 아내의 만류를 뒤로하고 그는 다시 돌아왔다.

길게 자란 잔디가 누렇게 변해 있었다. 으아리꽃이 필 때 올라갔었는데 꽃도 잎도 말라 버렸다. 태풍에 꺾어진 태양광등은 그대로 누워 있고 바람의 방향은 바뀌어 북쪽 바다에서 밭을 가로질러 온다. 잎이 다 떨어졌던 동백나무의 밑가지에서 새잎이 몇 장 피어 있다. 병원 근처 원룸이 있지만, 그는 농막에 있고 싶었다. 청소기로 먼지를 제거하고 이불들을 털어 넌다. 방바닥은 전기 패널이다. 코드를 꽂고 난방을 켜 놓았다. 마트에서 사 온 생수와 햇반, 반찬거리들을 차 트렁크에서 날랐다. 2리터짜리 생수는 한 병씩 밖에 들지 못해 열 번을 날라야 한다. 농막이 의지하고 있는 산은 크기가 경주의 왕릉만하다. 주위는 밭에서 골라낸 돌로 축대가 형성되어 있다. 거기 큰 소나무가 몇 그루 있는데 떨어지는 솔방울이 무척 많다. 백화등넝쿨을 헤치고 올라가면 솔방울과 솔잎으로 바닥이 덮여 있다. 구럼비나무, 우묵사스레피나무가 고목이다. 정상에 올라서면 바다가 훤하게 보인다. 나무 밑에 의자를 가져다 놓고 싶지만, 한겨울이 아니면 모기에게 뜯길 각오를 해야 한다. 그는 비닐봉지와 기다란 집게를 들고 조심스럽게 산에 올라갔다. 허리를 굽히지 못하므로 서서 하나씩 솔방울을 주워 담는다. 솔잎에 지나가는 바람소리는 유난한 것 같다. 악기 톱을 연주하는 것 같다. 잠깐 사이에 분리수거 비닐봉지의 반이 찼다. 봄에 준비해 둔 장작이 있다. 솔방울을 넣고 장작을 몇 개 걸쳐 놓았다. 종이에 불을 붙이니 솔방울이 맹렬히 탄다. 장작은 적당한 간격으로 몇 개가 있어야 탄다. 불이 붙었다가도 혼자임을 알면 꺼져 버리는 것처럼 보인다. 불이 붙었다고 표현은 하지만 불은 기체이다. 기체가 나무에 붙어 있을 리 없다. 그저 조건이 맞을 때만 불꽃의 형상이 나타나고 조건이 맞지 않으면 열기로서 공간에 퍼져 있는 것이다. 커피 머신에서 커피를 뽑아 난로 앞에 앉는다. 아내가 서울에서 캡슐 커피 머신을 가져다 놓았다. 몇 번 마셔 보니 블랙도 괜찮은 것 같다. 난로 옆, 창으로 들어오는 석양이 석곽묘에 닿는 햇빛 같다. 계획했던 일도 사람들도 모두 스쳐 지나갔다. 모두 기억의 물결에 떠내려갔다. 구불구불한 밭담의 표정은 진지하다. 그에게도 묻는다. 아직 많이 남은 것 같으냐고, 시간이 또는 공간이.

낮에 일하고 저녁이 되면 서둘러 철수하는 곳이 밭인데, 텅 빈 밭으로 밤에 들어올 때면 묘한 느낌을 받는다. 도로에서는 농막이 보이지 않는다. 밭담 사이로 헤드라이트를 비추고 들어오면서 자신이 드라큘라나 지킬 박사 같은 이상한 생활을 하는 괴물이 아닐까 하는 생각이 들 때가 있다. 에스원 같은 보안 시스템도 해 놓았고 가스총 같은 호신용 무기도 준비해 두었으니 침입자와 일전을 겨룰 일만 남은 것 같았다. 캄캄한 밭담 길을 돌아 언덕을 넘으면 농막이 보인다. 처음 몇 달간은 늘 '오늘은 무슨 일이 생길 것 같다.' 하며 들어왔다. 어떤 날은 숲 속에서 무언가 움직이는 것이 보였는데 노루였고, 어떤 날은 꿩이었고, 어떤 날은 헤드라이트가 만든 나무 그림자였다. 차츰 '아무 일도 생기지 않는구나.' 생각이 들면서 가스총은 휴대하지 않았다.

밤에는 자주 깼다. CCTV를 켜 보면 외계 생물같이 커다란 거미가 희게 빛나고 있기도 했다. 어떤 날은 동쪽 창이 훤해서 열어 보면 갈치잡이 어선의 조명이었다. 태풍이 아니어도 강풍주의보가 내려진 날은 밤새도록 산 쪽에서 대금 소리가 난다. 바람이 어떤 좁은 부분을 지나가면서 내는 소리이거나, 도로가의 전깃줄에서 나는 소리일 것이다. 가끔 친구들의 전화가 오는데 안부를 겸한 의료 상담이 대부분이다. 뭐하고 지내냐고 하면 '내가 여기 없으면 안 해도 될 일을 한다.'고 한다. 무성의하게 들리겠지만, 전화로 하기에는 다른 설명은 구차스럽다. 생수를 사 나른다거나, 솔방울이나 마른 나뭇가지를 줍는다거나, 난간에 묻혀 놓은 밭 흙의 자국을 지운다거나 하는 일이 일과의 반은 된다. 수술 후 걷기는 두 시간 정도로 줄였다. 하도리 해안 도로를 걷거나 지미봉 주위를 한 바퀴 돈다. 가끔 섭지코지 리조트에서 수영을 하는데 지역 주민에게는 절반으로 할인해 준다. 한 달에 한 번 머리를 깎으러 이발소로 간다. 오일장이 서고 다이소와 롯데리아가 있는 읍, 쉽게 해무에 지워지는 조그만 읍, 편리하고 쉬운 곳이다. 머리 깎으러 가는 길에도 새파란 바다를 본다.

하도리 해안 도로 변에 절이 하나 있다. 청법사. 그 절이다. 하님의 스님이 계셨던. 그 길을 걸을 때마다 궁금했다. 들어가서 내력에 대해 물어보고 싶었다. 그런데 사찰의 규모에 비해 늘 조용한 것이 어울리지 않았다. 가끔 흰 승용차 한 대가 있을 뿐 스님은 보이지 않았다. 조선 시대에는 종달리에 속해 있었는지 모르지만, 현재는 행정 구역상 하도리로 되어 있다. 내력을 들어 보아서 흥미로운 사실이 있을까? 승적부에 법명 정도나 남아 있을지 모르겠다. 그는 스님의 법명도 모르지 않은가? 하님과 스님의 인연에 군더더기를 붙이고 싶지 않아서였을까, 그냥 지나치는 것이 마음이 편했다.

그날도 세화까지 갔다가 돌아오는 길이었다. 해안 도로를 왕복하는 것은 지루하기도 하지만 시간이 너무 많이 걸린다. 그가 있는 곳에서 세화까지 일주도로로 가면 2시간, 해안 도로로 가면 3시간 반이 걸린다. 일주도로로 가서 세화 포구의 화장실에서 얼굴을 씻고 모자를 물에 적셔 다시 썼다. 예의 그 흰 개가 방파제에 누워 있다가 그가 다가가면 몸을 일으킨다. 그다지 반가워하지도 싫어하지도 않는다. 쓰다듬어 주면 예의상 몸을 일으키는 것 같다. 해안 도로를 따라 오다가 청법사를 지난다. 역시 조용하다. 최근에는 스님하려는 분이 없어서 제주의 어지간한 사찰은 주지 스님 혼자 계시는 곳이 많다고 들은 적이 있다. 청법사 곁에 도로를 따라 길게 텃밭이 있다. 바다 쪽은 잡목이 우거져 있고 도로 쪽은 돈나무 울타리로 가려 있는데 출입구 두 곳이 터져 있다. 텃밭에는 대부분은 콩이 심겨 있고 일부에는 배추 같은 채소가 심겨 있었다. 울타리가 열린 곳으로 들여다보다가 그는 깜짝 놀랐다. 아무도 없는 것으로 생각했는데 밭 가장자리 바다 쪽 수풀 밑에 누군가 이쪽으로 돌아보고 있지 않은가. 한 여인이 박스 같은 것을 깔고 앉은 상태로 쳐다보고 있는데 그 눈빛이 뭔가 소름이 돋는 느낌이었다. 옷이 어두운 빛깔이어서 잘 드러나지 않았던 것 같은데 그 여자는 고개를 돌린 채로 계속 쳐다보았다. 쳐다보는 것이 아니라 노려보는 것이 분명했다. 당황한 그는 걸음을 빨리하여 지나쳤는데 얼핏 보니 그 여자 앞에 작은 돌무덤같이 도드라진 부분이 있고 노트 같은 것이 놓여 있었던 것 같다. 평소에는 사람이 없어서 그냥 지나친 모양이다. 뒤로 걸으면서 멀어져 가는 그 텃밭을 바라보았는데 울타리 사이로 계속 노려보는 눈동자가 있는 것만 같았다.

지난해 겨울, 고성리에 '빛의 벙커'라는 젊은이들이 많이 찾는 명소가 생겼다. 원래 통신 장비를 보호하기 위한 국가 시설이었는데 방치되어 있던 곳을 민간에서 임대하여 몰입형 미디어 아트 센터를 만든 것이다. 수십 대의 빔 프로젝터와 스피커에 둘러싸여 거장의 미술 작품과 음악에 몰입하게 된다고 광고하고 있었다. 토요일, 빈 진료실에서 서성거리다가 이곳에 가 보기로 했다. 대수산봉의 동쪽 기슭이어서 밭담 사이 좁은 길을 구불구불 통과해야 했다. 파란 탱자 크기의 귤들이 많이도 매달려 있다. 여기도 올레길인 모양이다. 파랑과 주황색 리본이 달려 있다. 원래의 올레는 집 울담에 의해 저절로 만들어지는 골목길이다. 한질(큰길)에서 동네를 이어 주는 거리길, 거리길에서 올레를 이어 주는 먼올레, 먼올레에서 집까지 이어 주는 올레, 이렇게 이어지는데 올레에는 공유 공간과 사유 공간이 합쳐져 있다. 바람을 분산시키고 이웃 간의 소통의 매개 공간이면서도 사생활을 보호하는 역할의 효용성은 알려져 있다. 최근에는 산길도 밭길도 해안 도로도 모두 올레길에 포함되어 '올레길'은 그저 '걷기 좋은 시골길'로 인식이 되어 있다. 입구에 노란 조끼를 입은 알바생들이 교통 안내를 하고 있다. 관람객이 꽤 많은 모양이다. 제주도민 할인으로 입장료가 13,000원이다. 비싸다는 생각이 든다. 들어서자마자 어지러워 잠시 휘청거렸다. 구스타프 크림트의 작품들이 커다란 벙커의 공간을 가득 채워 빙빙 돌고 있다. 황금빛을 유난히 많이 사용한 그의 회화는 입체적으로 움직이고 음악은 음파가 아닌

빛인 듯한 착각을 일으킨다. 연인 같은 남녀들이 앉아서 광고 문구대로 몰입하고 있는 모양이다. 그러나 이것은 회화를 감상하는 것과는 거리가 있어 보인다. 마치 베토벤의 교향곡을 재즈로 변주한 것 같다. 크림트의 그림을 보는 느낌보다는 새로운 미디어 아트를 하나 보는 것뿐이다. 끝나고 나오니 곁에 커피 박물관의 간판을 단 카페가 있다. 이 층에서 아메리카노를 하나 받아서 내려온다. 야외 탁자가 있고 곁에 커다란 광나무가 좁쌀 같은 하얀 꽃봉오리를 달고 있다. 대수산봉의 시퍼런 숲이 눈앞을 가로막고 있다. 언제 또 빗줄기가 떨어질지 모르는 장마철이다. 잎이 모두 젖어있다. 누군가 쳐다보는 것 같다. 돌아보니 어떤 여인이 종이 커피잔을 들고 있다. 흰 바지에 민소매 검정 티를 입었고 머리는 스카프 같은 걸로 묶었다. 키도 크고 미인형인데 보는 눈길이 마음에 들지 않는다. 정면으로 보지 않고 고개를 약간만 돌리고 눈동자만 돌리니 째려보는 것 같다. 그가 쳐다보니 서서히 눈길을 거둔다. 한마디 하려다가 만다. 왠지 대화가 내키지 않는 분위기를 가진 여자다.

다시 세화에서 돌아오는 해안 도로를 걷고 있다. 청법사가 가까워지면서 긴장이 된다. 또 그 여자가 앉아 있을까? 이번에도 째려보면 한마디 해야겠다. 보이기 싫으면 완전히 가리든지 그쪽을 보지 않으려고 고개를 돌리고 걸으란 말인가? 이런, 이번에도 있다. 또 고개를 돌려 째려보네. 기분이 나빠져서 일부러 천천히 걸으며 보았다.

그 여인이 일어선다. 그런데 말은 하지 않고 지나갈 때까지 감시하겠다는 자세다. 그가 멈춰 섰다.

"왜 그러십니까. 제가 뭐 잘못한 것이라도 있나요?"

"…."

그녀는 대답이 없이 쳐다본다. 더 기분이 나쁘다. 어, 그런데 그 여자가 아닌가, 빛의 벙커에서 보았던.

"지난주 빛의 벙커에 오셨지요?"

"네."

진작 알고 있었다는 표정이다.

"근데 제가 지나갈 때 왜 계속 쳐다보셨어요?"

"그냥 신경 쓰여서요, 제 눈매가 원래 그래요. 죄송해요."

다시 보니 그냥 정상적인 여자였고 말도 온건하였다. 나이는 40대 후반 정도로 보였다. 오늘은 일할 때 입는 몸뻬라고 하는 그런 옷을 입었다.

"여기서 뭐 하시는지 물어봐도 돼요?"

"뭐 그런 것까지 알려고 그러세요?"

갑자기 냉담한 톤으로 바뀐다.

"아, 예 실례했습니다. 이 근처 사시는 모양이지요?"

"저기에 한 달 살기 하고 있어요."

손으로 가까이 있는 리조트를 가리킨다. 그곳은 남태평양의 섬 이름을 딴 꽤 알려진 리조트다. 그녀도 할 일을 마쳤는지 같이 걷게 되었다. 텃밭에서 그녀가 하고 있었던 일이 궁금했기 때문에 그는 우선 자신의 얘기를 먼저 했다. 그녀가 경계를 늦추는 것이 느껴졌다. 리조트에 다 왔을 때,

"제가 커피 한 잔 사 드리겠습니다."

"여기는 제 숙소니까 제가 사 드릴게요."

그녀가 커피숍으로 먼저 들어갔다. 검은 갯바위와 바다가 펼쳐져 있는 창가에 앉았다. 바다는 수평선이 보이지 않고 낮은 구름이 깔려 있다. 마주 앉아 보니 역시 눈매가 불편하다. 고개를 많이 돌리지 않는 습관이 있어서 더 그런 것 같다. 궁금한 것은 꺼내지 못하고 그는 다른 얘기를 한다.

"이 리조트 작년에 완전히 리모델링 새로 했죠."

"예, 그래서 집기가 전부 새것이군요."

"몇 년 동안 폐허로 있어서 이쪽으로 걸을 때마다 어떻게 바뀔지 궁금했어요."

"이렇게 멀리까지 걷기를 하세요?"

"예, 이렇게 걷지 않으면 쓰러질 것 같아서요."

"왜요, 몸이 안 좋으세요?"

"그냥 타성이 된 것 같아요."

그녀가 엷은 미소를 짓는 듯하더니 창밖 바다를 한참 바라보았다.

"작년 하도포구 실종 사건 아시지요?"

그녀가 정색을 하고 묻는다.

"예, 40대 여자 말이죠?"

"네…. 제가 그 여자 언니예요."

"예?"

"쌍둥이 언니예요."

"아, 예."

위로의 말을 해야 하나.

"반대편 먼 바다에서 발견되었잖아요."

그녀가 남의 얘기하듯 말한다.

"예, 지나가던 여객선이 발견했다고…."

"매스컴에서 의문점이 많다고 했잖아요?"

"예, 지금도 미스터리 사건으로 검색되던데요."

"저는 진작 알았어요. 동생이 실족사했다는 것을요."

"예, 저도 전문가들의 견해에 문제가 있다고 생각했어요."

"그래요? 해류가 반대로 흐르고 있었다면서요?"

"해류의 문제가 아니었습니다. 샛바람이라고 하는 동풍이 한 일입니다."

그는 해류보다 바람의 영향이 더 컸던 이유를 설명했다.

"그렇죠? 저는 그것까지는 몰랐어요."

그녀는 커피를 무척 조금씩 마신다.

"언니는 우울증을 앓고 있었어요. 저도 그렇고요."

"예."

학교 다닐 때의 정신과 시험 문제가 생각났다.

일난성 쌍둥이 자매가 있다. 한 사람은 서울에 있고 한 사람은 부산에 있다. 서울에 있는 언니가 양극성 장애 I(조울증)이 있다. 부산에 있는 동생은 양극성 장애가 ( )다

정답은 "있"이었다. 괴짜 교수님이 낸 문제였지만, 나름대로 의의는 있는 문제였다. 조울증에서 유병률 일치율은 90% 가까이 되기 때문이다.

"그런데 동생은 특이한 증세가 있었어요. 술만 마시면 한곳에 있지 못했어요. 계속 자리를 옮겨야 했고 다른 사람들이 따르지 않으면 혼자 옮겨 다녔어요."

"아, 그래서 그날도…."

"네, 아마 술병을 들고 방파제 끝으로 갔을 거예요. 거기서 실족했을 거예요."

하도포구 방파제는 시멘트로 되어 있으나 군데군데 바다로 내려가는 통로가 있고 그 통로로 나가면 바윗돌이 45도 경사로 쌓여 있다. 썰물 직후 바위는 몹시 미끄럽다. 아마 그 바위 위에 앉으려다 미끄

러졌을 것이다. 그리고는 썰물을 따라 포구를 벗어났을 것이고.

"너무 안됐습니다. 평소에 약은 복용하지 않았나요?"

"복용하고 있었지만 그 증세는 없어지지 않던데요. 아마 술 때문인 것 같아요."

"예, 그런 것 같습니다."

그녀가 커피잔을 비우더니 그를 한번 쳐다본다.

"밭에서 뭐 했냐고 물으셨지요?"

"예, 너무 궁금합니다."

"창피해서 하지 않으려 했는데, 털어놓으니 후련해지는 것 같아서 마저 해야겠어요."

"예."

"동생이 죽고 나서 저는 두려움증이 생겼어요."

"어떤 종류?"

"저도 동생같이 사고를 당할 것 같은 두려움인데요. 죽는 것이 두려운 게 아니라 의도하지 않는 죽음이 두려워요."

우울증 환자는 죽음에 대한 생각은 많이 하지만 죽음에 대한 공포심은 별로 없다.

"사고가 두려우니까 스스로 죽음을 선택하고 싶은 유혹을 느껴요. 정신과에서 상담도 하고 항불안제도 같이 먹고 있어요. 그리고 안절부절못하는 때가 많아요. 그럴 때는 이렇게 제주에 내려와요. 저도 동생과 같은 성향이 있나 봐요. 장소를 옮기면 조금은 안정이 돼요."

그녀는 털어놓을 상대가 생겨 기분이 좋아진 듯 눈빛이 조금 부드러워졌다.

"제주에 오게 되면 저절로 이쪽을 택하게 되더라고요. 대개 피하고 싶은 장소일 텐데 말이에요."

"그렇죠. 그런데 동생 분이 이쪽 바다를 좋아했다는 잠재의식이 있는 모양입니다."

"그럴까요? 그런 것 같아요."

그녀가 그를 쳐다보았다.

"며칠 묵다 보니 마을 사람과 얘기할 기회가 있었는데, 아까 그 텃밭에요."

하더니 약간 미소를 지으며

"신당이 있대요. 신당 아시죠?"

"예, 압니다. 제주에는 신당이 300여 곳 있다고 해요."

"그렇게 많은 줄은 몰랐네요. 텃밭 돌무덤 같은 곳이 신당이래요. 그런데 그 신당에 빌면 병을 고친대요."

하고는 그를 다시 흘깃 본다.

"선생님이시니까 더욱 안 믿으시겠지만, 동네 사람들이 적어 놓은 주문 같은 것을 외고 소원을 빌어 효험을 많이 봤대요. 저도 따라 해 보는 거죠 뭐. 빨리 이 우울증이나 불안에서 벗어나게 해 달라고."

"예, 도움이 될 수 있겠네요. 정서적으로 안정을 얻을 수 있으니까요."

"예, 그렇지요? 저도 기도하는 동안 마음이 편해지는 느낌이 오더라고요."

"그런데 거기는 어떤 분을 모시는가요?"

"잘은 모르는데 어떤 아기씨라고 했어요."

"아기씨?"

"곁에 절 있잖아요. 거기 계셨던 스님을 사모한 처녀의 혼령이래요."

"예?"

그가 눈을 크게 뜨고 쳐다보았다.

"왜요, 아시는 분이라도?"

"확실치는 않은데 들은 게 있어서요."

"네, 그 처녀가 의녀였던 모양이죠. 병을 고친다고 하는 것 보니?"

어린 의녀가 마을에 있지는 않지. 약초를 잘 다루었다는 것이 과장된 것 같다.

"그 스님은 어떻게 되었다고 하던가요?"

"뭍으로 가서 고승이 되었대요."

그녀는 잘 몰라요, 하는 표정으로 내뱉듯이 말했다.

바우어새. 정자새라고 알려진 이 새는 수개월에 걸쳐 1미터 가까운 정자(亭子)를 공들여 세우는데, 그에 그치지 않고 온갖 장식을 한다.

무지갯빛 풍뎅이 껍질이나 꽃, 빛나는 유리 조각, 조개껍질들을 가져다 미적으로 배치하고 심지어는 블루베리를 부리로 빻아 둥지에 색칠까지 한다. 정자가 완성되면 노래를 불러 암컷을 유혹하여 교미하는데 이후에는 태도가 표변하여 암컷을 구박하여 내쫓는다. 정자에서 쫓겨난 암컷은 다른 곳에 초라한 둥지를 만들어 알을 낳고 새끼를 기른다. 수컷은 시든 꽃들은 버리고 정자를 새로 단장하여 다른 암컷을 유혹한다.

바우어새는 20여 종에 이른다고 하며 이런 카사노바와 같은 류가 대부분이지만, 전혀 그렇지 않은 보헤미안바우어새라는 것도 있다. 이 새도 정자를 짓는데 위의 종에 비해 수수하게 꾸민다. 자연히 매력을 느끼는 암컷이 드물어 짝짓기에 실패하는 경우가 많을 것 같은데 개체 수가 유지되고 있는 것은 노랫소리 같은 다른 수단으로 암컷을 유혹하는 것으로 추측된다. 그런데 이 수컷은 교미가 끝나면 암컷을 내쫓는 것이 아니라 자신이 떠난다고 한다. 그런 다음 수십 킬로 다른 곳에 가서 다시 정자를 짓는다는데 쿨한 이혼남을 연상케 한다. 이 새는 왜 자리를 옮길까? 마음이 약해 암컷을 내쫓지 못해서라고 보기는 어렵다. 싫증이 났거나 어쨌거나 새로운 곳을 찾는 것인데 새로운 곳이란 현재 있는 곳보다 나은 곳을 의미한다. 더 나은 곳을 찾아 자리를 옮기는 것, 그것은 유전자의 속성이다. 자손을 많이 퍼뜨리고자 하는 목적도 싱싱하고 다양한 새로운 개체로 이주하기 위한 것이다. 이 여자의 동생이 술병을 들고 여기저기로 자리를 옮기는 것도 이 이주 본능의 일단이 나타난 것이 아닌가? 술이 이성의 억제력을 약화시키자 그녀는 텐트에서 시멘트 방파제로, 방파제에서 바윗돌 위 찰랑거리는 물가의 좀 더 참신한 곳으로 자리를 옮겼고, 결국 너른 바다로 갔다. 보통의 사람들도 버릇으로 나타나지 않을 뿐이지 이주를 꿈꾸다가 이주하다가 이주를 못 해서 죽는다. 윤회도 확률에 의한 코드의 이주이다. 싯다르타는 더 나은 것을 찾는 집착이 없는 존재를 만들고, 그 허상이 새로운 몸을 찾아 끝없이 이주하는 것으로 보았다.

"무슨 생각을 그렇게 오래 하세요?"

그녀는 이런 침묵에 익숙한지 한참을 바다 쪽을 보며 기다렸던 것 같다.

"아, 그 신당의 처녀에 관해 좀 아는 게 있어서요. 잠시 여러 생각이 떠올랐습니다."

그녀에게 하님의 얘기와 동생에 대한 생각들을 들려주었다.

"이제부터 그 처녀를 위해 빌어야겠네요. 다음 생에서 그 스님을 만나라고."

그녀의 목소리에서 옹이가 빠진 것 같다.

"제 건강을 위해 빌 생각이 사라졌어요. 좀 홀가분해지기도 했고요."

"아, 예."

“덕분에 요번에는 가볍게 올라갈 수 있을 것 같네요. 동생처럼 될 걱정은 안 하기로 했어요. 누구에게나 있는 본능이 나타난 거라면요.”

“예, 그렇지요.”

“병원하시니까 다음에 여기서 다치면 연락할게요.”

“아, 예 그러세요.”

같이 웃었다. 그리고 일어났다. 잠시 있었던 그녀와의 느낌은 끌리지도 밀어내지도 않는, 자석에 붙지 않는 금속 같았다.

눈 한 번 쌓이지 않고 겨울이 지나갔다. 잔디에 녹색 새순이 마구 올라온다. 세상에는 코로나 바이러스 감염이 확산되면서 풍경을 바꾸고 있었지만, 농막의 정경은 그런 것들과 다른 시공간에 있었다. 씨들이 날아와 만든 유채꽃들과 새들과 바람이 성급한 축제의 마당을 벌이고 있다. 겨울부터 핀 동백꽃잎은 잔디 여기저기에 붉은 핏자국을 만들고 지난해 심은 수선화의 구근에서는 싹이 하루가 다르게 솟아났다. 앞산 지미봉에는 덩어리 구름이 무너져 내려 눈사태가 났다. 아내도 여행을 자제하느라 온 지 오래 되었고 그의 미국에 있는 딸도 자가 격리 2단계가 되어 생필품 사러 가는 것밖에 할 수 있는 일이 없다는 소식을 전해 왔다. 그러던 어느 날 메일이 하나 도착했는데 발신인은 ‘cheawj1512@mentorcollege.edu’였다. 그는 금방 알아보았다. 채원이었다. 채원이가 적어준 인스타그램 사용자 이름이

cheawj이었던 것이다. 그동안 인스타 그램을 통하여 소식은 알고 있었다. 그녀는 간 지 일 년 반 후 캐나다 토론토 근처의 멘토 칼리지 10학년(고1)에 입학했고 올 5월에 미국의 네브라스카 주립 대학에 입학 예정이다. 고등학교 입학 후 친구들과 찍은 교복 차림의 사진과 함께 “I'm in 10th grade. Thank you.”라고 올렸고 그해 가을쯤인가 교정 벤치에 혼자 앉은 사진과 함께 “I miss you, Jongdal sea, I love you living there.” 하고 올렸었다. 그 뒤는 축제 사진, 캠프 활동 같은 것을 몇 번 올렸던 것 같다. 그리고 지난겨울, 미국의 대학 합격 소식과 캠퍼스 사진을 올렸다.

메일은 한글이었다.

선생님은 괜찮으시죠,

저는 지금 링컨시에 있어요. 이 주 전에 몸살과 고열이 났었는데 여기는 검사해 주는 곳도 없어요. 타이레놀 사 먹고 좀 괜찮아졌는데 5일 전부터 설사가 나요. 물같이 계속 나서 그저께 응급실로 갔는데 의사 선생님도 못 만났어요. 간호사가 처방전을 주어서 약은 먹었는데 좀 괜찮다가 다시 설사가 나고 지금은 자꾸 졸려요. 죽을 끓여 먹으면 화장실 더 자주 가게 돼요. 어떻게 해야 할까요? 다시 응급실로 가 봐야 할까요? 아빠는 코로나 시작되기 전에 다녀갔어요. 선생님 보고 싶어요. 아프니까 제주가 더 그리워요. 인스타그램 댓글 고마워요. 힘이 많이 되었어요. 기운이 없어 그만 쓸게요.

그는 바로 답장을 보냈다. '그런 설사를 계속하면 전해질 불균형으로 갑자기 심정지가 올 수 있으니 구급차를 불러서 응급실로 가라고.' 다음날 그는 다시 메일을 보냈으나 답장이 없었다. 그 뒤에도 메일은 오지 않았고 인스타그램을 확인했으나 더 이상 새로운 게시물은 없었다. 그녀의 아빠가 적절한 조치를 했을 것으로 믿지만, 불안이 가시지 않는다. 그녀의 지나간 인스타그램 사진을 본다. 만개한 분홍나팔나무 아래, 벤치에 앉은 채원의 미소는 너무나 화사하여 오히려 처연하게 보인다. 혼자 있는 사진이어서 그럴 것이다. 그는 가끔 댓글을 달아 주었었다. 간단한 이곳 소식과 함께 용기를 잃지 않도록 글을 써 주었다. 피천득의 수필 '인연'에 나오는 글을 영어로 번역하여 올려놓은 적도 있었다. 댓글들이 대부분 영어여서 한글로 쓰기가 뭣했기 때문이었다.

"Sometimes, we miss someone but see them only once or we won't meet someone even though never forget them for the rest of our life."

(그리워하는 데도 한 번 만나고는 못 만나게 되기도 하고, 일생을 못 잊으면서도 아니 만나고 살기도 한다.)

한 달여가 지나갔다. 채원의 소식이 궁금했지만, 연락은 되지 않았다. 마트에 물건 사러 나갔더니 벚꽃은 이미 다 졌다. 비에 젖은 꽃잎들이 찢어진 색종이처럼 흩어져 있다. 생수를 옮기다가 '아, 그 간호사가 알지 모르겠다.' 병원의 나이 든 간호사가 채원과 같은 동네였던 것 같다. 직원의 전화번호는 그의 핸드폰에 있다. 진료 끝나기를 기다려 전화를 했다.

"원장님, 안녕하세요. 웬일이세요?"

"병원은 요새 어때?"

"여기는 코로나 영향 별로 없는 것 같아요. 원장님은 잘 지내시죠?"

"나야 뭐 자가 격리한 지 오래 되었으니까."

"호호, 최고로 청정 지역에 사시네요. 근데 웬일이세요?"

"혹시 정채원이라고 알아?"

"어, 원장님은 걔 어떻게 아세요?"

이 간호사는 중간에 그만 둔 기간이 있어 채원이 병원에 온 것은 모른다.

"우리 병원에 오기도 했고…. 좀 알아."

"걔 죽었어요."

"뭐?"

"걔 미국 유학 갔는데 지난달인가 죽었대요. 코로나 때문일 거라고 하던데."

"…."

그가 말이 없으니까, 간호사는

"원장님 걔 잘 알아요?"

"약간 알아. 그런데 누구에게 들었어?"

"걔 아빠 잘 아는 분이 우리 성당 다녀요. 지난달 아빠가 가서 유해 가지고 왔다던데…. 너무 안됐어요. 예쁘고 공부도 잘했다는데…."

"…."

"아빠가 너무 불쌍해요. 걔 엄마도 몇 년 전에 죽고 재혼했는데 뭐 때문인지 다시 혼자 산대요. 아들 하나 데리고. 아빠가 육지에서 연구원 하다가 부인 때문에 그만두었다는데."

"도대체 뭐야!"

그가 무심결에 소리를 지르니까 놀라서 간호사가,

"네?"

"아니 딴 생각하느라, 미안하다."

아마 불러도 구급차도 안 왔을 것이다. 나중에 길에서 쓰러졌을지도 모른다. 그때서야 병원으로 실어 갔겠지. 그는 마음대로 상상을 하며 미국의 의료 시스템에 대해 분노하고 있었다. '너무나 비통하다. 내가 뭔가 할 일을 안 해서 생긴 일 같다.' 눈물이 고인다.

"알았다."

전화를 끊으려다가

"유해는 어디다 뿌렸겠지?"

"걔 아빠가 취미로 하는 식물원 있어요. 삼달린가? 수목장 했다던데요."

"뭐?"

그는 소스라치게 놀랐다. 삼달리라니,

"왜 놀라세요? 원장님 이상해요 오늘, 너무 충격 받으신 것 같은데."

"응 알았다. 잘 지내라."

하고 끊었다. 그는 창을 열고 밭을 내려다보고 있다. 유채꽃 대궁이가 비에 젖어 누워 있다. 그녀는 그렇게 오래 머물지 않을 아이였구나. 사뿐사뿐 세상을 디뎌 보고 가 버렸네. 거대한 미국의 시스템에서는 비에 젖은 꽃잎 한 장처럼 하찮던 것이었을까? '할 일이 있었던 것 같은데, 왜 행동으로 나타날 수 없었던가?' 푸른 무밭이 완전히 검은빛으로 바뀔 때까지 오랫동안 서 있었다.

슬픔과 다른 한줄기 생각이 떠나지 않고 있다. 이게 뭔가. 기시감(旣視感)? 왜 200년전 하님과 채원이가 그의 머릿속에 동시에 들어와 있을까? 하님이 살던 곳, 하님이 묻힌 곳에 채원이도 묻혔단다. 그래서 그럴까? 둘이서 동시에 그를 바라본다. 둘이 또 겹쳐진다. 몸매나 얼굴이 한 치도 틀리지 않고 하나로 된다. 그는 주위를 둘러본다. 캄캄한 창이며 흐트러진 이부자리며 스탠드 불빛이 그대로이다. 그 둘은 아무 연관도 없는데 내가 잘못되어 가고 있는 것일까? 기억 착오와 기 상황감(deja pensm)과 건망증은 같은 기억 장애에 속한다. 그 두 소녀에게 영혼을 잃고 있는 것 같다. 아니다 '과학적 윤회'라고 자신이 말하지 않았나, 이 둘은 동일한 유전자 순서를 가졌다고 보면 안 될 게 있을까? 동일한 염기 서열을 가지고 태어날 확률은 4의 30억 제곱 분의 1이다. 4의 30억 제곱 번에 한 번씩, 같은 것이 나올 확률이 제일 높다는 것이지 몇 달 간격으로 나올 수도 있고 4의 30억 제곱 번 태어나도 안 나타날 수도 있다. 지금 이 둘을 동시에 알고 있는 사람은 그밖에 없다. 그의 판단이 유일한 결론이다. 싯다르타가 말한 눈먼 거북이 백 년마다 머리를 내밀다가 대천바다에 떠다니는 나무판자의 구멍에 들어간 셈이 되었다. 같은 서열로 된 DNA는 동일하고 신체와 정신이 동일하게 태어난다. 환경이 다르고 유전자의 표현에서 변이가 있을 수는 있겠지만, 용모도 지능도 성격도 건강도 선천적인 면에서는 거의 동일하다. 그 둘은 그렇게 비슷한 삶을 살다가 갔다. 그는 채원의 인스타그램 이름 cheawj를 '초아wj'라고 잘못 읽을 뻔 했다. 하님이 어떤 부호를 남겨 놓고 침묵으로 들어가니 채원이 그 부호를 쓰다가 다시 긴 침묵의 세계로 들어가 버렸다. 채원이가 200년 전의 소녀 하님의 모습을 재현해 보여주고 떠났다. 그녀도 희미해져 가는 의식 속에서 '아빠 죄송해요. 엄마 곁에 가 있을게요.' 했을까? 강아지 데리고 나가던 종달리 바다와 그곳에 사는 사람들을 떠올리며 기억의 저 아래로 내려갔을까?

사월도 지나갔다. 모두 떠나기 위해 머무는 것 같다. 그의 농막에 날아온 유채도 씨를 품었다. 씨들을 떠나보내기 위해 늙은 대궁이들은 힘겹게 버티고 있다. 호우 경보가 내렸나? 물조리개로 뿌리듯 빗발이 훑고 지나간다. 빗줄기가 마구 뒤섞인다. 바람 몇 줄기가 동시에 여러 방향에서 불어오는 것 같다. 마당 앞 묘지의 돌들이 번들거린다. 비가 그치니 밭고랑 군데군데 은빛 물그림자가 비친다. 이곳에 잠시 살았던 흔적들이 비늘처럼 흩어져 있다. 지미봉에 걸쳐 있던 구름도 철수 준비를 하고 있다. 공간과 공간 시간과 시간 사이를 이주하는 모든 존재들에게 짐을 풀고 꾸릴 시간이 주어지고 있다.

그는 오일장이 서는 날 채소 모종을 사 왔다. 상추, 호박, 오이, 가지, 고추, 옥수수 모두 조금씩 심었다. 빈 밭은 쓸쓸하고 풀만 자란 밭은 기다림이 없다. '호박 구덩이는 깊이 파야 돼.' 옛날에 할매가 말했지. 오이는 잡고 올라갈 지주를 세워야 하고 어릴 적 양념 덜 한 반찬의 기억 때문에 가지는 싫어하지만, 시커먼 흙에 왠지 잘 자랄 것 같으니 몇 그루 심어야겠다. 그대로 두면 핀 꽃들이 모두 공중으로 날아갈 것이므로 바람막이 천을 둘렀다. 그것도 통째로 날아가 바다에 떠다닐지 몰라 철주를 박고 철사로 돌아가며 잡아매었다. 고구마는 바람막이 없이 노지에 심었다. 키가 작으니 견뎌 줄 것이다.

일을 하고 나니 허리가 아프다. 그런데 허리보다 7, 8년 전 우측 서혜부 탈장 수술한 부분이 더 아프다. 작년에도 증상이 있어 수술한 병원에 갔더니 탈장은 아니고 정맥류 같다고 비뇨기과로 옮겨 주었다. 비뇨기과에서도 정계 정맥류는 좌측이 대부분인데 우측은 좀 더 검사를 해 봐야 한다고 한다. 그때는 조금 불편해서 그냥 두었는데 앉기가 힘들다. 운전하다가 10분 정도 되면 길가에 차를 세우고 내려서 서성거려야 한다. 그는 다시 비뇨기과로 진료 예약을 했다.

그리고는 농막을 정리했다. 바람에 날려갈 물건들은 모두 끈으로 묶고 창고도 정리했다. 난 화분 두 개는 뒤안간 그늘진 곳에 옮겨 놓았다. 사람이 없으면 여름에는 실내에서는 살지 못할 것이다. 집 뒤 산 쪽으로는 백화등넝쿨이 뒤덮고 있다. 꽃이 피려고 작은 봉오리들이 무수하게 달렸다. 백화등 향기를 맡으면 곁을 떠나간 사람들이 떠오른다. 초혼향(招魂香)인가? 물결이 바위에 부딪치듯 그들이 돌아와 곁을 맴돌며 떠내려간다. 이내 멀리 아득해진다. 어떤 때는 조상님들, 어떤 때는 요절한 시인, 어떤 날은 돌아가신 부모님이 흘러간다. 이제 채원이도 찾아올까? 그들이 밭을 건너 종달리 바다 쪽으로 멀어지면 가슴이 저리다. 그래도 꿈에 본 듯 그리움이 오래 남아 좋다. 그가 돌아올 때는 겨울일지도 모른다. 뒷산으로 올라가 솔방울을 주웠다. 플라스틱 큰 통에 가득 채우고 뚜껑을 덮어 돌로 눌러 놓았다. 다른 사람이 오더라도 불은 피워야지. 옥수수는 익어 새들의 양식이 될 것이고 호박은 누렁디가 되어 있을 것이다. 고구마는 누가 먹을까? 그가 돌아와서 캐면 되겠지만, 그 사이에 태풍이 몇 차례 지나가면 남는 것이 별로 없을 것이다. 수건이며 모아 둔 빨래거리들도 모두 세탁해서 접어 넣었다. 이제 떠나면 된다. 가방을 차에 싣고 농막을 둘러본다. 현무암 돌들이 모두 수석 같다. 저 구멍들 속에 들어 있는 그의 얘기들, 그가 돌아오지 않는다 해도 누군가 귀 기울여 줄까? 그가 하님의 얘기를 찾아 들어 준 것처럼. 차가 언덕을 넘어갈 때 사이드 미러로 한 번 더 본다. '아늑한 산골짝 작은 집'은 무심하다. 차는 공항에서 반납할 것이다.

정밀 검사를 하니 8년 전 탈장 수술시 사용된 메쉬가 정맥을 눌러 정맥류가 생겼다며 수술을 하라고 한다. 입원 이틀 뒤 수술실로 들어갔다. 개복 수술로 한 시간 정도 걸릴 것이라던 수술이 4시간이 걸렸다. 집도의 말로는 유착이 심하여 박리하는데 애를 먹었다며 출혈이 많아서 며칠은 중환자실에 있어야 한다고 했다. 그의 아내가 중환자실에 들어갔을 때 아직 기관 삽관도 제거하지 않고 눈은 뜨지만 사람을 알아보지는 못한다. 얼굴이 많이 부어 있다. 다음날 중환자실에서 보호자를 찾았다. 아내가 들어가니 그의 양손이 묶여 있다. 간호사는 그가 이상한 말을 하며 수액을 마구 빼려고 해서 잠시 결박한 것이라고 한다. 정신과에 의뢰하니 중환자실 증후군이라며 일반 병실로 가면 좋아질 것이라고 한다. 아내는 최소한의 수액만 유지하고 가능하면 빨리 풀어 달라고 했다. 그녀는 그가 저런 것을 얼마나 못 견뎌 하는지 너무나 잘 알고 있었다. 아마 손발을 묶어 꼼짝 못하게 하면 그의 심장이 터져 버릴지 모른다.

삼 일 후 일반 병실로 옮겼다. 그는 아내를 알아보는 듯하다가 다시 눈의 초점이 없어진다. 음료수를 권하면 고개를 흔드는데 의사 표시가 뭔가 상황과 안 맞는 느낌이다. 아내는 덜컥 겁이 났다. 왜 빨리 정상으로 안 돌아오는지. 비뇨기과 주치의는 수술은 잘 되었는데 중환자실 증후군이 회복되지 않고 있으니 조금만 더 기다려 보자고 한다. 의사 표시는 하는데 말은 잘 하지 않고 가끔 못 알아들을 소리를 혼자 중얼거린다. 아내는 계속 눈을 맞추며 아들딸 얘기로 대화를 해 보려고 한다. 듣는 듯하다가 다시 눈빛이 멍해진다. 아내는 그만 울음을 터트린다. 이대로 안 돌아오면…. 큰 벽이 앞을 막아선 느낌이다. 주치의가 정신 건강 의학과에 의뢰를 했다. 아들이 근무 마치고 왔는데 그가 잠시 응시하다가 원래대로 무덤덤해진다. 아들은 로펌에 있어 늘 바쁘다. 치매에 대한 정밀 검사를 했는데 치매는 아닌 것으로 나왔다. 현재의 증상은 중환자실 증후군에서 충분히 회복되지 않은 상태로서 기억력 감퇴와 우울 장애가 나타나고 있는 것이라고 한다. 수술 부위의 실밥을 제거하고 퇴원을 하였다. 걸음도 천천히 걸으며 혼자 움직이지 않으려고 한다. 식사도 잘 안 하려고 한다. 수저를 쥐어 주면 몇 번 뜨다가 놓는다. 얼굴이 하루가 다르게 수척해진다. 치매가 빨리 올 것이라고 한 그의 평소의 말이 생각났다. 치매는 아니라고 하는데 치매 환자와 같이 행동한다. 아내는 주방에 혼자 앉아 눈물짓는 때가 많아졌다. 어떻게 이렇게 갑자기 바뀔 수가 있을까? 늘 보던 나무도 공원의 새들도 이젠 보면 가슴이 아린다. 저들과 다른 세상으로 우리만 떨어진 느낌이다. 그의 서슬이 퍼런 주장을 한번이라도 다시 들어 보고 싶다. 그는 자기 방에만 있다. 자기 세계에만 있고 대화를 하려고 하지 않는다. 거기서 나와 다시 우리와 슬프고 즐거움을 함께하는 날이 올까? 평소에 그렇게 걷기를 많이 하던 그가 저렇게 누워만 있으니 다른 병이 생기지 않을까 두려웠다. 우울증에서라도 빨리 회복되어 운동을 하게 해야겠다고 생각한 아내는 여기저기 알아본 후 정신 의학과 클리닉에 다니기로 하였다.

아내는 일주일에 두 번 그를 태우고 대학 병원으로 간다. 약물 치료와 함께 재활 치료, 정신 의학 상담 치료 등을 받고 온다. 저녁에는 양재천 변에서 걷기를 한 시간 정도 한다. 식사를 스스로 하려고 하는 것이 우울증에서는 조금씩 회복되는 것 같다. 가족도 알아보지만 감정의 표현은 잘 하지 않는다. 활짝 웃는 것도 아직 보지 못한다. 허리가 아픈지 주로 누워 있으려 한다. 어느 날엔 걷기를 하고 양재천 변 계단을 올라오는데 그가 갑자기 가슴을 움켜쥐고 앉는다. 아내가 놀라 어디가 아프냐고 하니까 3, 4분 말없이 그렇게 있다가 일어선다. 앞가슴을 가리킨다. 그 뒤로는 계단을 피해서 다녔는데 며칠 후 또 그런 증상이 나타났다. 아내는 심장 검사를 해

보자고 했으나, 그는 고개를 저었다. 그리고는 또렷하게

"협심증."

이라고 한다.

"그럼 약?"

아내가 물으니 고개를 끄덕인다.

아내와 동네 의원에 갔다. 의사는 말을 듣더니 심전도 검사를 한다. 그리고는 검사 상에는 나타나지 않았지만 협심증이 맞는 것 같다고 하면서 심장 정밀 검사를 해 보라고 한다. 아내는 그가 원하지 않는다고 우선 약을 좀 처방해 달라고 했다. 발작 시 구강에 분무하는 스프레이를 주었다. 그는 그것을 스스로 하루에 2, 3회 사용하였다. 그러나 그 뒤부터는 운동을 잘 안 나가려고 한다. 아내는 마음이 무거웠다. 평소에 그가 얼마나 운동을 강조했던가? 나이가 들어 운동하는 것은 자전거 페달을 밟는 것과 같다고 했다. 밟지 않으면 쓰러지듯이 운동하지 않으면 곧 병이 나타난다. 노화 방지의 특효약이 있다면 운동뿐이라고 아내에게도 그렇게 되풀이하지 않았던가? 너무 자주 들어서 어떤 때는 딴청을 피우다가 귀담아듣지 않는다고 핀잔을 들은 적도 있다.

그는 때로는 깊은 생각에 잠기는 것 같기도 했다. 그럴 때의 표정을 보면 오히려 안심이 되었다. 아프기 전과 제일 비슷한 모습이었기 때문이다. 그의 의식이 깊은 기억 속으로 자맥질하는 것 같았다. 어

떤 때는 아내를 바라보며 눈물이 고인 경우도 있었다. 영문은 모르지만 그녀도 그럴 때는 한없이 눈물이 흘렀다. 그러던 어느 날 분명한 어조로 그가 말했다.

"제주로 가야겠다."

만류를 했지만 되돌릴 수 없다는 것을 알았다. 사용하던 약 종류와 옷가지를 챙겨 아내가 동행했다.

농막은 먼지 냄새가 났다. 난간에 떨어진 푸른 솔가지들은 이미 말라 있었다. 태풍은 아직 지나가지 않았는데 강풍이 몇 차례 거쳐 갔을 것이다. 채소밭을 둘러싼 바람막이는 모두 주저앉아 있다. 날아가 바다에 떠다니지 않는 것을 다행으로 여겨야 한다. 아내가 청소를 시작하자 갑자기 말문이 틔었나, 그가 잔소리를 한다. '거기다 놓지 마라, 날아간다.' '실외기 앞의 풀부터 뽑아야 해.' '칡넝쿨이 너무 자랐어, 방으로 들어오겠네.' 농막이 원위치 되는 속도로 그가 원래의 모습으로 돌아오는 것을 아내는 놀라워하며 바라보고 있었다. 서울 살기 싫어 그동안 일부러 그랬나 싶다. 아무 일도 없었다는 듯이 수영도 하러 다니고 걷기 운동도 하는 그를 며칠 지켜보다가 아내는 서울로 올라갔다.

구월이 되자 관광객도 드물다. 하도 해수욕장엔 젊은이들 몇이 패들 보드를 타고 있다. 그곳을 돌아 토끼섬 쪽으로 가다 보면 후미진

해변이 하나 있다. 순비기나무 숲에서 비탈이 무너져 내린 모래 절벽이 가려 주는 곳, 지나면서 눈여겨보았다.

'왜 저곳은 사람이 없을까? 관광객이 못 찾는 곳은 없을 텐데.'

물때에 따라 모래 해변의 넓이가 일정치 않아서라고 생각했다. 오늘 그는 리조트 수영장 대신 오랫동안 마음에 두었던 그곳으로 간다. 햇살은 아직 강렬하고 맨발에 닿는 모래밭은 뜨겁다. 우도에서 바람이 불어온다. 새 발자국이 뭉개진다. 햇볕과 바람을 동시에 받으면 어느 한 감각은 잊어버린다. 건너편 농막이 있는 곳, 소나무 동산이 보인다. 멀지 않은 저곳이 다시 들어갈 수 없는 벽에 걸린 그림같이 느껴지는 것은 무엇 때문일까, 물안경을 쓰고 두 용암 줄기 사이 물빛이 시퍼런 곳으로 가만히 들어간다. 미지근하던 몸이 갑자기 서늘해진다. 수영장처럼 소(沼)를 몇 바퀴 돌았다. 한 길 아래로 잠수해 본다. 죽은 조개들인가? 손을 뻗어 수경 가까이 가져온다. 왜 보이지 않을까? 가슴이 조이듯이 답답해지며 손을 놓아 버린다. 바위 속에 갇힌 느낌이다. 너무 통증이 심하니 아무것도 할 수 없고 오히려 영육의 암흑이 평온하다. 그는 조용히 숨 참기를 포기해 버렸다. 물이 폐로 밀려들어 옴을 느낀다. 반사 작용도 멈추었다. 정맥이 모두 울혈되면서 뇌가 뜨거운 무의식에 잠기기 시작했다. 조금 있다가 그는 떠올랐다. 우도 쪽으로 밀려가다가 패들 보드 타는 젊은이들에게 발견되었다. 구급차가 도착했을 때는 의식이 없었다. 응급실에서 심폐 소생술을 했지만 심장은 다시 뛰지 않았다. 그의 병력을 들은 응급의학과 의사는 급성 심근 경색증으로 사인을 써 주었다.

그가 죽은 지 한 달이 지났다. 그는 화장(火葬)으로 선산에 묻혔다. 제주의 병원은 다행히 지금의 원장이 계속하겠다고 한다. 그의 아내는 제주로 내려갔다. 그의 유품도 정리해야겠고 삼달리 맹지도 사겠다고 하는 사람이 있어 만나 봐야 한다. 미국에서 온 딸과 동행을 했다. 곧 착륙한다는 방송과 함께 낯익은 모자이크 무늬가 눈 아래에 들어온다. 저 섬은 그에게 무엇이었을까? 도피처였을까? 희망이었을까? 공항에서 차를 렌트했다. 먼저 종달리로 향했다. 해안 도로를 따라 올라간다. 드라이플라워같이 말라 버린 수국이 차마 떨어지지 못하고 있다. 물결이 금속 가루를 뿌려 놓은 듯 반짝거린다. 수도 없이 그는 이 길을 걸었을 것이다. 길을 걸으며 그가 했던 생각과 내용은 알 수는 없지만, 바다의 물결과 바람과 길옆의 풀들이 느낌을 전해 온다. 쓸쓸하지만 평화로웠을 것 같다. 걸을 때마다 허전하게 한 걸음씩 다가오는 앞날을 보고 있었을까? 밭담길로 접어드니 그가 바위에 붙여 놓은 태양광 경광등이 양쪽으로 하나씩 눈에 들어온다. 어두워져야 번쩍거릴 것이다. 설치해 놓고 그는 밤에 덜 무섭다고 했었다. 그때 아내는 오히려 적들에게 길 안내하는 것 아니냐고 물었지. 모퉁이를 돌아가니 파란 농막이 나타났다.

"아빠가 나올 것만 같아요."

딸이 눈물을 글썽인다. 아내도 눈가에 이슬이 맺힌다.

"하, 이 넝쿨 좀 봐 여기까지 뻗어있네."

호박넝쿨이 바람 가림막을 넘어 축대를 오르려다가 그만 힘을 다한 듯 누르스름한 잎들을 달고 있다. 오이도 따지 않아 한쪽이 누렇게 익어 있고 옥수수는 새들이 파먹었다. 심을 때 아내는 오이가 누렇게 될 때까지 따지 말라 했다. 익은 오이가 맛있다고. 누런 호박은 뭐를 해 먹는다, 옥수수는 찔 때 어떻게 한다, 침을 삼키며 좋아했었는데 지금은 누구도 따서 담을 생각을 하지 않는다. 가까이서 꿩이 갈라진 목청으로 운다. 지금까지 주인 없는 놀이터였는데, 무슨 일이 생기나 지켜보고 있는 것 같다.

"잔디도 많이 자랐네."

아내가 디딤돌을 하나하나 건너가며 작은 소리로 말한다. 그가 봄에 깎고 아내와 같이 디딤돌을 놓았다. 현관의 경비를 해제한다.

"안녕하십니까, 해제되었습니다."

눈치 없는 안내 음성은 여전히 밝다. 문을 여니 먼지 냄새가 난다. 아내는 낡은 실내화를 애써 외면한다. 싱크대 옆에 생수가 몇 병 그대로 있고 먹다 남은 콘프레이크 봉지, 충전 중인 면도기, 정돈된 이부자리, 걸려 있는 우쿨렐레…. 가슴이 먹먹하여 아무 곳도 손을 못 댄다. 딸도 둘러보다가 고개를 돌려 창밖의 밭을 내려다보고 있다. '참으로 다양한 관심을 가지셨구나.' 딸이 책장을 둘러본다. 암석학,

지질학, 약초도감, 야생화, 전통 선박, 성(姓)씨 연구, 유전학, 제주어 연구…. 전공 책 외에 많은 책들이 책장을 채우고 벽에 만든 선반에도 올라와 있다. '불교에 관한 책도 많네.' 하며 특별하게 보이는 책을 한 권을 집어 들었다. 굉장히 무겁다. 지퍼가 달린 가죽 케이스에 들어 있는데 2,700페이지가 넘는데다가 글씨가 깨알 같다. [쌍윳따니까야], 작은 포스트잇이 끼워져 있고 여러 곳에 형광펜으로 줄이 쳐 있다. 문장이 '세존께서'로 시작하는 걸 보니 석가모니 말씀 같은데, 무슨 내용이길래 오랜 시간 동안 아빠는 저렇게 정독을 했을까? 시간이 나면 천천히 읽어 보고 싶다.

"가자. 다음에 와서 정리해야겠다."

아내가 결국 아무것도 못하고 일어선다. 차를 돌려 삼달리로 향한다. 약속한 공인중개사와 매수자가 이미 도착해서 땅을 둘러보고 있다. 매수인은 땅이 마음에 든다고 한다. 땅이 워낙 넓은데다가 시세보다 싸기 때문이다. 중개사가 권유한 대로 평당 6만 원에 팔기로 하였다. 계약서는 올라가는 길에 중개 사무실에서 쓰기로 하고 그들은 돌아갔다. 그가 심은 편백나무가 실하게 자라서 울타리를 만들고 있다. 경계를 따라 걷다가,

"엄마 이것도 아빠가 심은 것 같은데?"

하며 딸이 가리키는 곳을 보니 그가 말한 적이 있는 그 나무인 것 같다. 벚나무를 심었는데 노루가 밑둥치 껍질을 벗겨서 죽었다고 걱정하

던 그 나무. 푸른 잎을 달고 있다. 내년에는 화사한 꽃을 피울 것 같다.

"엄마 여기 무슨 표시가 있는 것 같아요."

딸이 가리키는 바닥을 보니 일부는 잡초에 덮여 있는데 돌이 어떤 형태를 이루며 박혀 있는 것 같다.

"모르겠는데 평소에 얘기 안 하셨어."

아빠가 만든 걸까? 알 수는 없지만 왠지 그의 손길이 거쳐 간 것만 같다. 그 형태를 잠시 보다가 옆에 서 있는 벚나무를 만지며

"선생님, 벚나무가 살았어요."

나지막이 중얼거렸다. 처음 이 땅을 봤을 때 좋아하던 그의 모습이 떠올랐다. 그때에도 대나무 숲은 저만큼이었는데 여기 활엽나무 숲은 키가 커진 것 같다. 억새밭은 그대로이고, 그 사이에 무슨 일이 일어났던가? 이곳엔 나무들이 자라고 있었을 뿐이다. 어디선가 웅웅거리는 소리가 이어졌다 끊어졌다 한다. 풍력 발전기 모터 소리 같은데, 왜 숲 쪽에서 들리지? 그녀는 주위를 돌아본다. 아무도 없다. 그 사람이 서 있었던 자리에 딸이 서 있다. 그저 작은 풍경의 변화일 뿐이다. 대숲을 넘어오는 바람이 그녀의 머리칼을 마구 흩뜨려 놓았다.

"이제 그만 가자."

차를 돌리며 바라본 낮은 구릉지 위로 노을이 물감처럼 번져 산불이 난 것 같다.

"엄마 훈이 결혼하면 미국으로 와."

아들은 결혼할 여자 친구가 있다. 딸이 시민권자이므로 영주권은 얻을 수 있을 것이다.

"생각해볼게."

후기

후기

육지에서 제주로 이주하는 사람들은 정착이 목적인가? 이주가 목적인가?

제주로 오는 사람들 중에는 이주라는 에피소드(逸話)가 필요한 사람들이 더 많다는 생각이 요즘 자주 든다.

사람은 누구나 장애를 가지고 있다. 알아주지 않는 장애가 더 힘들 텐데 알아주지 않으면 정상이 된다.

많은 이들이 자신의 장애가 장애가 되지 않는 곳을 찾아 이주하며 이주를 꿈꾸며 사는 것 같다.

철새는 번식과 먹이 때문에 이동한다고 알려져 있지만, 근처에 사철 적합한 서식지가 새로 생겼다 해도 이동하지 않을까? 수십 일간

막막한 공중을 자면서 날면서 하던 기억을 잊지 못해서 아니면 텃새로 살고 싶지 않아서.

사람이나 동물이나 이동하는 모습은 쓸쓸하다.

오조리 철새 도래지에 오는 새들이 올해는 바이러스를 가져오지 않았으면 좋겠다.

이 책이 나오기까지 애써 주신 이기성 편집장님과 편집 위원님들께 감사의 마음을 전합니다.

*제주도 민속 문화의 바이블과 같은 진성기 님의『제주도 무가본풀이사전』을 일부 인용•참조하였습니다.